Sara Schütze

Der Mann, der sein Glück in einer Urne fand

Sara Schütze

Der Mann, der sein *Glück* in einer *Urne* fand

EIFELROMAN

Eifeler Literaturverlag 2023

Impressum

 1. Auflage 2023
© Eifeler Literaturverlag
In der Verlagsgruppe Mainz

Alle Rechte vorbehalten
Printed in Germany

Eifeler Literaturverlag
Verlagsgruppe Mainz
Süsterfeldstraße 83
52072 Aachen
www.eifeler-literaturverlag.de

Gestaltung, Druck und Vertrieb:
Druck & Verlagshaus Mainz
Süsterfeldstraße 83
52072 Aachen
www.verlag-mainz.de

Umschlaggestaltung:
Dietrich Betcher

Lektorat:
René Völlmecke

Abbildungsnachweis:
© PikePicture – stock.adobe.com

ISBN-10: 3-96123-079-X
ISBN-13: 978-3-96123-079-2

Prolog

Ein seltsames Geräusch schreckte ihn auf. Nur mühsam löste er seinen Blick vom Bildschirm, erhob sich schwerfällig und ging zur Tür des Arbeitszimmers, das im ersten Stockwerk des herrschaftlichen Anwesens lag. Seine Schritte hallten hohl auf dem kalten Fliesenboden des noch kälteren Raumes wider, der nur durch das sanfte Flimmern des blauweißen Bildschirms erhellt wurde. Er lockerte seine Krawatte und strich sich über die müden Augen. Es war ein Fehler gewesen, in die Eifel zu ziehen. Er wollte mehr Zeit für seine Familie finden, die Ruhe der Natur spüren. Doch die meiste Zeit verbrachte er seither im Auto auf viel zu engen Straßen zwischen Kundenterminen und Kurvenmanövern. Seine Frau langweilte sich und es war nur noch eine Frage der Zeit, bis sie Tupperpartys und Kaffeekränzchen ausrichtete. »Wo sich Fuchs und Hase gute Nacht sagten«, hatte in der kurzen Ausschreibung gestanden, die in grünlilablauen Farben nach verschlafener Waldromantik und Familienidylle klang. Dass es sich bei »Fuchs und Hase« und manchmal dem einen oder anderen Reh um die einzigen Begegnungen handeln würde, verschwieg sie geflissentlich. Nach kurzer Besichtigung hatten sie den Vertrag unterschrieben. Der Umzug aus Frankfurt in den kleinen Ort Schalkenmehren war ein Kinderspiel gewesen, das Kennenlernen der Nachbarn ein herzlich bündiges Vergnügen. So sehr sie sich auf das einfache Leben gefreut hatten, so kritisch wurden sie auch noch nach Monaten von den Ortsbewohner beäugt. Schnell hatten sie gemerkt, dass es leicht war sein Herz in die Eifel zu verlieren. Das Herz der Alteingesessenen zu gewinnen, gestaltete sich dafür jedoch umso schwieriger.

Müde schüttelte er den Kopf und stellte sich an die Zimmertür. Was tat er überhaupt hier? Er sollte seine Arbeit zu Ende bringen und seiner Frau auf die Party folgen. So wütend wie an diesem Abend hatte er sie noch nie erlebt. Seit langer Zeit war der Termin im Kalender eingetragen: Eine Cocktailparty im großen Stil mit ihren alten Stadt-Freunden und neuen Bekannten. »Auf die Pauke hauen, das Leben tanzen« war das Motto des Abends gewesen. Aber er hatte es wieder einmal nicht geschafft. Sein vollgepackter Terminkalender ließ keine Pause zu. Ein plötzlich erneutes Poltern riss ihn aus seinen Gedanken.

Vorsichtig horchte er an der Tür. Leise gedämpft drang der dumpfe Hall schwerer Schritte an sein Ohr. Aber wer sollte das sein? Ob seine Frau etwas vergessen hatte? Resignierend massierte er sich die Schläfen. Nein, sie trug eines ihrer schicken Cocktailkleider mit den feinen Abendsandaletten, die sie elfengleich daherschweben ließen. Mit einem leisen Quietschen öffnete er die Tür. Nur einen Spalt weit, um besser hören zu können. Ein schmaler Lichtschein fiel in das dunkle Zimmer und verlieh der Situation etwas Surreales. Vermutlich war er einfach überarbeitet. Doch da hörte er sie erneut:

Schritte. Leises Stimmengemurmel.

Er horchte auf und verfluchte innerlich die Videoanlage, auf die er dank der schlechten Internetverbindung nur im Hausanschlussraum Zugriff hatte. Leise schlich er auf die Empore und blickte sich um. Mit einem Mal ging alles ganz schnell. Ein Mann kam in die große Eingangshalle gestürmt, ein zweiter direkt hinterher. Sie beachteten ihn im ersten Moment nicht. Doch er sah sie. Die pure Verzweiflung kochte in ihm hoch. Und er trat auf die Treppe, auf der er aus voller Inbrunst herunterschrie.

»Verlassen Sie umgehend mein Haus. Ich habe die Polizei bereits verständigt.«

Die Männer taxierten ihn. Ein leises Lächeln bildete sich um die kantigen Mundwinkel, die von Bartstoppeln gesäumt waren. Stille.

Sekunden zogen ins Land. Von weit her hörte er das leise Ticken einer Wanduhr. Er setzte erneut an.

»Hier sind überall Kameras montiert. Sie werden sowieso geschnappt. Geben Sie auf!«

Fast schon übermütig deutete er auf die Videoanlage, die die Eingangshalle überwachte. Die beiden Einbrecher wechselten einen kurzen Blick. Gemurmel.

Ein Klicken hallte durch die leere Halle, als einer der Einbrecher eine Waffe zog und sie auf ihn richtete. Er schluckte. Kalter Schweiß lief an seinen Beinen herunter. Er dachte an seinen Sohn und daran, dass die Eifel ein Fehler gewesen war, als er reglos zu Boden sank.

Kapitel 1

Es gibt diese Dinge im Leben, über die niemand spricht. Oder schreibt. Weil sie uns unangenehm sind oder genau da angreifen, wo man selbst am verletzlichsten ist. In meiner Geschichte geht es um die verheerende Wirkung, die ein einziger Milchshake haben kann. Nicht etwa, weil ich über einen meiner zwei linken Füße gestolpert wäre und ihn einer bedeutsamen Persönlichkeit übergeschüttet hätte, was vermutlich weit weniger drastische Auswirkungen gehabt hätte. Sondern weil ich eben jenen trank, bevor ich laufen ging.

Wer sich selber gelegentlich sportlich betätigt, weiß, dass sich manche Nahrungsmittel nicht mit dem Sport vertragen. Hier wäre beispielsweise Pfannkuchen vor dem Yoga zu erwähnen, der nicht nur kugelrund den Bauch aufbläht, sondern auch jede Hundeposition durch ein hundeelendes Gefühl begleitet. Während manche Nahrungsmittel also Purzelbäume in der Magengegend schlagen und man sich wie der Hauptcharakter des Märchens »Der Wolf und die sieben Geißlein« nach seiner Steinfüllung fühlt, treiben einen andere Lebensmittel erst so richtig an. So wie es in meinem Fall der Milchshake tat.

Es war ein klassischer Bürotag. Zwischen Laptop und Aktenordner eingekeilt saß ich in meiner geliebten Sardinenbüchse, die man auch als Düsseldorfer Stadtwohnung bezeichnet, und wartete auf das nächste Meeting. Zwischen den halb heruntergelassenen Jalousien glitzerte das sanfte Sonnenlicht der hellen Frühjahrssonne, während mir das kaltblaue Licht von Monitoren entgegenflimmerte. Die Vögel zwitscherten und ich blickte ungeduldig auf die Uhrzeiten-Angabe, die monoton herunterlief. »Das könnte reichen ...«, dachte ich noch und war bereits hochmotiviert in meine Laufschuhe gesprungen, die mir jedes Mal ein Gefühl von Freiheit und Abenteuerdrang vermittelten. Schon nach wenigen Minuten lief ich aus der Einfahrt des Mehrfamilienhauses hinaus. Hinter mir türmten sich massive Häuserzeilen, während mir ein sanfter Frühjahrswind ins Gesicht wehte. Ich atmete tief ein. Der harte Asphalt glitzerte unter meinen Füßen, die sich federleicht vom Boden abstießen. Ich lief durch die enge Häusergasse und an parkenden Blechkolonnen vorbei. Das Zwitschern war verstummt und dafür durch das Surren von Motoren und das Klingeln von Fahrrädern ersetzt worden. Das Stadtleben konnte vieles, Natur dafür eher weniger. Ich balancierte an Hundehinterlassenschaften vorbei und kämpfte auf den engen Bürgersteigen gegen querstehende Fahrräder an, die mir das Vorankommen erschwerten. Nach ein oder zwei weiteren Ecken ging ein stilles Aufatmen durch meinen Körper. Da endlich! Ich bog in einen kleinen Park ein und ließ meinen Blick über das beruhigende Grün der Wiesen wandern. Zumindest über das, was ich davon sah. Denn um mich herum herrschte reges Treiben. Kinder spielten auf den Rasenflächen, während die Mütter mit Sack und Pack und Picknickdecken danebensaßen und ihre Schützlinge liebevoll beäugten. Ich ließ den Blick schweifen und fühlte mich glücklich. Viel zu selten nahm ich mir Zeit für mich und kehrte dem stetig rotierenden Hamsterrad den Rücken zu. Nur noch ein paar Jahre wollte ich so weitermachen. Weitermachen, bis ich genug Geld zusammengespart hätte, um davon den Rest meines Lebens zehren zu können. Sozusagen nur noch einen Wimpernschlag. Meine inneren Kopfkarten waren prall gefüllt mit Entdeckungen, die das Leben noch für mich bereithalten sollte. Doch darüber wollte ich jetzt nicht nachdenken. Ich wollte frei sein. Im hier und jetzt leben. Der Weg führte mich über eine kleine Brücke weiter in Richtung Stadt. Die kleinen Sträßchen wurden mit jedem Meter belebter. Radfahrer und Inlineskater kreuzten meine Einflugschneise und bremsten mich immer wieder aus. Mit einem verachtenden Schnaufen lief ich weiter. Ich gehörte nie zu der Sorte Spitzensportler, die immer vorne mitmischen müssen. Vielmehr bezeichnete ich mich selber als Genussmensch, der einen Sport nur so lange ausübt, bis dieser keinen Spaß mehr macht und der dann besonders sein Bierchen danach genießt.

Doch heute lief es anders. Ich flog förmlich wie Usain Bolt über die Pfade dieser Welt und hörte in meinem Geiste schon die Menge toben, bis sich ein merkwürdiges Grummeln in meinem Bauch bemerkbar machte. Anfangs versuchte ich das Geräusch zu ignorieren, doch mit jedem Schritt gluckste mein Magen lauter. Das Laufen wurde beschwerlicher und ich überlegte, ob ich möglicherweise heute eine Horde Boxer gefrühstückt hatte, die nun auch mal ihren Spaß haben wollten. Doch tatsächlich hatte ich nicht viel mehr als einen Milchshake zum Mittag getrunken, da mir zwischen Videocalls und Präsentationen kaum die Zeit geblieben war, mir viele Gedanken über meine Ernährung zu machen. Das innere Arbeitstier lässt grüßen. Und obwohl in der Werbeindustrie vor allem Sportler Milchgetränke als eine Art Wundermittel vermarkten, schien in dem Moment mein Innenleben ein ganz anderes Wunder hervorbringen zu wollen. Mit krampfenden Eingeweiden kämpfte ich mich weiter voran. In weiser Voraussicht begann ich die Landschaft langsam abzuscannen: Die Strecke führte mich weiter, durch ein schönes Wohngebiet mit unzähligen Vorgärten, in die Stadt hinein. Ich hatte jegliches Grün hinter mir gelassen und die Menschenmassen nahmen zu. In meinem Darm schien mittlerweile eine riesige Party stattzufinden und mein Bauch wurde gefühlt immer fester. Ich musste irgendwie noch bis nach Hause kommen, ehe ich mich auf meinen wunderbar weißen Toilettensitz retten konnte, der mir in diesem Moment die Welt bedeutete.

In meinen Eingeweiden rumorte es immer lauter und in meinem Kopf tobte die Frage, wie um Herrgotts Willen ich jemals die knapp drei Kilometer zurück schaffen sollte, ohne zu explodieren. Ich kniff die Arschbacken zusammen und wollte gerade umkehren, als mir der Wohnmobilhafen am Ende der Wohnsiedlung einfiel. Aus unzähligen Spaziergängen war ich mir ziemlich sicher, dass es dort eine öffentliche Toilette gab. Mit wehenden Fahnen sprintete ich fast die gesamte Straße entlang und musste zu allem Überfluss den halben Wohnmobilpark durchqueren, um das stille Örtchen zu besuchen, das bald bestimmt nicht mehr so still sein würde. Zumindest nicht in meinen Gedanken. Denn als ich triefend nass geschwitzt und von einem Fuß auf den anderen tippelnd an der Tür mit dem kleinen schwarzen Männchen zog, stellte ich fest, dass diese fest verschlossen war. Münzeinwurf – fünfzig Cent. Wer ab und zu mal mit einem Portemonnaie in der Tasche die Treppen heruntergelaufen ist, wird verstehen, dass ich mich ungern wie ein halber Pfandautomat beim Laufen anhöre. Folglich hatte ich kein Kleingeld dabei und hätte mit Sicherheit auch einige Flüche ausgestoßen, wenn ich nicht so konzentriert darauf gewesen wäre, alles in mir zu behalten, was nicht niet- und nagelfest war. In einem Gangstil, der einem Robotertanz alle Ehre gemacht hätte, schleppte ich mich zur Tür mit der kleinen Dame, die leider ebenso fest zugezogen war. Der Schweiß perlte mittlerweile auf meiner Stirn. Ich schaute nach links und nach rechts. Es musste doch noch eine Möglichkeit geben, außer jene, die nun mal so ekelhaft war, dass sie als Möglichkeit eigentlich nicht in Betracht käme. Mit der Gewissheit, dass es jeden Moment passieren würde, erblickte ich gleich neben dem Häuschen ein Wohnmobil, dessen Wohnraumtür offenstand. Vom puren Überlebenswillen angetrieben, hievte ich meinen krampfenden Körper zum Wohnmobil, krächzte mit letzter Kraft ein »Hallo, ist da wer?« in die Wohnraumstube und schleppte mich durch das weiße Schiff.

Kaum, dass die Badtür geöffnet war, ließ ich mich auf den kleinen Toilettensitz fallen und sagte dem Milchshake Lebewohl. Und bekam vor lauter *Scheppern und Poltern* kaum mit, dass der Motor des Wohnmobils angelassen wurde.

Kapitel 2

Während mich eine Krampfattacke nach der anderen schüttelte und ich mich fragte, wie viel von mir wohl in den kleinen weißen Behälter passte, hatte ich das merkwürdige Gefühl, die Wände um mich herum würden vibrieren. Doch da mich im Moment andere Sorgen plagten als ein paar Halluzinationen, machte ich mir deswegen keine weiteren Gedanken. Stattdessen grübelte ich darüber, was ich dem Besitzer im Gegenzug für seine Toilettennutzung wohl anbieten könnte, da ich beim Laufen nicht viel bei mir trug. So saß ich eine Weile da und wollte gerade aufstehen, bis ein so starker Ruck durch das Wohnmobil ging, dass ich fast von der Plastikbox fiel. Dies hatte nichts mit dem sanften Wiegen zutun, dass man auf einer Zug- oder Flugzeugtoilette wahrnimmt und bei dem man sich ein bisschen wie ein im Wind tanzender Baum fühlt. Hier war vielmehr ein ganzer Orkan, der selbst die stärkste Eiche ins Wanken gebracht hätte. Wie ein Rodeo-Reiter versuchte ich mich mit allen Körperteilen an Wand und Tür abzustützen, um nicht von dem tanzenden weißen Klosett geworfen zu werden, dass ich soeben noch als königlichen Thron bezeichnet hatte. Für diese Situation hätte man mit Sicherheit viele Worte finden können, doch um beim Thema zu bleiben, dachte ich kurzerhand nichts weiter als: »Ach du schöne Scheiße«.

Die Zeit zog ins Land. Gefühlt verbrachte ich Stunden in meinem stinkenden Gefängnis. Tatsächlich handelte es sich nur um ein paarhundert Minuten. Die Gedanken kamen und gingen und am meisten beschäftigte mich die Frage, wo das Wohnmobil wohl hinfuhr und wie zum Teufel ich wieder nach Hause kommen sollte ohne nennenswertes Bargeld, Ausweis oder Mobiltelefon. Zwar versuchte ich, mich immer wieder bemerkbar zu machen, doch scheinbar ist so ein Wohnmobil besser isoliert, als man den Berichten älterer Herrschaft glauben darf. Zumindest denen, die sich darüber beschweren, dass Heinz zu laut schnarcht oder Brigitte mit ihrem Telefon den halben Campingplatz unterhält. Immer wenn ich dachte, dass ich es vielleicht wagen könnte, die Tür zu öffnen, warf mich die nächste Kurve nur umso fester gegen die Wand. Die Minuten vergingen. Ich fragte mich, ob meine derzeitige Situation wohl als Entführung durchging, verwarf den Gedanken jedoch schnell wieder, als ich merkte, dass ich vielmehr ein blinder Passagier war, der ich doch eigentlich nie sein wollte. Schließlich wussten die Entführer nichts von ihrer Beute, um die sie vermutlich auch kein Entführer beneidet hätte. Nach einer schier endlosen Weile, in der ich mich in einer Art Trance-Zustand befand, wurde das Wohnmobil langsamer und blieb schließlich stehen.

Ich schloss für einen Moment die Augen, atmete tief ein und aus. Fühlte ein Gefühl der Dankbarkeit in mir aufsteigen: Ich war noch am Leben, hatte den Höllenritt unbeschadet überstanden und scheinbar hatte das Wohnmobil auch noch rechtzeitig gestoppt, ehe es am Ende der Welt angekommen war. Ich straffte die Schultern und war bereit, meine Entschuldigungsrede mit Inbrunst herunterzubeten, die ich mir stundenlang im Kopf zusammengebastelt hatte. Ich würde nach dem nächsten Münzautomat Ausschau halten und die einzige Nummer anrufen, die ich immer im Kopf hatte: Die Nummer meines Elternhauses.

Langsam und leise betrat ich den kleinen altbackenen Wohnraum, der wie ausgestorben vor mir lag. Weder war die kleine Essnische besetzt, noch die beiden Sitze der Fahrerkabine belegt. Auf Samtpfötchen schlich ich zur Tür, zog daran und hatte gleich wieder ein Déjà-vu-Erlebnis, denn die Tür war fest verschlossen. Mit einem unterdrückten Fluchen kletterte ich nach vorne in den Fahrerraum, in der zwar der Schlüssel im Zündschloss steckte, die beiden Türen jedoch zugeworfen waren. Nicht weit vom Wohnmobil entfernt standen zwei bullige Typen in Jeans, Lederjacken und Sonnenbrillen und rauchten. Zwar war ich mit meinen ein Meter achtzig und meiner sportlich-athletischen Figur, wie ich sie gerne betitelte, nicht nur ein Hemdchen aber die beiden Kerle waren schon echte Brocken. Meine Mutter hätte sie als »schlimme Jungs« bezeichnet. Eine böse Vorahnung sagte mir, dass das Wohnmobil und die beiden Herrschaften eventuell zusammengehören könnten. Und damit auch die Gewissheit, dass meine Entschuldigungsrede möglicherweise und auch nur vielleicht auf taube Ohren stoßen würde. Was folgte, war eine Szene, die man so eigentlich nur aus Filmen kennt. Und dort auch nur aus den wirklich billigen Szenen, in der der Drehbuchautor scheinbar keine bessere Idee hatte.

Es war einer dieser Momente, in denen der Kopf auf Autopilot geschaltet ist und man schneller handelt als Lucky Luke seinen Revolver ziehen kann. Vielleicht tat ich es nur aus der Angst heraus mein sicheres Versteck verlassen zu müssen, vielleicht verleitete mich aber auch der pure Abenteuerwille dazu, auf den Fahrersitz zu klettern, den Motor zu starten und mit durchdrehenden Reifen loszufahren. Mein Herz schlug bis zum Hals, während ich im roten Drehzahlbereich mein weißes Ross zu Höchstleistungen peitschte. Im Außenspiegel sah ich, wie die beiden Typen augenblicklich ihre Kippen fallen ließen und unter wildem Geschrei zu einem Spurt ansetzten. Einer der beiden nestelte verräterisch unter seiner schweren Lederjacke am Gürtelbund herum. Doch es war zu spät. Das fahrende Schiff bahnte sich mit mir als Kapitän seinen Weg in die Freiheit und zog dabei die gesamte

Aufmerksamkeit auf sich. Ich bog mit blockierenden Reifen um die nächste Kurve, driftete dabei mehr, als ich fuhr. Mit Vollgas folgte ich der Landstraße ins Nirgendwo – auf in ein Abenteuer, von dem man nicht besser hätte träumen können.

Kapitel 3

Wie ein wild gewordener Stier fuhr ich die schnurgerade Straße entlang und missachtete jedes Tempolimit, dass sich mir und meiner neu gewonnenen Freiheit in den Weg stellte. Das Blut rauschte in den Ohren und mein Körper bebte förmlich unter dem Adrenalin, das durch meine Adern schoss. Ich wollte bloß weg – weg von diesem Parkplatz, dieser verrückten Situation. Ich fuhr durch einen oder zwei Kreisverkehre, bog ziellos ab und stand mit einem Mal im Wochenendverkehr einer riesigen Kreuzung. Ich wollte nicht anhalten, wollte weiter und immer weiter fahren. Doch so schwer es mir auch fiel, musste auch ich mich in die Reihe der langsam tuckernden Autos einreihen und auf die nächste Grünphase warten, bis ich meine Reise fortsetzen konnte. Nervös schaute ich auf die Uhr des Autoradios, um zu kontrollieren, wie viel Zeit ich zwischen mich und meine Verfolger gebracht hatte. Dabei wurde mir bewusst, dass ich nicht genau wusste, wann ich losgefahren war. Überhaupt wusste ich weder wo ich war, noch ob meine Verfolger mir überhaupt folgen würden. Schließlich hatte ich mir ihr Fahrzeug unter den Nagel gerissen und sie ziemlich verdutzt am Fahrbahnrand im Wald zurückgelassen. Der Verkehr floss so zäh daher wie dünnflüssiger Honig von einem Löffel, den man minutenlang über seinem Brot kreisen lassen muss, ehe das richtige Brot-Honig-Verhältnis geschaffen wurde. Und so kreiste nun auch mein Fuß beharrlich über dem Gaspedal und wartete darauf, mit Vollgas weiter zu rasen. Innerlich brodelte es und ich merkte, dass ich mich beruhigen musste, um einen klaren Gedanken fassen zu können. Ich betrachtete die Umgebung. Obwohl ich die ganze Zeit aus dem Fenster geblickt hatte, war es, als hätte man mir Scheuklappen übergezogen und die Welt in eine einzige Fahrbahn gepresst. Nun öffneten sich mit einem Mal Farben und Formen, gefärbte Formationen und formierte Farben. Die Straßen waren breiter und durch Radwege gesäumt. Auch die Straßenschilder sahen anders aus – irgendwie niederländisch. Allerdings konnte ich mit keiner der Ortsbezeichnungen etwas anfangen, geschweige denn aussprechen, ohne einen Knoten von der Größe eines Golfballs in meinem Mund zu fabrizieren. Ich hangelte mich von Ampelphase zu Ampelphase. Langsam aber sicher wurde aus meiner wilden Abenteuerlust ein Gefühl der Fassungslosigkeit. Während ich die blechernen Farben vor mir betrachtete, sickerte tröpfchenweise die bittere Erkenntnis der Realität zu mir durch.

Ich hatte ein Fahrzeug gestohlen.
Ich.
Der, der immer alles richtig machen wollte.
Panik ergriff mich. Natürlich könnte ich einfach nach Hause fahren und das Wohnmobil irgendwo abstellen. Allerdings fragte ich mich, ob ich überhaupt so weit kommen würde. Ich hatte ein Wohnmobil geklaut. Folglich war ich ein Dieb, ein Verbrecher. Spätestens an der Grenze würde man mich stoppen und ohne Pass und Papiere in Gewahrsam nehmen. Ich hatte eine Straftat begangen und beging sie nun auch weiterhin. In mir stieg ein merkwürdiges Gefühl auf. Als würde mir jemand die Kehle zudrücken. Ich begann zu frieren, während kalter Schweiß an meinen Schläfen hinablief. In meinem Kopf spielte sich ein halber Horrorfilm ab, gegen den »Scream« ein unterhaltsames Kinderprogramm war. Sie würden mich einsperren und das Leben, auf dass ich all die Jahre hingearbeitet und das ich doch noch nicht erreicht hatte, würde einfach vorbei sein. Geplatzt, wie eine Seifenblase. Mein Mund fühlte sich staubtrocken an und ich hatte zu wenig Spucke im Mund, um schlu-

cken zu können. Ich wiegte mich auf meinem Sitz und versuchte, ruhig zu atmen. Saß dort wie ein Kleinkind mit einer Puppe, die ihm nicht gehörte, und flehte nach Vergebung.

Es wurde grün und die Kolonne setzte sich in Bewegung. Langsam zuckelte ich über die Kreuzung und nahm noch im Augenwinkel wahr, dass eine Abbiegespur auf eine stark befahrene Autobahn Schuld an dem Verkehrschaos gewesen sein musste. Doch anstatt mich in die Kolonne der Abbieger einzureihen, entschied ich mich, der Autobahn mit ihren Mautstellen und Blitzanlagen fernzubleiben und weiterhin der Landstraße zu folgen. Um kein Aufsehen zu erregen, versuchte ich mich möglichst an die Temporegelung zu halten und ein ruhiger Verkehrsteilnehmer zu sein. Was sich wiederum in starkem Kontrast zu meinem Innenleben verhielt, das vielmehr die Dimension eines surrenden Bienenkorbs angenommen hatte, der nur noch einen Stockhieb davon entfernt war, aufzuplatzen und zu explodieren. Von wilden Verfolgungsjagd-Phantasien und immer wiederkehrenden Panikattacken gequält, schaffte ich es nur mit Mühe, ruhig auf meinem Platz sitzen zu bleiben und unauffällig zu wirken.

Ich fuhr in die Nacht hinein und orientierte mich an dem einzigen Ort, der mir halbwegs etwas sagte: Niwegen. Nicht nur, weil Jahre zuvor mein Navigationsgerät ihn so falsch ausgesprochen hatte, dass mir der Name »Neimeige« auf ewig im Gedächtnis bleiben würde, sondern vor allem auch deshalb, weil die Stadt nahe der deutschen Grenze liegt. Mit der Zeit begann mein Magen zu knurren aber ich wollte nicht stehen bleiben, um mir Abhilfe zu verschaffen. Ich wollte nur fort – fort von dem Ort des Verbrechens. Und während ich in tiefster Finsternis weiter dem Straßenverlauf folgte, sah ich am Fahrbahnrand einen kleinen Lichtkegel auf und ab tanzen.

Kapitel 1

An einem anderen Ort zu dieser Zeit.

Misstrauisch hob sie eine Augenbraue, während sie die feinen, braungelborangefarbenen Karamelltupfer betrachtete, die sich über der zarten Schicht grüner Äpfel bildete. Gleich war es so weit. Mit einem kribbelnden Gefühl sog sie den Duft von Butter und Zimt ein und ein leichtes Beben fuhr durch ihren Körper. Mit einem Seitenblick schaute sie auf die vergilbte Eieruhr, die sie mehr aus Gewohnheit angemacht hatte, und beobachtete den kleinen Zeiger, der sich wie ein Metronom immer im selben Rhythmus fortbewegte. Schließlich kannte sie den perfekten Garzeitpunkt und würde sich kaum einen Meter von ihrem Ofen wegbewegen. Es war Zeit. Unter großer Kraftanstrengung stützte sie sich auf ihrer Arbeitsplatte auf und erhob sich in Zeitlupengeschwindigkeit. Ihre Gelenke knackten und leise Schmerzwellen flammten durch die Glieder. Sie hätte definitiv mehr Sport machen sollen, damals, als sie noch jünger war. Doch jetzt war nicht die Zeit über alte Gewohnheiten nach zu sinnieren. Mit einem Griff hatte sie die Ofenhandschuhe übergestreift und umfasste den glatten Griff der Ofentür. Sie öffnete die Tür nur einen winzigen Spalt. Heiße Luft umwaberte sie und der Geruch von warmem Apfelkuchen hüllte sie vollends ein. Ein breites Strahlen zog sich durch das Gesicht, als sie die heiße Form so vorsichtig herausholte wie ein Neugeborenes.

Er liebte Kuchen. Schon damals als sie sich kennengelernt hatten, war er jeden Sonntag zum Kuchenessen vorbeigekommen. Und hatte sich vielleicht auch deshalb in sie verliebt, weil sie den besten Kuchen der ganzen Eifel machte. So sagte man zumindest. Er würde dieses Prachtexemplar von Appeltaart noch im

Stehen verschlingen, sobald er es sähe. Mit einem stillen Grinsen stellte sie den Kuchen zum Abkühlen auf das Brett des halb geöffneten Fensters. Wie oft hatte ihn der Duft von Hefeteig und Obst zu ihr gelockt. Sie schaute mit leicht verklärtem Blick nach draußen auf die Straße. Sie sah die Nachbarn in ihren Vorgärten werkeln und den Jungen, der einmal in der Woche die Wurfsendungen brachte, vorbei spazieren. Der Stellplatz vor ihrem Haus war leer. Während sie nach draußen schaute, beschlug das Fenster leise vor ihren Augen. Sie lehnte ihre Stirn an das kalte Glas und spürte, dass der Moment vorbei war.

Er liebte Kuchen.

Damals, als er noch da war.

Kapitel 4

Vor Jahren hatte ich in einer Zeitschrift einen Artikel gelesen, der mich tief bewegt hatte und seit diesem Zeitpunkt zu einer Art Mantra für mich geworden war. Darin hieß es, dass man sich bei der Geburt in einem dunklen Raum befindet. Mit jeder guten Tat und jedem richtigen Schritt im Leben wird eine Kerze in der Dunkelheit entzündet, sodass sich der Raum Mal für Mal erhellt. Für jede schlechte Tat und jedes egoistische Handeln erlischt hingegen ein Licht. Und während viele Menschen ihr Leben lang zwar strahlend vor Anerkennung durch das Leben schreiten, sieht ihr Inneres doch finster und einsam aus. Obwohl sie sich vielleicht manches Mal sogar im Scheinwerferlicht betten, tasten sie doch im finsteren Nichts umher. Der glückliche, bescheidene Mensch hingegen strahlt mit seinem ganzen Wesen von innen heraus und wird den richtigen Weg des Lebens schließlich im hell erleuchteten Raum finden.

Obwohl ich, wie vermutlich jeder Mensch auf diesem Planeten, es sehr genoss, wenn mir jemand Aufmerksamkeit schenkte oder mich mit Lob überschüttete, versuchte ich doch stets bescheiden zu sein und meine inneren Kerzen zu hüten. Denn schließlich wusste ich genau, wie Egoismus oder Eigenlob mir vielleicht kurzfristig den Tag verschönern könnten, ich damit langfristig jedoch nur an Licht einbüßen würde. Dass ich durch eine einzige Tat meine gesammelten Kerzen wie eine Flutwelle auslöschen könnte, war mir dabei nie in den Sinn gekommen. Doch da ich nun die Grenze überschritten hatte, war ich mir mittlerweile sicher, in tiefste Finsternis zu fallen. In eine Finsternis, die jedes Plumpsklo an Dunkelheit und Gestank übertraf und mein Wesen einhüllen würde, wie ein Fliegenschwarm einen Misthaufen. Und so deutete ich diesen ominösen Lichtkegel, der immer heller und deutlicher wurde, im ersten Moment mehr als ein Zeichen, dass nun die letzte Kerze zu flackern begann.

Tatsächlich, wie ich erst im Näherkommen bemerkte, handelte es sich hier nicht etwa um eine Kerze oder gar eine tiefere Botschaft, sondern vielmehr um eine Person mit einer orangefarbenen Warnweste am Fahrbahnrand, die in wilden Auf-und-Ab-Bewegungen mit einer Taschenlampe wedelte. Mein Herz rutsche in die Hose. Ich wusste nicht, wer des nachts einsam auf Straßen herumstand, aber ich vermutete, dass es sich dabei selten um eine nette Dame der heimischen Klatsch- und Tratschrunde handelte. Ich drosselte mein Tempo, denn schließlich wollte ich meine Tarnung als einfacher Urlauber nicht so schnell verlieren.

Wenn man in dieser Situation ist, malt man sich die schlimmsten Szenarien aus. Man sieht sich schwitzend und stammelnd in einer allgemeinen Verkehrskontrolle stehen, während der Drogenhund knurrend in den Seilen hängt und bereit ist, zuzuschnappen. Möglicherweise denkt man auch daran, die Verfolger hätten die Fährte aufgenommen, um die rasante Flucht mit einer Finte zu stoppen. Oder vielleicht auch, ein gemeiner Autodieb würde nur darauf warten, dass jemand anhält, dem man die Pistole an die Stirn halten und ausrauben kann.

Doch obwohl in Sekundenbruchteilen ein Film all dieser Szenarien ablief, betätigte ich langsam die Bremse. Ich kam mit einem Ruck zum Stehen, beugte mich mit klopfendem Herzen zur Beifahrerseite hinüber und kurbelte unter Quietschen und Ächzen die Scheibe herunter. Stille. Zuerst konnte ich nichts erkennen, doch dann erschien ein hübsches, zartes Gesicht mit kurzen, schwarzen Haaren und dunklen Augen an der Tür.

»Speak English? French?«, tönte ein zartes Stimmchen und begann kurz darauf auf Englisch zu fragen, ob sie ein Stück mitfahren dürfe. Vielleicht bis an die nächste Ländergrenze?

Mehr verstand ich nicht, denn das Rumpeln der vielen tausenden Steine, die mir vom Herzen fielen, machte in meinen Ohren zu großen Rabatz, als dass ich dem schnellen Wortgeflecht aus englischen und französischen Wörtern weiter folgen konnte. Erleichtert und ohne genau hinzuhören, nickte ich einfach nur, woraufhin die junge Dame die Tür öffnete, sich mit einem Rucksack vorsichtig auf den Beifahrersitz setzte und anschnallte. Ich betrachtete sie einen Moment und ließ meinen Blick über die kleine Nase zu den zusammengefalteten Händen streifen. Sie wirkte ziemlich in sich gekehrt. Doch ihr Blick zeugte von einem Selbstbewusstsein, dass mich in meine Schranken wies. So räusperte ich mich kurz, legte den ersten Gang ein und fuhr los. Und fand damit eine Komplizin, ohne zu wissen, wie kompliziert diese sein können.

Schweigend saßen wir nebeneinander, während wir nichts als das Rattern der rumorenden Räder hörten. Vor uns lag die in der Finsternis verschwindende Straße, deren Tristesse nur durch die vom fahlen Lichtkegel spärlich beschienenen Obstbäume am Fahrbahnrand aufgelockert wurde. Jeder von uns war in seine eigene kleine Gedankenwelt versunken. Immer, wenn ich versuchte meinen Mund zu öffnen und etwas zu sagen, klappte er direkt darauf und in der Geschwindigkeit eines Schweizer Taschenmessers wieder tonlos zu. Ich hatte das Gefühl, meine Sprache verloren zu haben. Als wären alle Worte gesagt und meine ganze Existenz verloren gegangen. Wer war ich denn überhaupt noch, außer ein mieser, kleiner Autodieb?

Als ich wenige Jahre zuvor die Dreißiger-Marke überschritten hatte, kam sie bei mir das erste Mal auf: Die Frage nach dem Sinn des Lebens. Obwohl ich bis dahin ein sorgloses Leben geführt und alles bekommen hatte, wonach ich mich je gesehnt hatte, tauchte ganz plötzlich und ohne Vorwarnung ein Gefühl von zwischen den Fingern verflossener Zeit auf. Ab diesem Augenblick quälten mich aus dem Nichts heraus ständig Fragen, was ich im Leben noch erreichen wollte. Wohin mich die Reise führen soll. All die Jahre zuvor hatte ich auf ein festes Ziel hingearbeitet: Erst machte ich mein Abitur, um direkt darauf (oder um es genauer zu sagen, drei Tage später) mein BWL-Studium an der Hochschule zu beginnen. Als ich nach der Regelstudienzeit als Betriebswirt betitelt wurde, fing ich in einer großen Firma als Unternehmensberater an und war seitdem die Karriereleiter Stück für Stück emporgestiegen. Während meine alten Freunde Familienvans kauften und Hochzeitsbilder auf Internetplattformen zeigten, recherchierte ich Zahlen und bereitete Präsentationen vor. Was mich wiederum nicht weiter störte, denn während meine Bekannten sich um Kredite bemühten und jeden Cent zweimal umdrehten, wuchs mein Kontostand stetig an. Mein Leben verlief genau nach Plan und deshalb fühlte es sich fremd an, als mir plötzlich der Gedanke kam, alles im Leben erreicht zu haben, was meine Kopfkarten hergaben. Die Zeit raste unerbittlich weiter. Mir war bewusst, dass ich meinen physischen Entwicklungshöhepunkt bereits überschritten hatte und selbst mein kognitives Niveau bald an seinem Zenit angelangt war. Ab diesem Zeitpunkt würde es nur noch bergab gehen. Und die Uhr würde beständig weiter ticken. Um es auf den Punkt zu bringen: Ich hatte schlicht und ergreifend Schiss davor, alt zu werden und meine Zeit zu vertrödeln. In einigen schlaflosen Nächten überlegte ich fieberhaft, was andere Leute im Leben antrieb – außer Milchshakes und diversen anderen Milchprodukten. Ich las Texte über den Mensch als soziales Wesen, der dazu bestimmt sei, sich fortzupflanzen. Doch während mir die Sache mit dem Fortpflanzungsakt ziemlich gut gefiel, konnte ich mir nicht vorstellen, selber einmal Kinder in die Welt zu setzen. Zwar ging mir jedes Mal, wenn ich ein Kind lachen und spielen sah, mein Herz über vor lauter Freude; allerdings kam ich mir selber nicht nur zu Ich-orientiert, sondern um ehrlich zu sein, vor allem zu fehlerhaft vor. Ich hatte keine guten Augen, musste regelmäßig mit Migräne-Attacken zurechtkommen und die Liste der Krankheiten in meinem familiären Umfeld war lang und schwerwiegend. Selbst eine Beziehung hatte nur selten Platz in meinem durchgetakteten Leben. Ich ließ mich zwar immer wieder auf eine Partnerin ein, allerdings scheiterte es oft schon nach kurzer Zeit daran, dass ich »zu kompromisslos« sei oder »Die Arbeit immer an erster Stelle« stünde. So blieb es meist bei losen Bekanntschaften oder eben Gelegenheitsangelegenheiten.

Weiterhin las ich, dass der Lebenssinn darin bestünde, glücklich zu werden und Dinge zu tun, die dem Menschen am Herzen liegen. Mit dieser Antwort konnte ich schon mehr anfangen. Doch wenn ich gewusst hätte, was mich glücklich machen würde, hätte ich mir womöglich gar nicht erst die Sinnfrage gestellt. So überlegte ich weiter, wann ich in meinem Leben glücklich gewesen war. Zuerst fielen mir die großen Feste ein, wie etwa Weihnachten, meine Kinderkommunion oder Geburtstage. Aber da ich weder Partyplaner werden, noch als lebendiger Weihnachtsmann auftreten wollte – wenngleich mir das endlich den Freifahrtschein geliefert hätte, den vielen süßen Weihnachtssünden endlich mit offenen Armen und vor allem einem offenen Mund gegenüberzutreten – grübelte ich weiter. Ich dachte an das Kuchenbacken mit Oma und die Radtouren mit meinen Eltern. Und vor allem an die Urlaube und die wunderschönen, unberührten Gebiete dieser Welt, in denen ich mich wie ein Forscher in geheimer Mission gefühlt hatte. So setzte ich mir in den Kopf, irgendwann einmal die

Erde zu bereisen. Allerdings wollte ich mir nicht nur ein Jahr Auszeit nehmen und mal in die große, weite Welt hineinschnuppern, sondern aufs Ganze gehen und jeden Winkel unberührter Natur entdecken. Ich nahm mir vor, meine besten Jahre der Karriere zu widmen und dabei so viel herauszuschlagen, wie es nur möglich war. Damit ich mich, wenn ich vierzig oder einundvierzig Jahre alt sein würde, für immer absetzen könnte. In meinen Recherchen fand ich heraus, dass es dafür eine Bezeichnung gab: Frugalismus. Diese Frugalisten führen ihr Leben so sparsam wie möglich, um später frei und selbstbestimmt für sich sorgen zu können. Und letztendlich war das genau das, was ich wollte. So traf ich kurzerhand die Entscheidung, den Lebensstil eines Frugalisten zu übernehmen und auf ein Leben nach der Arbeitswelt zu sparen. Und da Sinngebung maßgeblich zum Glücklichwerden beiträgt, hatte ich in diesem glücklichen Moment das Gefühl, wieder voller Glückseligkeit auf etwas hinarbeiten zu können. Und meinem Leben einen neuen Sinn zu verleihen.

So kasteite ich mich tagein und tagaus, um den Plan minutiös einhalten zu können. Schließlich war Planung das halbe Leben und die Hälfte ein großer Teil vom großen Ganzen. Doch nun saß ich hier, ziemlich ungeplant, einige Jahre später in einem geklauten Wohnmobil mit einer schweigsamen Dame und musste mir darüber klar werden, dass wegen eines Milchshakes mein gesamtes Planquadrat auf der Kippe stand. Und während ich weiter darüber nachsinnierte, hörte ich zu meiner Rechten ein leises Stimmchen, das auch von einem Engel hätte stammen können, welches sagte »My name is Julie, by the way. And who are you?« Und da es das Einzige war, was ich momentan mit Sicherheit wusste, antwortete ich: »Hi, my name is Günter«.

Kapitel 5

Nach diesen ersten Sätzen verstummte das Gespräch wieder und das Wohnmobil steuerte ziellos durch die Nacht. Hätte man uns aus der Vogelperspektive beobachtet, hätte man das Fahrzeug vermutlich für ein Pinball-Spiel gehalten, bei dem der Ball in weitem Bogen vom Rand abprallt, sobald er in Berührung mit diesem gerät. Was nicht etwa an meinem eigenwilligen Fahrstil gelegen hätte, sondern viel mehr in der nahenden deutschen Grenze begründet lag. Denn immer, wenn die Kilometerangaben auf den Straßenschildern in Richtung Deutschland zusammenschrumpften, bog ich gezielt an der nächsten Kreuzung ab, um etwas Distanz zwischen das Wohnmobil und den Grenzübergang zu bringen. Mittlerweile war ich mir ziemlich sicher, dass man es als gestohlen gemeldet hatte und die Handschellen nur auf mich warteten. So hinterließ ich lieber meine Reifenspuren auf holländischem Boden, als mich ins Bodenlose zu stürzen.

Die Dunkelheit verschluckte uns regelrecht und die Monotonie der flirrenden Straßenmarkierungen versetzte mich in eine Art Trance. Die Augenlider wurden schwer und ich versuchte mich stärker zu konzentrieren. Ich musste weiterfahren, musste fliehen. Die Müdigkeit drohte mich zu übermannen und so tat ich das einzig Sinnvolle, das jeder Autofahrer in diesem Moment tun würde: Ich schaltete das Radio ein. Doch außer Krächzen und Gedudel gab es nicht viel Aufheiterndes von sich. Zarte Nebelwölkchen tanzten in dem matten Licht der Scheinwerfer und bedeckten den Sternenhimmel über uns. Die Straße hatte sich von den ersten Regenschauern der letzten Tage, nach den ungewöhnlich regenarmen Monaten zuvor, dunkel vollgesogen wie ein Schwamm. Die Luft war in dieser unheilvollen Nacht zum Schneiden dick. Ich versuchte der Müdigkeit zu trotzen und mit den Augen der Straßenbegrenzung zu folgen: Weiß – schwarz – weiß – schwarz. Wie eine Figur eines Schachspiels übersprang ich Feld um Feld, bis aus dem Nichts ein jäher Schrei durch die Nacht gellte.

Bevor ich ihn Julie zuordnen konnte, trat ich mit voller Wucht auf das Bremspedal. Hörte Reifen quietschen, Bremsen blockieren. Kam mit einem Rumpeln zum Stehen. Alles ging so schnell, dass ich nicht sofort verstand, was vor sich ging. Irgendwie hatte sie sich vom Sitz gelöst und war in die Dunkelheit der Nacht gestürmt. Ich eilte ihr nach. Sie hatte sich unter das Fahrzeug geworfen. Von ihrer Existenz zeugten nur noch ihre Füße, die wild unter der Motorhaube hin und her strampelten. Sie schaute nach was auch immer wir überfahren hatten – oder wen auch immer ich überfahren hatte…!

Gänsehaut überzog meine Arme und ich tippelte von einem Fuß auf den anderen. Und malte mir bereits die Schlagzeilen aus: Wohnmobildieb und Mörder auf freier Flucht. Mir wurde übel und ich schleppte mich zum Fahrbahnrand.

Nun konnte ich sie mit gedämpfter Stimme etwas Nuscheln hören, allerdings war ich zu sehr damit beschäftigt, Herr über mein eigenes Wesen zu sein, als dass ich viel davon verstanden hätte. Erst nach einer gefühlten Ewigkeit des Schreckens wurden aus Julies Füßen wieder Beine und aus dem zarten Körper ein vollständiger Mensch. Als sie in ihrer ganzen Gestalt vor mir stand, hielt sie etwas Weißes in den Armen. Glücklicherweise keinen Menschenkadaver, sondern mehr eine Art Fellball, der die Größe einer Salatschüssel hatte.

Während Julie auf Französisch vor sich hin flüsterte, ließ ich meinen Blick über die Straße wandern. Kein Laut war zu hören, kein Auto in Sicht. Die perfekte Gelegenheit, um den Rückwärtsgang einzulegen und von vorne zu beginnen. Doch statt in drei Zügen zu wenden, wendete ich mich wieder Julie zu, die das Wesen auf dem Arm beruhigend streichelte. Ich versuchte zu erkennen, um welche Art Tier es sich handelte und sah, dass sich sein Brustkorb hob und senkte. Es lebte. Tausende Steine fielen von meinem Herzen und in meinem Gesicht breitete sich ein dümmliches Grinsen aus. Julie sah mich durchdringend an und flüsterte »Un lièvre. Rabbit, ‚Ase«. Und als ich in ihre sorgenvollen und bekümmerten Augen sah, machte mein Herz noch einen kleinen Hüpfer. Denn das Tier lebte. Und ich war nicht allein.

Das gute Gefühl währte nur kurz. Zwischen mir und Julie, die neben Französisch und Englisch scheinbar auch Deutsch sprach, entbrannte eine heiße Diskussion. Sie wollte augenblicklich in die Tiernotfallklinik fahren und den Hasen untersuchen lassen. Doch was im normalen Leben mit Sicherheit die weiseste Entscheidung gewesen wäre, erschien in einem Moment, in dem man seine Identität um jeden Preis verbergen möchte, als das Abstruseste, was man tun könnte. Schließlich muss man dort einen Namen, eine Telefonnummer und einen Tathergang hinterlassen, der doch genau in diesem Augenblick so geheim war, dass er eigentlich in einem Tresor eingeschlossen werden müsste. So folgte ein lautstarker Streit auf Leben und Tod – Sein oder Nicht-Sein, das war hier die Frage. Vermutlich hätten wir noch bis in die frühen Morgenstunden diskutiert, hätte das Häschen nicht erbärmlich zu Zittern begonnen. Mit einem einvernehmlichen Nicken kletterten wir gemeinsam in die Wohnkabine und holten vom Sofa einen weichen Überwurf, auf dem es sich ein wenig aufwärmen konnte. Offenbar hatte es eine kleine Wunde am Hinterlauf, schien sonst jedoch gesund zu sein. Mit Hilfe der Verbandstasche, die glücklicherweise gut sichtbar in der Beifahrertür gehangen hatte, desinfizierte Julie die betroffene Stelle und verband das Bein behelfsmäßig. Während sie dem Tier gut zuredete, fragte sie mich nach etwas Wasser. Ich stammelte herum, begab mich nach einigem Murren aber dann doch auf die Suche. Vorsichtig rüttelte ich am ersten Schrank, der fest verschlossen war. Ich versuchte mein Glück an einer Schublade, die sich jedoch auch nicht kompromissbereiter zeigte. Ich biss mir auf die Unterlippe. Hier musste es doch einen Trick geben. Verstohlen sah ich zu Julie hinüber, die glücklicherweise so in die Pflege ihres Schützlings vertieft war, dass sie von alledem nichts mitbekam. Im schalen Licht der Pendelleuchte versuchte ich auszumachen, ob es möglicherweise einen kleinen Riegel gab, der die Türen bei der Fahrt blockierte. Doch vergeblich. Es blieb nicht mehr viel Zeit übrig, bis Julie bemerken würde, dass hier Etwas nicht stimmte. Ich umfasste erneut den Schranktürgriff und ertastete einen kleinen Knopf auf der Innenseite, der mir, als ich ihn drückte und gleichzeitig an der Tür zog, den magischen Sesam öffnete. Zumindest eine sehr geblümte Version davon. Denn nachdem sich die Tür mit einem kurzen Ruck öffnete, war der Boden mit einer ganzen Heerschar von geblümten Handtüchern und Küchenlappen bedeckt. Julies Kopf schnellte in die Höhe. Sie musterte mich kritisch. Mit einem Schulterzucken sammelte ich eifrig das Durcheinander zusammen und fand glücklicherweise im nächsten Schrank einige Flaschen von dem stillen Wasser, das angeblich sogar tote Goldfische zum Leben erweckte. Nach einigem Klappern und Wühlen hatte ich schließlich auch eine Müslischale im Achtzigerjahre-Design gefunden und konnte Julie das geforderte Wasser reichen. Lange würde ich diesen Affentanz nicht mehr durchhalten können.

Obwohl Julie weiter darauf drängte, augenblicklich eine Tierklinik aufzusuchen, konnte ich sie davon überzeugen, bis zum Morgen abzuwarten. Wir einigten uns darauf, dass es für diese Nacht wohl das Beste wäre, eine ruhige Ecke zu suchen und eine Pause einzulegen. Der Tag war ereignisreich für zwei gewesen und ich hatte kein Interesse daran, noch weitere freiwillige oder unfreiwillige Passagiere aufzulesen. Mit einem bedachten Blick auf die Tankanzeige, die gefährlich Richtung Null zeigte, bog ich bei der nächsten Gelegenheit auf einen kleinen Parkplatz ein, bot Julie das Bett an und rollte mich auf der durchgesessenen Rückbank ein. Ich ließ mich von der Müdigkeit und wilden Träumen hinfort reißen. Hinein in eine Welt voller rauchender, Lederjacken tragender Kaninchen in fliegenden Wohnmobilen.

Von der Morgensonne geweckt, schlug ich langsam die Augen auf und versuchte mich zu orientieren. Mein Blick wanderte über die gerüschten Gardinen mit Blumenensemble, die muffig schwer neben meinem Kopf baumelten, der hart an die beschlagene Fensterscheibe gelehnt war. Vor mir befand sich eine dünne Tischplatte in Eichenholzfolierung, deren dunkle Optik sich im gesamten Innenraum wiederfand. Gegenüber der Sitzecke war eine schmale Küchenzeile zu finden, ein Waschbecken und zwei Herdplatten, Hängeschränke und ein surrender Kühlschrank, dessen eintöniges Brummen meinem Schädel Ausdruck verlieh. Daneben war die Nasszelle untergebracht, mit der Tür zu meinem selbstgeschaffenen, stinkenden Gefängnis. Im hinteren Teil lag durch eine Art Schiebetür getrennt eine Schlafkabine mit Hängeschränken.

Ich brauchte eine Weile, um zu verstehen, dass dies nicht meine kleine, aufgeräumte Zwei-Zimmer-Wohnung war, sondern ein ziemlich altbackenes Wohnmobil, in dem ich mich zu meiner Verwirrung wiederfand. Während ich langsam meine schmerzenden und versteiften Glieder streckte, sickerte Stück für Stück die Erinnerung an den vergangenen Tag durch. Der

Lauf, der Wohnmobil-Diebstahl, die beiden Kerle mit den Lederjacken, Julie. Ich richtete mich etwas auf und versuchte einen Blick in die Schlafkabine zu werfen. Ich konnte zerwühlte Kissen und Decken sehen und davor auf dem Boden das Kaninchen, das mich mit seinen roten Augen anfunkelte. Julie konnte ich jedoch nicht entdecken. Ob sie abgehauen war? Ich stand auf und schleppte meinen müden Körper zur Tür, die in dem Moment aufgeschleudert wurde. Vor mir stand eine Julie mit zerwühlten Haaren und roten Wangen und blickte mich fragend an.

»Ich weiß nicht, was du auf der Toilette angestellt hast, aber das ist einfach nur ekelhaft.«, warf sie mir mit ihrem französischen Akzent entgegen.

So hatte sie lieber den Wald aufgesucht, als einen Schritt in die Waschmöglichkeiten zu setzen. Und nach einem Blick durch die Tür konnte ich dem nur zustimmen. Die noch immer geöffnete Toilette war scheinbar bei der wilden Fahrt das eine oder andere Mal übergeschwappt, sodass sich die braune, stinkende Flüssigkeit nicht nur als schickes Stillleben an den Wänden wiederfand, sondern sich in langen Bahnen über den Boden verteilt hatte. Mit hochrotem Kopf verschloss ich den Klodeckel und zudem auch die Tür so fest ich konnte. Sperrgebiet.

Nachdem ich ebenfalls dem Ruf der Natur in natürlicher Umgebung gefolgt war, schaute ich mich auf dem leeren Parkplatz um. Es handelte sich um einen Rastplatz mit überquellenden Müllbehältern, einer Vielzahl an zerknüllten Taschentüchern, die wie Lametta die Büsche dekorierten, und entdeckte dabei eine bereits sehr mitgenommene Wanderkarte auf einem morschen Holzpfahl, der wiederum als Knooppunt beschriftet war. Ich versuchte zu erkennen, wo wir waren, aber die wilde Anordnung von Zahlen in einem Wegenetz erschwerte mir die Ansicht. Immerhin konnte ich irgendwann einordnen, dass wir uns bei Limburg in den Niederlanden befanden. Es gab eine Vielzahl von Grenzübergängen zwischen Holland und Deutschland und mir wurde bei dem Gedanken, dass man vermutlich nicht jede einzelne Straße überwachen konnte, eine Spur leichter ums Herz. Als ich zurückkam, war Julie bereits damit beschäftigt Schränke und Schubladen nach Essensvorräten zu durchsuchen, wobei sie lautstark mit Alu-Töpfen und Tellern schepperte, die sich ihr in den Weg stellten. Mein Magen rebellierte und ich hoffte inständig, dass sie fündig werden würde. Sie legte ihre Fundstücke auf den Tisch – eine verschweißte Packung Schwarzbrot, Marmeladenpäckchen, wie man sie früher auf Flugreisen bekam, Müsliriegel mit Schokoladenüberzug und eine Flasche Wasser – und sah mich mit eben jenem prüfenden Blick an, den ich bereits am vergangenen Abend zu spüren bekommen hatte.

Mit einem entschuldigenden Schulterzucken und der Ausrede, dass ich nicht auf Besuch eingestellt und nur auf der Durchreise war, öffnete ich gierig die Brotverpackung und schaufelte die Marmelade in rauen Mengen darauf. Obwohl das Mahl so spärlich war, tat Julie es mir gleich und verschlang ihre Stulle in wenigen Bissen. Wir stürzten uns förmlich auf die noch ungeöffneten Wasserflaschen und tranken sie wie Verdurstende aus. Ich betrachtete sie von meinem Platz und mir wurde bewusst, dass ich so in Sorge war, sie könne Verdacht schöpfen, dass ich gleichzeitig bisher nicht auf den Gedanken gekommen war, mich nach ihr zu erkundigen. Was machte eine junge Frau nachts allein auf der holländischen Landstraße? Sie war offensichtlich eine Kinderfresserin. Zumindest ihrer Sprache nach zu urteilen. Wobei Kinderfresser nicht wirklich nur Kinder fraßen, wie man an ihrem gesunden Brotappetit sah. Viel mehr war »Kinderfresser« eine deutsche Bezeichnung für Belgier, von der niemand genau wusste, woher sie stammte. Aber da ich selber schon ausgewachsen war, machte ich mir darüber keine weiteren Gedanken. Ich musterte sie erneut von der Seite. Julie hatte ihre kurzen, schwarzen Haare mittlerweile sorgfältig glattgestrichen, trug eine weite schwarze Hose im Marlene Dietrich Stil und ein enges, ursprünglich mal weißes T-Shirt, das ihre zierliche Figur betonte. Darüber hing eine Art lockere, olivfarbene Strickjacke, die einen schönen Kontrast zu ihrer kalkweißen Haut bildete. Sie wirkte in sich gekehrt und nur selten huschte ein Lächeln über ihre herzförmigen Lippen. Ihr Blick war jedoch offen und furchtlos, als könnte sie kein Wässerchen trüben. Ich versuchte mir ein Bild von ihr zu machen, allerdings verstand ich nicht, warum sie zu einem Wildfremden ins Auto gestiegen war, ohne überhaupt in Frage zu stellen, wo er hinfuhr. War sie vielleicht auf der Flucht vor jemandem und hatte womöglich ebenso Dreck am Stecken wie ich? Sie schaute mich an. Wir taxierten uns gegenseitig und ich nahm mir vor, bei Gelegenheit mehr über sie zu erfahren. Doch erstmal musste unsere Reise mit dem geklauten Wohnmobil und einem verletzten Hasen unter einem großen Fragezeichen weitergehen.

Lange brauchten wir nicht, bis alles wieder an seinem Platz verstaut war. Selbst für den Hasen fanden wir schnell eine Waschschüssel als Reisesitz, den Julie mit etwas Gras und weichen Handtüchern ausgepolstert hatte. Wir hatten uns darauf geeinigt, in Richtung Aachen zu fahren, da die belgische Grenze nicht weit entfernt war und die deutsche Stadt fast schon mit den Niederlanden verschmolz. Beschwingt und voller Enthusiasmus, einen neuen Kopfplan zu haben, startete ich den Motor, nur um gleich darauf wieder in mir zusammenzufallen. Der Sprit würde nur noch wenige Kilometer reichen. Genauer gesagt noch neunundvierzig Kilometer, deren Zähler jedoch so schnell herunterlief, dass jeder Sekundenzeiger vor Neid erblasst wäre. In meiner Laufshorts hatte ich einen Notfallzehner aber bei den holländischen Dieselpreisen würde ich damit nicht weit kommen. Nach etwa zwanzig Kilometern erreichte das Wohnmobil stockend und stotternd die nächste Tankstelle. Als ich Julie auffordernd ansah, hob sie nur abwehrend die Hände und versicherte mir, dass sie kein Geld dabeihabe.

Mein Kopf fiel kraftlos nach unten und wäre vermutlich auch einfach dortgeblieben, wenn sich um Julies Mund nicht plötzlich ein schelmisches Grinsen gezogen hätte. »Versteck dich mal kurz«, raunte sie mir zu und war mit einem Satz aus dem Wohnmobil gesprungen. Während ich mich neugierig hinter den Sitz kauerte, hatte Julie ihre schwarzen Haare aufgeschüttelt und war zum nächsten LKW-Fahrer geschlendert. Was dann folgte, hätte man an keiner ominösen Straßenecke besser beobachten können. Mit einem Augenaufschlag, um den sie jedes Reh beneidet hätte, sprach sie mit dem Mann, deutete auf das Wohnmobil, nur um ihm wieder unschuldig tief in die Augen zu blicken. Ein Auflachen hier, ein unauffälliges Streicheln da, schon kam sie seelenruhig mit einer Tankkarte zurückgeschlendert, tankte in aller Seelenruhe das Wohnmobil auf und ging wenige Minuten später zurück zu dem Fahrer, der ihr genüsslich dabei zusah. Gemeinsam gingen sie um den LKW herum und ich konnte erkennen, wie Julie einige Male anerkennend nickte, ehe sie aus dem Sichtfeld verschwanden. Doch schon kurz darauf kam sie mit einer Brötchentüte, einer Flasche Cola und einer Handynummer zurück, setzte sich auf den Fahrersitz und fuhr mit einem Hupkonzert davon. Während ich mich noch fragte, ob Kinderfresser auch LKW-Fahrer erledigen, warf sie mir mit einem Schnippen die Nummer zu und mir blieb vor lauter Verwunderung der Mund offenstehen. Auf meinen erstaunten Blick hin grinste sie mir nur verschwörerisch zu.

»Ach, das war doch gar nichts«, wehrte Julie auf meine Nachfrage mit einem Handwinken ab. In einer Engelsgeduld begann sie zu erzählen.

Julie wuchs als Einzelkind in einem kleinen Einfamilienhaus auf dem Lande auf und war der ganze Stolz ihrer Eltern. Ihr Vater war KFZ-Mechaniker und ihre Mutter Hausfrau und Seelentrösterin. Da das Geld immer knapp gewesen war, waren die Sorgen groß und der Hunger manchmal noch größer gewesen. Sie bauten ihr Gemüse selber an und horteten im Keller Unmengen von Einmachgläsern. Auf einer kleinen Weide hielten sie Hühner und Schafe, deren Eier und Wolle am Wochenende auf dem Markt angeboten wurden. Julie spürte schon früh, dass das Leben manchmal ungerecht war und wollte ihren Eltern, die alles taten, was in ihrer Tatkraft stand, nicht noch mehr Kummer bereiten. So strengte sie sich umso mehr an, brachte gute Noten nach Hause und half bei der Hausarbeit. Während ihre Freundinnen am Wochenende in die Dorfkneipe gingen, träumte sie sich in die Welt der großen Dichter und Denker. Sie wäre nur zu gerne selber in solche Welten geflohen, doch sie begnügte sich damit, in ihrem kleinen Hamsterkäfig der Arbeit nachzugehen. Als sie irgendwann alt genug war und mit auf den Markt zum Verkaufen durfte, stellte sie schnell fest, dass nicht nur ein sanfter Augenaufschlag verkaufsfördernd sein konnte, sondern die Menschen auch sehr zugänglich für Schmeicheleien waren. »Sie tragen aber ein schönes Tuch. Das bringt ihre Augen nur noch mehr zum Strahlen«, brachte ihr oft nicht nur ein Lächeln ein, sondern auch ein paar Cent extra auf die Hand. Stillklammheimlich beneidete sie die Frauen und Männer, die sorglos durchs Leben gingen und sich scheinbar alles kaufen konnten, wonach sie sich sehnten. Doch sie hatte schnell gelernt, dass offensichtlicher Neid und Missgunst niemanden voranbrachten. Jeder handelte aus bestem Gewissen, versuchte alles für sich selber herauszuschlagen. Würde man die Person bloßstellen, indem man sie beschuldigte, dass sie es gar nicht verdiene, würde sie nur Gift und Galle spucken. Deshalb schluckte Julie im Gegenzug ihren Neid herunter und zeigte sich nach außen hin als wahrer Goldschatz. Als sie endlich achtzehn Jahre alt geworden war, nahm sie sich vor, der elenden Holzspalterei und Kartoffelklauberei ein Ende zu setzen und ein neues Leben anzufangen. Schwirig war einzig und allein die Umsetzung, da Geld nicht vom Himmel fiel, man es aber doch irgendwie brauchte, um den Himmel auf Erden zu entdecken. Die Lösung waren viel Lippenstift und noch mehr Eyeliner, der sie zwar nicht in den Himmel brachte, ihr Aussehen jedoch vielen Männern den Himmel versprach. Besonders interessant waren für Julie dabei jene Herrschaften, die dem Reisen nahe waren und sie so vielleicht mit in eine andere Welt nehmen konnten. Nach einer kurzen Liaison mit einem Piloten merkte sie jedoch schnell, dass nicht jeder Pilot mit Reisen auch Reisen meinte. Und selbst ein Kapitän am liebsten nur das Land in seiner Kajüte entdecken wollte und weniger auf der Suche nach neuen Ufern war. Doch bald entdeckte sie die richtige Klientel für ihre Zwecke: Trucker. Trucker kamen viel in der Welt herum und freuten sich über eine nette Reisebegleitung, die nicht nur sehr hübsch war, sondern auch KFZ-Kenntnisse hatte und dreisprachig aufgewachsen war. Doch nach der letzten Tour, in der ein Trucker nicht nur Kleinviehtransporte ausfuhr, sondern vor allem auf nette Hühner in seiner Fahrerkabine abfuhr, nahm Julie kurzerhand Reißaus, warf sich ihre Warnweste über und versuchte eine andere Mitfahrgelegenheit zu ergattern. Und so war sie kurzerhand in ein Wohnmobil älteren Jahrgangs gestiegen, dessen Fahrer zwar merkwürdig gekleidet war, der dafür aber bisher zumindest tadelloses Benehmen zeigte, wenn man von seinen Verdauungsproblemen absah, welche die Waschkabine in ein kleines Armageddon verwandelt hatten.

Als Julie mit ihrer Geschichte endete, fragte sie auch mich nach meiner Vergangenheit. Doch da ich weder darauf erpicht war, über meine Schulzeit zu reden, in der ich gemobbt und gehänselt wurde, noch mit meiner jüngsten Vergangenheit anzufangen gedachte, schlug ich stattdessen vor, eine kurze Pause am nächsten Rastplatz einzulegen. Noch nicht ahnend, dass an diesem Rastplatz der Wohnmobil-Diebstahl eine entscheidende Wendung nehmen sollte.

Kapitel 6

Während ich mich sorgfältig um den Inhalt der Brötchentüte kümmerte, kümmerte Julie sich um ein Heißgetränk. Zumindest gab sie sich sehr bekümmert, denn ohne Kaffeebohnen ist jeder Bohnenkaffee irgendwie bohnenlos. Doch Julie wäre nicht Julie gewesen, wenn sie die Hoffnung einfach aufgegeben hätte. Und so suchte sie in der spärlich bestückten Reiseküche nach allem, was zum Kaffeekochen vonnöten war. Zunächst öffnete sie oberhalb des Kochfeldes die beiden Hängeschränke, in denen sie einige angelaufene Hartplastikgläser und geblümtes Campingporzellan fand, das an Blümeranz kaum zu übertreffen war. In dem Schrank daneben lagen einige Filtertüten, eine Kaffeekanne ohne Deckel und ein Zuckerdöschen, mit dessen Inhalt man auch Häuser hätte bauen können – zumindest der Konsistenz nach zu urteilen. In den unteren Schränken lagen Küchentücher, einige blecherne Töpfe und eine Ultra-Leicht-Pfanne, die das Camper-Gewicht möglichst nicht beschweren sollte. Daneben war allerlei Putzmobiliar aufgereiht, nebst einem großen Eimer, der vermutlich beim Wasserholen auf einem Campingplatz von Nutzen war.

»Dein Stil ist schon etwas speziell«, hörte ich sie lachen, während sie aus einem der Unterschränke hervorkam und einen der Teller begutachtete.

Ein breites Grinsen zog sich über mein Gesicht und ich versteckte es etwas verlegen, indem ich für das Häschen ein paar der harten Brotkrusten abbrach. Tatsächlich konnte ich den Spott durchaus nachvollziehen. Spitzendeckchen und orange-braun getünchte Blumen waren normalerweise auch nicht unbedingt mein Stil. Doch man musste die Situation so nehmen, wie sie kam und das war in dem Fall braun, blumig und schraffiert.

»Die sind noch von meinen Großeltern«, antwortete ich jovial und trat zu ihr, um ihr bei der weiteren Suche zu helfen. Gemeinsam öffneten wir die verbliebenen Schubladen und feixten über polierte Teesiebe und Kaffeelöffel mit Bordüre. Es war schön, Julie zu beobachten, ihr Lächeln zu sehen. Sie hatte etwas Ausgelassenes, Kindliches an sich und freute sich über jede ihrer Entdeckungen. Mit einem Kochlöffel in der Hand versuchte sie eine bekannte Zaubererfigur nachzuspielen, um uns eine schöne Tasse Kaffee herbeizuwünschen. Die Anspannung der letzten Tage fiel langsam von uns ab. Mit Tränen in den Augen beobachtete ich, wie sie unter Sofakissen und hinter Gardinen schaute, um geheime Kaffeevorräte zu finden. Mit einem übertriebenen Pling und Plong öffnete sie die Schränke oberhalb des Bettes und zog Spitzennachthemden hervor, die sie sich vor ihren zierlichen Körper hielt, und tanzte vor mir entlang, als würde sie höchstpersönlich an der Modesendung mit den lebendigen Handtaschen mitwirken. Sie zog ein Kleidungsstück nach dem anderen hervor: Weite, bunt gemusterte Röcke und ebenso schrille Blusen in Größe XL, weiße, gefaltete und gebügelte Unterwäsche, die sie nur vorsichtig von A nach B legte und ein in die Jahre gekommenes Brillenetui. Vorsichtig setzte ich ein Brillenmodell von anno dazumal auf und fühlte mich wie in einem Spiegelkabinett. Die Welt erschien mir merkwürdig verzerrt, verschwommen und ich imitierte unter Glucksen einen Nachrichtensprecher:

»Guten Abend verehrte Damen und Hasen. Willkommen bei der Tagesschau.« Ich räusperte mich und setzte mich gerade hin. Und während ich über das Wetter philosophierte, merkte ich zunächst nicht, dass die Stimmung kippte.

Julie durchwühlte weiter die Schränke und wurde mit einem Mal stocksteif. Ihre Miene erstarrte und sie fuhr mir über den Mund, dass ich den Blödsinn doch mal endlich bleiben lassen sollte. Ich nahm die Brille ab und schaute sie irritiert an. Vorsichtig zog sie etwas Großes, Längliches aus dem Schrank und hielt geräuschvoll den Atem an. Bevor ich sehen konnte, worum es sich handelte, ließ sie es in den Schrank zurückgleiten, stieß die Klappe zu und stampfte wütend in Richtung Wohnmobiltür.

»Du Arschloch! Lässt mich in den Sachen deiner Großmama kramen und lachst mich auch noch dabei aus. Das ist widerwärtig.«

Erschrocken wich ich zurück und starrte sie an.

»Warte Julie, ich kann das erklären. Lass mich nur kurz gucken, was du überhaupt gefunden hast«, stammelte ich hastig.

»Du fragst, was ich entdeckt habe? Als wenn du das nicht wüsstest. Ich habe kaum eine Ausrede gehört, die unsensibler war«, schrie Julie in ihrem gewohnt französisch-deutschen Singsang zurück.

Sie klaubte die Warnweste unter dem Fahrersitz hervor, schnappte sich die Schüssel mit dem Hasen darin und verließ unter Türenknallen das Wohnmobil.

Stocksteif stand ich da, meine Hand noch zur Beruhigung angehoben. Was konnte sie nur entdeckt haben, was sie so in Aufruhr versetzte. Und derart mitnahm, dass sie die Flucht ergriff? Unschlüssig darüber, ob man Frauen in solchen Situationen hinterherlaufen soll oder nicht, drehte ich mich im Kreis. Und ließ den vor lauter Schreck angehaltenen Atem geräuschvoll entweichen. Soll mal einer die Frauenwelt verstehen. Erst blödeln sie herum, nur um dann einen riesigen Aufriss zu machen, obwohl man nicht mal annäherungsweise weiß, worum es geht. Und wenn man versucht, sich zu entschuldigen, ist es auch wieder falsch, weil man sie angeblich nicht ernst nimmt. Hormone hin oder her aber manchmal musste man sich wirklich fragen, ob Frauen beim Schwimmen untergehen, weil sie nicht ganz dicht oder ob sie an der Oberfläche treiben, weil sie einfach hohl sind.

Ich entschied mich dafür, erst einmal nachzusehen, was Julie denn ach so Schlimmes entdeckt hatte. Barbusige Fotos in einem achtziger Jahre Blättchen waren vermutlich das schlimmste, das mir blühen konnte. Doch damit war es weit gefehlt. Ich öffnete die Schranktür, die Julie vehement zugedrückt hatte und sah ebenjenen Gegenstand, den Julie vor wenigen Momenten noch versucht hatte herauszuziehen. Ich umfasste die glatte Oberfläche und zog vorsichtig daran. Es handelte sich um eine Art zylinderförmiger Vase, die scheinbar einfach nur jemand falsch eingeräumt hatte. Ich würde die Vase herausnehmen, in einen anderen Schrank stellen und damit wäre die Lappalie dann hoffentlich für alle gegessen. Nach einigem Drehen und Wenden hielt ich den Gegenstand in den Händen und musste mit Schrecken feststellen, dass es sich hierbei nicht etwa um eine einfache Vase handelte und leider auch nicht um eine Wunderlampe, die einem drei Wünsche gewähren würde. Stattdessen offenbarte sich mir etwas viel Wertvolleres, etwas Endgültiges. In meiner Hand lag eine Urne. Und ich betete zu Gott, dass sie nur als eine Art Notfallvorkehrung in den Schrank gelegt worden war.

Kapitel 2

Mit wässrigem Mund tat sie sich ein drittes Stück von dem warm-dampfenden Gebäck auf. Als sie mit ihrer Gabel hineinstach, zerfiel der Teig weich in seine Bestandteile. Die Äpfel waren noch bissfest und die sanfte Säure mischte sich mit der süß-knusprigen Karamellkruste. Es war ein Gedicht. Sie schloss ihre Augen und schob den Kuchen in alle Mundwinkel, um sein volles Aroma auszukosten. Nie könnte sie ohne ihren Ofen leben. Er hatte immer fort gewollt. Hinaus in die Welt und alle sieben Ozeane bereisen. Doch alles, was sie wollte, hatte sie hier. Es war nicht zu warm und nicht zu kalt, die Nachbarn waren nett und selbst die Kellertüre konnte man immer offenstehen lassen. Sie war hier aufgewachsen und immer glücklich gewesen. Nicht selten hatten sie sich in heiße Diskussionen verstrickt, wann ihre große Reise beginnen sollte. Selbst ein Wohnmobil hatte der Verrückte angeschafft. Doch man konnte ihm nie lange böse sein, besonders nicht, wenn er sie in der kleinen Wohnküche auf ein kleines Tänzchen zwischen Kommode und Arbeitsplatte hin und herwarf. Bei dem Gedanken an die alten Zeiten verging ihr der Appetit. Die eben noch so zarten Aromen drängten sich nun scharf in ihrem Mund auf, schienen sie zu verhöhnen. Der Apfelkuchen würde ihn auch nicht zurückbringen, den, der nun in ganz anderen Welten unterwegs war.

Sie stand auf. Betrachtete den immer noch freien Platz in ihrer Einfahrt und griff erneut zum Telefon.

Kapitel 7

Im Leben muss man Entscheidungen treffen. Welcher Weg der Richtige ist, kann man im Vorfeld nie mit Gewissheit sagen. Mal entscheidet eher der Kopf, der all seine Logik und moralischen Bedenken aufbringt, um den richtigen Weg zu finden. Ein anderes Mal wählt das Herz voller Hoffnung und Enthusiasmus und gibt uns die Richtung vor. So sagte einmal ein kluger Mensch, dass der Kopf die kleinen und das Herz die großen Entscheidungen treffen sollte. Und egal, welchen Weg man wählt: Das Leben sei letztendlich nichts anderes als die Summe aller Entscheidungen. Doch da ich mir nicht ganz sicher war, ob dies eine große oder eher eine kleine Entscheidung war, stand ich mit klopfendem Herzen und einer Urne in der Hand im Wohnmobil, ohne zu wissen wohin mit mir. Ich atmete einige Male tief ein und aus. Sollte ich die Urne öffnen und nachschauen, ob sie überhaupt mit Asche gefüllt war oder sollte ich sie einfach entsorgen und so tun, als wenn nie etwas gewesen wäre? Ich betrachte die Urne einige Sekunden und mir fiel auf, dass sich ein haarfeiner Riss vom Deckel bis zum Boden zog. Doch ich hatte keine Zeit weiter darüber nachzudenken. Und entschied mich, meinem Herzen zu folgen und alles auf eine Karte zu setzen. Legte die Urne vorsichtig auf die gebügelte Unterwäsche und hastete auf den Fahrersitz. Ich startete den Motor und schaute mich suchend an der Straßenecke um. Wenige hundert Meter entfernt sah ich einen kleinen, orangenen Punkt am Fahrbandrand hüpfen. Nach nur wenigen Minuten schloss ich zu Julie auf, die wütend durch das hohe Gras stapfte und mich keines Blickes würdigte.

»Fahr weiter, du Penner!«

Ich wusste nicht, was ich sagen sollte. Ich konnte schließlich auch nichts dazu, dass eine Urne im Schrank lag. Ich hielt das Wohnmobil an, stieg aus und heftete mich an Julies Fersen.

»Nun bleib' doch mal stehen. Was ist denn überhaupt dein Problem?«, rief ich ihrem Rücken zu, während ich verzweifelt versuchte, mit ihr Schritt zu halten.

»Schonmal was von Totenehre gehört? Lässt mich mit der Unterwäsche von deiner Omama herumtanzen, während sie ihre letzte Ruhe sucht. Respektlos.« Die letzten Worte spuckte sie förmlich aus.

Ich rannte einige Schritte hinter ihr her und hielt sie am Arm fest.

»Nun warte doch«, hörte ich mich traurig sagen und überraschenderweise tat Julie genau das.

Mit einem eiskalten Blick drehte sie sich herum. Jegliche Zuneigung und Wärme war aus ihren Augen verschwunden und ich sah in ihrer Miene nichts als Abscheu. Ich nahm ihre Hand und flüsterte, dass ich alles erklären wolle, aber ein Fahrbahnrand sicherlich nicht der richtige Ort dafür wäre. Ein Windstoß blies in ihre Haare und ein Frösteln zog sich durch ihren gesamten Körper. Mit einem Schulterzucken machte sie kehrt und ging wortlos in Richtung des Wohnmobils. Obwohl man nie weiß, ob eine Entscheidung richtig ist, fühlte sich die Entscheidung, Julie alles zu erzählen, seit Tagen zum ersten Mal richtig an.

Wortlos fuhren wir die Straße entlang. Der Verkehr war im Laufe des Tages stetig dichter geworden. Man sah diverse deutsche und belgische Autokennzeichen zwischen den butterblumengelben Nummernschildern herumtanzen, die sich im letzten Moment in jede noch so kleine Lücke drängelten. Meine Nerven waren zum Zerreißen gespannt und nicht selten bremste mich jemand aus, der sich gefühlt passgenau zwischen Stoßstange und Stoßstange einreihte. Die Sonne schien gleißend hell zwischen vollgesogenen Cumulus-Wolken hindurch, deren Schwere sich wie ein dunkler Schatten über uns legte. Niemand im Auto sprach ein Wort. Die Urne lag bedrohlich hinter uns und mit jedem Bremsmanöver hatte ich das Gefühl, eine tickende Bombe zu transportieren, die jeden Moment explodieren könnte. Wenn man die Situation in wenigen Worten beschreiben wollte, dann könnte man dies vermutlich am ehesten durch das Experiment um Schrödingers Katze tun. Solange wir die Kiste nicht öffnen und hineinschauen würden, war die Katze sowohl tot als auch lebendig. Und da ihr Tod eine echte Option war, hatte ich Angst vor dem Moment, an dem sich ihr Schicksal endgültig entscheiden würde.

Doch solange die Kiste zu blieb, wusste ich weder, ob das Verhältnis zwischen Julie und mir bereits gestorben war oder ob es seinen Gnadenschuss erst bekommen würde, nachdem sie die Wahrheit wüsste. So oder so versuchte ich den Moment, in dem ich die Kiste öffnen musste, möglichst lange hinauszuzögern und saß lieber schweigend fest als redend tot zu sein. Wahllos kurvte ich das Wohnmobil über Kreuzungen und an gefühlt unzähligen Windmühlen vorbei. Julie wurde zunehmend unruhiger. Sie fühlte sich hingehalten und drängte darauf, die Wahrheit um die Urne zu erfahren. Wir fuhren an einem kleinen See von der Straße ab und gingen einige Schritte nebeneinander her. Julie hatte das Häschen nicht im Auto lassen wollen und drückte es wie eine Handtasche, in der sich ihr wertvollster Besitz befand, an sich. Wir beobachteten Enten, die sich wie Schwäne verhielten und Schwäne, die auf das Verhalten der Enten herabblickten. Ein kühler Luftzug streifte über die Wasseroberfläche und verwandelte deren seidenglattes Antlitz in eine sanft schaukelnde Wellenlandschaft. Das hohe Schilf wiegte ruhig hin und her. Wir spazierten über eine kleine, weiße Brücke und es hätte der Anfang eines wunderschönen Märchens sein können, wenn nicht die Urne wie ein Damoklesschwert über uns geschwebt hätte. Ich betrachtete Julie, atmete noch einmal tief ein und fing an zu erzählen.

»Kennst du das, wenn du nicht weißt, ob es zu warm für eine lange Hose ist, du dann eine kurze anziehst und es am Ende bereust, weil alles so ganz anders kommt, als es ursprünglich geplant war? Nun, eigentlich trage ich nicht jeden Tag heiße Sprinterhöschen und blaue Laufshirts, sondern sie sind nur der Anfang eines riesigen, großen Schlamassels, in das ich hineingeraten bin.«

Julies Blick striff über meine kalkweißen, behaarten Beine, ehe sie wieder stur geradeaus schaute und das Häschen weiter vehement streichelte. Ich fuhr fort. Von Milchshakes und den Auswirkungen von geshakter Milch auf lockere Läufer, von Campingtoiletten und im Zündschloss steckenden Autoschlüsseln. Über Panikattacken bis hin zu Lederjacken. Ich ließ nichts aus und fühlte mich mit jedem Wort freier. Es stimmt zwar, dass nicht alles, was gesagt wird, auch gehört werden muss, doch manchmal ist es schön zu wissen, dass es einen Hörer gibt. »Erst als du weg warst, fand ich die Urne und begriff, dass du vielleicht Angst bekommen hast. Aber ehrlich gesagt habe ich keine Ahnung, ob sie überhaupt in Benutzung ist ... oder wie man das auch immer ausdrücken möchte.«

Julie hatte still zugehört und war nur einmal kurz zusammengezuckt, als sie von den Männern in den Lederjacken hörte. Nun schritt sie langsam neben mir her, presste die Lippen aufeinander, wie um etwas sagen zu wollen, schüttelte dann jedoch den Kopf und hüllte sich erneut in Schweigen. Ich wagte nicht nachzufragen, was sie von der Geschichte hielt. Das Risiko war zu groß, dass sie in einer Schimpftirade Reißaus nehmen und ich wieder ganz allein dastehen würde. Und mich damit abfinden müsste, wieder abgelehnt worden zu sein. Abgelehnt worden zu sein, wie schon so oft in meinem Leben. Meine Gedanken fielen zurück an schöne Kindertage. Zeiten, in denen noch alle Menschen Freunde waren und einem eine unglaubliche Akzeptanz von Anderssein und Diversität entgegenschlägt. Die wirklich brisanten Themen nehmen immer erst in der Pubertät an Fahrt auf. Mit einem Mal kommen Situationen auf, die vor Vorurteilen, Neid, Rassismus, Mobbing und Missgunst nur so triefen. Aus lieben Kindern, die um die Aufmerksamkeit ihrer Lehrer und Eltern wetteifern, werden kleine Teufel, die nahezu alles machen würden, um die Anerkennung ihrer Altersgenossen zu bekommen. Vielleicht wäre auch »Artgenossen« der passendere Ausdruck, da Pubertierende oft wie eine Gattung von einem anderen Stern erscheinen. Und leider habe ich dieses Gefühl nicht erst als Erwachsener entwickelt, sondern bereits, als ich mich selber noch in der Altersklasse der Andersartigen durchs Leben kämpfte. Obwohl ich immer ein beliebter Schüler war, dem der Respekt seiner Mitschüler aufgrund seiner Leistungen sicher war, kam irgendwann der Zeitpunkt, an dem sich alles änderte. Vielleicht war es mit dem Schulwechsel verbunden oder damit, dass ich später noch einmal die Klasse wechselte. Jedenfalls befand ich mich mit einem Mal im »Aus«. Meine damaligen Freunde hatten mir plötzlich und ohne jeden Grund den Rücken zugewandt. Lachten über mich, sobald ich den Mund öffnete, und nahmen jede Gelegenheit war, um mich bloßzustellen. Sie freuten sich offenkundig darüber, dass mir niemand zum Geburtstag gratulierte, johlten, wenn ich im Unterricht eine falsche Antwort gab, und bewarfen mich mit Papierkügelchen. Sie taten nie etwas offensichtlich Schlimmes, gegen das ich mich wehren oder das Lehrer hätten bestrafen können, sondern zeigten mir mit jeder Tat, dass ich wertlos war. Wenn man einmal den Stempel als Opfer kassiert hat, scheint der Rubel erst richtig zu rollen. Die Klasse wendete sich gegen mich und informierte mich nicht über Unterrichtsfächer, die verschoben wurden. Niemand wollte neben mir sitzen und wenn ich aufgerufen wurde, ging ein böswilliges Raunen durch den Klassenraum in der Hoffnung, dass ich etwas Dummes tat. Mit jedem Tag verlor ich ein kleines Stück mehr den Mut zu kämpfen. Übernahm das Bild, dass sie mir vermittelten, und zog mich zurück. Natürlich hatte das auch Auswirkungen auf meine schulischen Leistungen und so machte ich schnell den Abgang von der Klassenspitze in das tiefste Tal der schulischen Leistungen. Einmal sprach mich ein Lehrer an, warum ich so still wäre, wo ich doch offensichtlich nicht auf den Kopf gefallen sei. Doch was soll man einem Menschen erklären, der die Situation nicht kennt? »Die anderen Lachen über mich?« Damit hätte ich mich selber nur lachhaft gemacht, dachte ich zumindest. Stattdessen erzählte ich, wie engagiert ich eigentlich sei. Ich glaube, der Lehrer hat nie verstanden, dass mich meine »Artgenossen« gebrochen haben. Das Leben auf dem Land trug nicht dazu bei, Abstand zu gewinnen. In einem kleinen Dorf aufgewachsen, gab es genau einen Jugendtreff, einen Sportverein und noch dazu immer die selben Gestalten, denen man begegnete. Es gab kaum die Möglichkeit, für ein paar Stunden auszubrechen, zumindest nicht als Jugendlicher ohne Fahrzeug. Busse fuhren sporadisch und oft saß ich stundenlang im Regen, weil ein Bus nicht kam, der kommen sollte oder gleich zwei kamen, die gemeinsam Pause machten. Ich habe mich selten so einsam, so unverstanden gefühlt, wie in dieser Zeit. Ich hasste das Leben auf dem Land. Mir war das Getratsche zuwider, die Tatsache, jeder in dem kleinen Ort kenne die gesamte Lebensgeschichte des anderen. Ich beneidete die Städter, die alles vor ihrer Nase liegen hatten: Sportangebote, Restaurants und einen ganzen Pulk voller fremder Menschen ohne Vorurteile. Erst als ich den Mofa-Führerschein machte, änderte sich meine Welt ein kleines Stück. Ich konnte erleben, fühlen, frei sein. Sobald ich ein paar Jahre später mein Abitur hatte, stand für mich fest, dass ich so schnell ich konnte aus dieser Einöde wegmusste, hinein in das bunte Stadtleben. Mit wehenden Fahnen zog ich aus der Beklommenheit meines Elternhauses aus und eroberte die schillernden Städte dieser Welt. Und gleichzeitig merkte ich, wie ich auch in der Gemeinschaft mehr und mehr akzeptiert wurde. Ich begann mein Studium und lebte augenscheinlich ein normales Leben. Und doch spürte ich immer wieder, wie sehr mich meine Jugend geprägt hatte. Ich brauchte viele Jahre, um meine Stimme, meine Meinungen wiederzufinden und zu lernen, dass ich ein normaler und intelligenter Mensch bin, über den niemand das Recht hat, zu lachen.

Aller Fassade zum Trotz hat sich tief in mir das Gefühl festgesetzt, wie es ist, abgelehnt zu werden und den Hass der anderen zu spüren. So fiel es mir mein ganzes Leben schwer, mich anderen gegenüber zu öffnen und Vertrauen zu finden. Und vor allem ist es unerträglich für mich, nicht gemocht zu werden. Abneigung zu erfahren. So fühlte ich mich auch in der Situation, in der ich auf Julies Antwort wartete: Wie ein widerwertiges Stück Scheiße. Und versuchte, die richtigen Worte zu finden. Ich konnte ihr Schweigen kaum ertragen und wollte gerade zu einer erneuten Entschuldigungstirade ansetzen, als Julie mit einem Mal den Mund aufmachte.

»Also weißt du nicht, wer der Besitzer des Wohnmobils ist? Waren diese ... diese Lederjackenkerle auf der Fahrt zu einer Beerdigung?«

Ich schluckte. Darüber hatte ich tatsächlich noch nicht nachgedacht. Sie wirkten auf mich ehrlich gesagt nicht wie besorgte Enkelchen, die ihrer lieben

Oma die letzte Ehre erweisen wollten. Aber ich hatte sie ja nur einen kurzen Moment gesehen und anhand der Kleidung sollte man sich niemals vorschnell einen Eindruck über einen Menschen machen. Mir kam in den Sinn, dass sie vielleicht selber das Wohnmobil gestohlen haben könnten und nichts von der Urne wussten. Oder, was noch viel schlimmer wäre, wenn sie kaltschnäuzig den Besitzer umgebracht und ihn mit sich im Wohnmobil herumgefahren hätten.

Vollkommen in meine Gedanken versunken, war mir bisher nicht aufgefallen, dass Julie noch immer an meiner Seite ging, nicht schreiend weggelaufen war oder mich gar als miesen Betrüger beschimpft hatte. Stattdessen schien sie ganz in ihre eigenen Gedanken vertieft an meiner Seite zu sein und selber Optionen durchzuspielen. Es kostete mich einige Überwindung, meine Kopfbilder in Worte zu fassen und meinem Mundwerk freien Lauf zu lassen. Doch schon wenige Sekunden später mischten sich auch meine letzten Ängste in den Strudel des Geständnisses: Wenn ich mich der Polizei stellen würde, wäre meine blütenreine Weste nicht nur befleckt, sondern sie wäre in der Farbe der schwedischen Gardinen eingefärbt und die Urne würde die Farbmischung nicht unbedingt aufpeppen. Überraschenderweise stimmte Julie mir zu und gemeinsam beschlossen wir, dass wir zunächst in die Urne schauen mussten, um sicherzustellen, dass sie nicht nur ein Accessoire in einem blümerant geführten Haushalt war.

Kapitel 8

Mit dem unguten Gefühl, nun Etwas tun zu müssen, dass unweigerlich getan werden muss, gingen wir mit schweren Herzen zurück zum Wohnmobil. Wir holten die Urne aus dem Schrank und setzten uns auf den Boden. Mir war mulmig zumute. Ich zählte bis drei und drehte vorsichtig den Deckel. Ein Quietschen ertönte. Mein Herz schlug fest in meiner Brust und ich dachte, dass man es bestimmt bis nach China hören müsse. Für einen kurzen Moment schloss ich meine Augen.

»Bereit?«

Ich löste den Deckel. Dabei platzte ein Stück des zarten Materials von der Urne ab. Ich schluckte. Gemeinsam schauten wir in das schwarze Nichts hinein. Wir konnten zunächst nur wenig erkennen, doch als wir sie in Richtung Fenster hielten, sahen wir das düstere Grau von Asche. Tot und leblos. Mir wurde schlecht. Ich drückte Julie die Urne in die Hand, rannte nach draußen und übergab mich in einen Strauch. Als sich mein Magen beruhigt hatte, ging ich ins Wohnmobil zurück, in dem Julie nach wie vor beinahe andächtig mit der Urne saß und vor sich hinstarrte. Als sie mich sah, wickelte sie die Urne vorsichtig in eines der Tücher und legte sie liebevoll zurück in den Schrank.

»Komm, lass uns mal sehen, ob wir herausfinden, wer das Wohnmobil besitzt«. Sie sprach in einem ruhigen, mütterlichen Tonfall mit mir und ich bewunderte sie dafür, dass sie so ruhig reagieren konnte. Während ich noch versuchte, mich zu einem Nicken zu bewegen, kletterte sie bereits über den Beifahrersitz nach vorne, öffnete das Handschuhfach und verstummte. Als die kleine Klappe aufsprang, quoll sie über vor unterschiedlichen Utensilien und Gegenständen. Neben einer bereits geöffneten Papierbox mit OP-Handschuhen lag eine kleine Flasche mit einer klaren Flüssigkeit. Darunter befanden sich Patronenhülsen, eine Dose Pfefferspray und eine Art Klappmesser. Ohne etwas zu berühren, begutachteten wir den Schubladeninhalt. Wir wussten nicht genau, von wem diese Gegenstände hier waren. Wenn das zur Einrichtung einer alten Dame gehörte, handelte es sich auf jeden Fall um eine sehr ängstliche und verteidigungswütige Person. Wir waren uns jedoch wortlos einig, dass es manchmal besser ist, nicht zu viel zu wissen. Die typischen Handschuhfach-Gegenstände wie CD-Mappen oder ein Servicebuch suchten wir hier zumindest vergeblich.

Über dem Cockpit war eine weitere Ablage-Möglichkeit, die mit Papieren und ADAC-Weltkartenbüchern vollgestopft war. Zumindest auf den ersten Blick. Und da wir nach den vielen Überraschungen nun mit etwas mehr Vorsicht an die Sache herangehen wollten, griffen wir uns kurzerhand eine Spaghetti-Zange und spielten eine Runde Entchenangeln. Mit Fingerspitzengefühl zogen wir einzelne Blätter und lederne Mappen hervor und ließen sie der Schwerkraft Folgschaft leistend auf die Sitze fallen. Zunächst bildete sich dort ein ungeordneter Stapel vergilbter Deutschlandkarten, deren Abbildungen manches Mal Deutschland noch vor der Wiedervereinigung zeigten. Doch da wir keine Geschichtsforscher waren, forschten wir lieber weiter in den Unterlagen anderer Leute und arbeiteten uns zu den schweren Ledermappen vor. Das schwarze und braune Leder war rau und zog den Geruch vergangener Zeiten nach sich. Mit Fingerspitzen wie Pinzettenzangen öffneten wir den Verschluss, fanden jedoch außer Füller und Papierblöcken, Kniffel-Spiel und Spiele-Etui nichts augenscheinlich Wichtiges. Doch als sich die Ablage leerte, entdeckten wir über dem Fahrersitz eine Eckspannmappe aus

Plastik, die in hartem Kontrast zu dem bisherigen Inhalt stand. Sie war scheinbar achtlos auf die anderen Sachen geworfen und durch Kurvenfahrten nach hinten gerüttelt worden. Vorsicht ist besser als Nachsicht und so nahm Julie die Mappe mit einem Handtuch herunter und wir setzten uns unter großem Rascheln auf den mit Deutschlandkarten bedeckten Boden.

In der Mappe fanden wir hastig gegen die Knickrichtung zusammengefaltete Karten und beschmierte Notizzettel. Bei dem ersten großen Plakat handelte sich um einen zerknitterten Architektenplan, in die der Grundriss eines großen Gebäudes eingezeichnet war. Mit einem roten Marker war scheinbar wahllos eine Linie hineingeschmiert und bestimmte Stellen an der Wand mit einem X markiert worden. Die untere Hälfte des Planes fehlte leider, sodass man den Stempel mit dem Gebäudenamen oder der Geschossanzahl nicht mehr erkennen konnte. Vielleicht handelte es sich hier um eine Art Rettungsweg oder um die Planung für nachträglich eingefügte Steckdosenelemente. Wir falteten ihn vorsichtig zusammen und blätterten weiter. Unter dem Plan lag ein kariertes Collegeblock-Blatt, auf das in einer fremden Sprache mit Bleistift etwas geschrieben stand, das durch Reibung jedoch so verwischt war, dass es auch dann nicht zu lesen gewesen wäre, wenn man die fremde Sprache beherrscht hätte, was ohnehin nicht der Fall war. Der Zettel hatte etwas von einem Einkaufszettel, auf den stichpunktartig Hieroglyphen notiert und abgehakt worden waren. Außerdem befanden sich insgesamt vier Reisepässe in der Mappe. Zwei davon schienen dem Lederjacke tragenden Fahrer zu gehören und die zwei anderen dem nicht minder Lederjacke tragenden Beifahrer. Doch obwohl auf beiden das gleiche Passbild eingefügt worden war, waren die Angaben aller vier Pässe unterschiedlich: Offensichtlich gehörten sie verschiedenen Besitzern mit ganz unterschiedlichen

Geburtsjahren und Anschriften. Entweder existierten auf dem Planeten also ziemlich gute Doppelgänger oder, was noch viel wahrscheinlicher war – die beiden hatten sich gefälschte Identitäten zugelegt. Da die Ledermappe nicht mehr hergab als eben jenes, was wir bereits erfahren hatten, wurde sie erst einmal auf die Seite gelegt und weiter das Fach durchsucht. Es musste irgendeinen Hinweis auf die Urne geben. Hinter einem riesigen Wust an Toilettenpapierrollen und Taschentuch-Verpackungen lag eine kleine, karminrote Hülle, in der ein alter, zerfledderter Fahrzeugschein steckte. Besitzerin: Waltraut Strohmann. Nebst einer Adresse in einem Ort namens Manderscheid. Kraftlos lehnten wir uns an die Sitze, deren metallische Befestigung sich in unsere Rücken bohrte. Niemand von uns sprach ein Wort und doch war mein Kopf gefüllt mit Worten. Es musste nichts ausgesprochen werden, was auch unausgesprochen den gesamten Raum, die Luft zum Atmen einnahm. Ein einziger Name. Der Name. Der aus einer anderen Zeit, der vor Blümeranz nur so strotze. Für eine Person, die nun niemand mehr würde rufen können. Waltraut – die verstorbene Person in einer Urne.

Ich konnte mit einem Mal nicht mehr sitzen, wollte weit weg und doch einfach zu Hause sein. Es kribbelte und mir kam der Gedanke an eine Ameisenkolonie, die sich in meinem Kopf festgesetzt hatte. Irgendwie ging zwar alles Gewohnte seiner Wege, doch in meinem Inneren bildete sich so ein verworrenes Geflecht aus Gedanken und Gefühlen, dass ich nicht mehr wusste, wohin ich blicken sollte. Während meine Logikameisen weglaufen und alle Spuren verwischen wollten, hielten die Herzameisen dagegen an und sprachen Waltraut eine sichere Beerdigung zu. Meine Füße wollten laufen – fort in eine andere Welt. Baten, nicht mehr stehen bleiben zu müssen. Doch ich war so kraftlos, dass ich kaum aufstehen konnte. Es war einfach alles zu viel. Julie war die erste, die ihren Mut wiederfand. Sie verstaute mit der Routine einer Flugbegleiterin die Unterlagen über der Fahrerkabine, kletterte hinter das Lenkrad, schob den Papierwust vom Beifahrersitz herunter und klopfte einladend auf das Sitzkissen neben sich. Kleine Staubwölkchen stoben empor und tanzten durch die unheilvolle Luft. Julie ließ den Motor an und ich hievte mich langsam mit zittrigen Beinen neben sie. Kaum, dass ich saß, brauste sie in einem Affenzahn davon. Immer die Straße entlang, die ich vor gefühlten Ewigkeiten erst hinter mir gelassen hatte.

Kapitel 9

Manche Leute erfahren kurz vor ihrem Tod, dass sie nicht mehr lange auf dieser Welt verweilen dürfen. Sie bekommen die Chance, die letzten Stunden zu nutzen, um alles für ihr baldiges Ableben vorzubereiten, sich von ihren Liebsten zu verabschieden. Doch gleichzeitig wird ihnen damit eine große Bürde auferlegt: Sie müssen entscheiden, wie sie ihre verbliebene Zeit verbringen möchten. Wenn die Krankheit nicht zu weit fortgeschritten ist, möchten manche Menschen die Augenblicke nutzen, um noch ein letztes Mal ein Abenteuer zu erleben, das Leben zu spüren. Sie wollen den Elementen ausgesetzt sein und sich selber mit allen Sinnen wahrnehmen. Den Wind in den Haaren fühlen, die Nasenspitze in die wärmende Abendsonne recken. Sich selbst zu Dingen überwinden, die sie sich ihr ganzes Leben verwehrt haben, nicht getraut haben zu tun, wie etwa einen Fallschirmsprung oder sich ein riesiges Tattoo quer über die Brust stechen zu lassen. Vielleicht auch, einem Menschen zu sagen, dass sie ihn ein Leben lang geliebt haben und ein letztes Mal die Schmetterlinge im Bauch spüren, die immer so ein herrliches Kribbeln hervorriefen. Doch diese eine Chance, die letzte Reise bewusst zu erleben, wird nicht jedem zuteil. Denn manchmal endet der Weg so unvorhersehbar, dass jede Ausweichmöglichkeit verwehrt bleibt.

So sollte man jeden Moment als eine neue Möglichkeit sehen, Träume zu erleben. Und obwohl nun für Waltraut die Sandkörner im Uhrenglas verstrichen waren, konnte sie trotzdem auf eine letzte Reise gehen. Zusammen mit einem Hasen, einer deutsch sprechenden Belgierin und einem Mann, der ein Wohnmobil geklaut hatte und darin eine Urne fand.

Einige schweigsame Stunden später stand unser Wohnmobil auf einem kleinen Parkplatz in einer Seitenstraße. Die Nacht hatte sich wie ein dunkler Schatten über die wilden Farben des Tages gelegt. Sterne glitzerten am Himmel und wir fühlten uns wie kleine, dunkle Punkte in einem tanzenden Lichtermeer. Die Fahrt hierher hatte fast schon meditativen Charakter und es hatte sich eine Ruhe in mir breit gemacht, die fast schon unheimlich erschien. Mein Leben war vorbei, ähnlich wie Waltrauts. Denn entweder würden mich die vermutlich bewaffneten Lederjackenträger bald zu fassen bekommen oder mich die Polizei in einem geklauten Wohnmobil stoppen, mit einer frisch gefüllten Urne, bei der es sich vermutlich um die Wagenbesitzerin handelte, die im Fahrzeugschein angegeben war. Im besten Fall – und das wäre weiß Gott nicht meine liebste Alternative – würde ich jedoch einfach in meinen mittlerweile elendig stinkenden Laufklamotten verhungern. Denn meine Eingeweide machten jetzt bereits den Eindruck, als würden sie sich von innen selber verzehren. Ich schielte zu Julie hinüber, wie so oft in den letzten Stunden, doch ihr Blick war stur in den Himmel gerichtet. Zwischen uns hatte sich ein fast schon gespenstisches Schweigen ausgebreitet, sodass ich erschrak, als ihre Stimme klar und deutlich in der Dunkelheit erklang:

»Ich habe nachgedacht. In unserem Wohnmobil sind wir ein Fressen, das man leicht findet. Leichte Beute, oder wie man das sagt. Wir müssen es so schnell es geht los werden … « Sie berichtete davon, wie leicht es sei, ein Wohnmobil nachzuverfolgen und wie hoch das Risiko wäre, in eine Polizeikontrolle mit einem fremdartigen Kennzeichen zu geraten. Ich achtete kaum auf ihre Ausführung, denn wieder schien mein Herzschlag meine Ohren außer Kraft zu setzen: »Wir«. Sie wollte trotz der ganzen Misere bei mir bleiben.

»Wir müssen es nur irgendwo abstellen und uns aus dem Staub machen. Dann ist es so, als wären wir nie da gewesen«, endete sie und verdiente eigentlich donnernden Applaus, der sich in der ruhigen Nacht vermutlich wie Kanonenschläge angehört hätte.

Stattdessen nickte ich stumm in die Dunkelheit hinein. Warum auch eigentlich nicht? Aachen war nah und von dort wäre es ein Leichtes, ein Telefon zu finden, sich von Papa abholen zu lassen und frisch und munter am kommenden Montag den Alltag wieder zu begrüßen. Die Frage war nur, wie man alle Spuren verwischen konnte, damit niemand die Verfolgung aufnehmen würde. Je später der Tag, desto wilder wurden die Vorschläge. Wir fachsimpelten und grübelten. Auf die Idee, eine einfache Reinigungsaktion durchzuführen, folgte der Einfall, in einer Waschstraße alle Fenster geöffnet zu lassen und das Auto im wahrsten Sinne des Wortes zu fluten. Doch egal wie man es drehte und wendete, selbst mit einem fast ertränkten Auto würde man nicht jeden Winkel erwischen. Die Frage war sowieso, ob es überhaupt nötig war, das Auto komplett zu reinigen. Doch Julie warf ein, dass, wenn es sich in der Urne um eine noch taufrische Leiche handelte, man auch nach Fingerabdrücken suchen und das Fahrzeug von vorne bis hinten auf den Kopf stellen würde. So überschlugen sich die Gedanken, bis wir irgendwann zu müde waren, jeden Einfall vor- und zurückzudenken. Wir entschieden uns schlafen zu gehen und hätten uns nie träumen lassen, welch' irrwitzige Idee uns am Tag darauf kommen würde.

Ich schreckte auf und blickte in eiskalte, blutrote Augen. Der weiße Hase hatte sich auf mich gesetzt und knabberte an den Bändern meines Laufpullovers. Ich versuchte, ihn von mir zu schieben, doch da die eine Hand durch die unbequeme Liegeposition ganz taub geworden war, stellte sich das als schwieriges Unterfangen heraus. Zudem biss sich das blöde Vieh an mir fest und insgeheim ärgerte ich mich fast darüber, dass ich auf der Straße nicht einfach weitergefahren war und das Tier seinem Schicksal überlassen hatte. Aber nur fast. Denn jedes Lebewesen hat seine eigene Daseinsberechtigung. Doch wenn Julie nicht gewesen wäre, hätte ich das Tier zumindest längst wieder ausgesetzt. Sollte es doch selber gucken, wie es zurechtkommt. Da sie aber scheinbar irgendwas an diesem Biest, das mich gerade fraß, gefressen hatte, versuchte ich die Situation zu akzeptieren. Während ich vorsichtig meinen Oberkörper aufrichtete, damit der Hase langsam in Richtung Boden rutschen konnte, nahm ich mir vor, auf mein nächstes Auto einen Aufkleber mit »Ich bremse auch für blöde Karnickel« zu kleben. Die Nacht war in dem Moment jedenfalls für mich gelaufen und da mein Hunger so groß war, dass ich auch nicht wieder einschlafen konnte, entschied ich mich dazu, eine Runde joggen zu gehen. Vielleicht schüttelte ja das meine Gedanken so weit durch, dass eine vernünftige Idee herauskommen würde.

Noch bevor ich weiter darüber nachdenken konnte, machte ich die ersten Schritte und fühlte mich mit jedem Meter freier. Ich lief in einen nahegelegenen kleinen Park und der Wind wehte um meine Nasenspitze. Am Himmel zeichneten sich die schönsten bunten Farben ab und der Morgen gehörte nur mir. Ich joggte über einen der vielen gut ausgebauten Radwege, atmete die klare Luft ein. Das Dickicht der Gedankenfäden hatte sich gelichtet. Schritt für Schritt hatte ich das Gefühl, wieder mehr ich selbst zu werden: Der Günter Müller, den ich kannte. Es hatte sich ein klarer Plan in meinem Kopf manifestiert. Bis zum nächsten Tag würde ich wieder zu Hause sein, in mein gestärktes Hemd und Krawatte schlüpfen und die ganze Sache vergessen. Das Wohnmobil, die Urne und, wie mir mit einem kleinen Stich bewusst wurde, auch Julie. Zwar hatte ich sie vom ersten Moment an in mein Herz geschlossen, doch das Leben musste weitergehen. Ich spürte, dass mir die Gedanken an den Abschied nahegingen und meine Luftzüge kürzer und schnappatmiger wurden. Ich wendete. Und lief mit schweren Schritten und einem schalen Geschmack im Mund zum Standplatz zurück. Das Bunt des Himmels war verschwunden.

Als nach einer Weile das Wohnmobil wieder in Sichtweite kam, sah ich Julies zarte Silhouette vor dem Wohnmobil stehen. In meiner Magengegend spürte ich ein schmerzhaftes Ziehen, das mir leider allzu bekannt war. Wild gestikulierend stand sie dort neben einem grauen Mercedes, einer klassischen Proll-Karre mit deutschem Kennzeichen, und lachte herzlich. Sie unterhielt sich mit einer Familie. Während die Frau fröhlich lachend die Türen des Autos auf und zu schlug, tätschelte der Mann Julie an der Schulter und warf ihr vielsagende Blicke zu. In mir machte sich das Gefühl nagender Eifersucht breit. Sie wollte doch nicht etwa mit diesen Prollos abhauen und einfach verschwinden, während ich mal kurz weg war? Das wäre wieder typisch. Sobald mir jemand wichtig geworden war, schloss der mich aus seinem Leben aus und machte sein eigenes Ding. Dass ich sie selber von mir abstoßen wollte, verdrängte ich geflissentlich. Wut kochte auf. Jedes Mal war es das Gleiche. Ich war wie der Spielball, mit dem man einige schöne Stunden verbringen konnte, bis zu dem Tag, an dem ein neues Spielzeug Einzug hielt. Eines, das lustige Geräusche machen oder bunte Farben zeichnen konnte. Dann wurde ich in eine finstere, nach alten Socken stinkende Kiste gelegt und erst dann wieder hervorgekramt, wenn man Lust und Laune dazu hatte. Meine Vergangenheit hatte sich wie ein Stachel in meine Seele gebohrt und schien mich wie die Gewitterwolke bei Super Mario zu verfolgen. Ich verlangsamte meine Schritte und versuchte zu lauschen, worum sich das

Gespräch drehte. Versuchte zu erfahren, wohin Julie wohl als nächstes reisen würde. Hoffentlich nahm sie wenigstens das weiße Monster mit, das ich von weitem im Gras erkennen konnte und das, blutrünstig wie es war, Blätter und Blumen in tausende Teile zerrupfte. Als ich näherkam, beugte sich die Frau gerade über ihren Kofferraum und reichte Julie einen Laib Brot und einen kleinen Block Käse. Unter großem Hallo und »Ah, da ist ja der werte Gemahl« nahm mich das kleine Grüppchen in Empfang, doch außer einem »Hrmpf«, wie es in jeder Zeichentrickblase steht, bekam ich nicht viel zwischen meinem verkrampften Kiefer hervorgepresst.

»Sieh nur Schatz, Familie Schmitt war so lieb mit uns ihr Frühstück zu teilen. Endlich ein Kaffee. Ist das nicht herzallerliebst?«, trällerte Julie in einem fast schon ekelerregend lieblichen Singsang.

»Hrmpf«, grummelte ich und musterte innerlich tobend den besagten Herrn Schmitt. Seine lüsternen Blicke, die auf Julie lagen, gingen auf keine Kuhhaut und da half mir auch das schwarze Gold nicht, dass nun in einer geblümten Tasse unter meiner Nase schwappte. Ich straffte meine Schultern, legte meinen verschwitzten Arm um Julie, die kaum merklich zusammenzuckte, und deutete Herrn Schmitt mit einem kalten Blick, dass er sich hier im falschen Jagdrevier befand. Frau Schmitt war hingegen bester Laune, streichelte das verletzte Monster und legte ihm einige Karotten in seinen provisorischen Reisekorb, ohne etwas vom Balzverhalten ihres Mannes mitzubekommen. Der Himmel verdunkelte sich minütlich und deutete ein Gewitter an, das es aber so oder so geben würde, wenn dieser »Herr Schmitt« hier nicht bald verschwand. Julie löste sich langsam aus der Umarmung und spürte scheinbar, dass sich etwas zusammenbraute.

»Schatz, geh doch schonmal rein. Herr Schmitt leiht dir ein T-Shirt und eine Hose, damit du nach unserer

Panne nicht die ganze Zeit in der verschwitzten Kleidung herumlaufen musst.« Sie bedeutete mir mit einem vielsagenden Nicken, ins Wohnmobil zu steigen.

Mit einem daher gestammelten »Danke« folgte ich ihrem Wink und sah auf der Anrichte eine beige Buntfaltenhose, einen Sweatpullover und ein ausgewaschenes T-Shirt mit dem Spruch »Let's Rock« auf der Brust prangern. Ich zog widerwillig die Kleidung an. Die Hose war mir nicht nur zu weit, sondern auch zu kurz und ich fühlte mich in ihr wie Mister Vollhonk persönlich. Von draußen hörte ich es lachen und glucksen und versteifte mich immer mehr. »Die können mir doch alle den Buckel runterrutschen«, dachte ich in dem Moment, als die Türen des Mercedes zufielen und Julie mit Kaffee und Brot das Wohnmobil betrat. Sie war nicht geflüchtet, obwohl sie sicherlich die Möglichkeit gehabt hätte. Doch obwohl Dankbarkeit und Erleichterung durch mich hindurchströmten, konnte es kaum mein verhärtetes Inneres erweichen. Wortlos trank ich meinen Kaffee, während Julie fröhlich vor sich her plauderte, wie nett doch Familie Schmitt gewesen war, die sich gerade am Rückweg aus dem Urlaub befand. Sie hätten viel zu viele Vorräte mitgenommen und uns deshalb so vieles abgeben können. Herr Schmitt hätte ihr auch seine Adresse hinterlassen, damit wir ihm die Kleidung zurückschicken könnten, wenn wir wieder von unserer Durchreise zurück wären.

»Oder vorbeibringen, vielleicht auch bei einer schönen Tasse Kaffee?« Julie flatterte, während sie dies sagte, übertrieben mit den Augenlidern, um Herr Schmitts affektierte Art nachzuäffen. Doch obwohl ich mich bemühte, huschte kein müdes Lächeln über meine Mundwinkel. Der Dorn saß zu tief.

Nachdem wir uns ausgiebig gestärkt hatten, übernahm Julie das Steuer. Die Stimmung war angespannt, was zum einen an meiner morgendlichen Laune und zum anderen an der uns bevorstehenden Situation lag. Wir fuhren in Richtung Heerlen und während ich die Straßenschilder weiter studierte, setzte Julie an der nächsten Kreuzung den Blinker und fuhr auf den Parkplatz eines großen Möbelhauses, dessen in blau und gelb gehaltenen Farben bereits aus weiter Ferne zu sehen waren. Sie folgte den Richtungspfeilen und bog in eine Parklücke ein, die etwas vom Eingang entfernt lag und somit für den Großteil der Kunden nicht existierte. Sie zog den Schlüssel aus dem Schloss und noch ehe ich den Mund öffnen konnte, um zu fragen, was wir denn hier zur Hölle wollen, hatte sie bereits schwedischen Boden betreten. Zumindest jenen mit schwedischer Namensgebung. Ich stieg aus und Julie lächelte mir süffisant entgegen. Sie kletterte auf meiner Seite hinten in das Innere der Fahrerkabine. Als sie nur wenige Sekunden später mit einem Berg Handtücher hinaustrat, fragte sie beiläufig:

»Na los, oder willst du etwa mit dem Lièvre hierbleiben?«

Ich konnte mir keinen Reim darauf machen und folgte ihr tonlos. Ich glaubte weder daran, dass das Möbelhaus uns für die Tücher im Achtziger-Jahre Design Geld erstatten würde – auch wenn das mal wirklich ein triftiger Grund für eine der vielen Reklamationen gewesen wäre – noch, dass dies der richtige Zeitpunkt wäre, um eine neue schicke Ausstattung zu besorgen. Mein letzter Stand der Dinge war, dass wir das Wohnmobil abstoßen wollten, aber vermutlich hatte ich irgendwas verpasst. So betraten wir gemeinsam das Möbelhaus. Julie mit einem Handtuchberg in den Armen, der auch als Baby hätte durchgehen können und ich als geschmacksverirrter Ehemann mit Hochwasserhosen und »Let's Rock«-Shirt. Kurz darauf befanden wir uns auf der Rolltreppe und fuhren in Richtung lebendiges Chaos.

Kapitel 3

»Alles hät sing Zick«, hatte ihr der junge Polizeibeamte geantwortet, als sie sich zum mittlerweile x-ten Mal über die Fortschritte erkundigt hatte. Erkundigt, nannte sie es. Doch es war viel mehr ein Echauffieren darüber, dass die Eifelbeamten scheinbar wichtigeres zu tun hatten, als sich um ihr Unterfangen zu bemühen. Doch trotz aller Freundlichkeit gab es nichts Neues zu vermelden. Resigniert hatte sie sich auf den knarzenden Stuhl am Esstisch fallen lassen und betupfte sich mit ihrer Schürze die schweißnasse Stirn.

»Warten se mal 'ne Zeit ab, mir melden uns«, hatte er noch hinzufügt, ehe das Gespräch verstummte. Ein Rauschen in der Leitung hatte das Telefonat schließlich besiegelt, in das sie erneut so viele Hoffnungen gesteckt hatte. Warten. Eine Eigenschaft, die nie zu ihren Stärken gehört hatte. Im Hintergrund hörte sie die Kirchturmuhr schlagen, die alles andere übertönte. Sie wusste, dass in der Eifel die Uhren anders tickten. Das hatten ihr die Leute immer wieder weiß machen wollen. Die, die am Telefon neumodische Mobiltelefonanschlüsse verkaufen wollten. Nun saß sie dort und blickte zu dem Eckplatz auf der Bank, an dem er immer gesessen hatte. Jeden Tag hatte er, als die Uhr elfmal schlug, die Kartoffeln gewaschen und anschließend geschält, während sie das Mittagessen würzte. Seine Kreuzworträtselhefte lagen von ihr noch immer unangetastet auf dem schmalen Bereich der Rückenlehne. Sie schluckte. Warten.

Nachdem das Leben jahrelang seinen gewohnten Gang ging, war alles so schnell gegangen. Sie dachte an die letzten wenigen Monate, die sie gemeinsam verbracht hatten. So schleichend wie es gekommen war, so schnell war er gegangen. Auf eine Reise, zu der er sie nicht mitgenommen hatte.

Kapitel 10

Für meine Begriffe sagt der Wohnstil eines Menschen viel über seinen Charakter aus. Zwar würde sich so manches Sofa, wenn es von seinem Alltag erzählen könnte, vermutlich die Polster fusselig reden, was auf und unter ihm schon alles getrieben wurde. Doch da ein Sofa selten zu sprechen gedenkt, können wir uns anhand der Einrichtungsgegenstände trotz allem ein ziemlich gutes Bild von der dort hausenden Person machen. So kann man nicht nur erkennen, wer wo lebt und mit wie viel Herzblut, Perfektionismus und Geld ein Mensch an die Sache herangeht, sondern vor allem auch, welche Werte er verfolgt. Oder worin seiner Ansicht nach der Sinn seines momentanen Lebens besteht. Eine Wohnung, die sehr durchgestylt und abgestimmt ist, erweckt den Anschein, dass hier jemand lebt, der sehr auf seine Außenwirkung fixiert ist, während andere ihre eigenen vier Wände lieber funktional einrichten und sich *nach ihnen* anfühlt. Ein Mensch, der sehr pragmatisch eingerichtet ist und nur das Nötigste besitzt, verbringt möglicherweise nicht viel Zeit in seiner Wohnung. Er wägt genau ab, welche Dinge er von sich preisgeben möchte und ist sich bewusst, dass er in dieser Lebensphase keinen Schnick und Schnack braucht, um glücklich zu sein. Eine Frau, die ihre Wohnung mit viel Liebe zum Detail einrichtet, erweckt hingegen eher den Eindruck, als würde sie sich ein kleines Nest bauen. Eine Oase, in der sie, aber auch andere Menschen, sich wohlfühlen und in der sie einen Partner an sich binden kann. So werden mit viel Liebe zum Detail Vasen aufgestellt, Vorhänge aufgehangen und lustige Bilder mit Freunden gemacht, die zeigen, wie integriert man ist und sich als fester Teil einer Gruppe fühlt. Für ältere Menschen spielen hingegen die Familie und die Gesundheit die alles entscheidende Rolle im Leben. Sie tapezieren die Wände mit Kinderfotos, selbstgemalten Kunstwerken ihrer Lieben und Bildern aus glücklicheren Tagen. Und wenn man auf der Suche nach sich selbst ist, wäre es manchmal das Leichteste, seine eigene Wohnung mit den Augen eines Fremden zu betrachten, statt Meditationsübungen ohne Inhalt oder Selbstfindungskurse der Volkshochschule zu besuchen. Doch egal wie viele Wohnungen ich in meinem Leben bereits betrat, ich stolperte immer wieder über den Stil, der mir am nichtssagendsten erschien: Über eben jenen Stil des Möbelhauses, in dem wir uns nun befanden und der für mich in erster Linie eines bedeutete: Einheitsbrei.

Gefühlt war jede x-beliebige Studentenbude mit Regalen unaussprechlicher Namen bestückt und von denselben bunten Mustern auf faltbaren Plastikboxen geziert, die mir hier zuhauf entgegenkamen. Und die nichts anderes schrien als: »Ich möchte eins sein mit der Menge, untergehen im Nichts und genau so leben wie alle anderen Menschen auf der Welt es tun!« Und dass nun ausgerechnet Julie, die mit ihren weiten Hosen und den kurzen, schwarzen Haaren eigentlich nicht wie Einheitsbrei auf mich wirkte, mich in dieses Etablissement hineinzog, wunderte mich deshalb umso mehr.

So standen wir nun auf besagter Rolltreppe und ich zweifelte an, ob mich meine eigentlich doch sehr gute Menschenkenntnis nun endgültig verlassen hatte. Vielleicht hatte sie sich aus dem Staub gemacht und suchte nun einen ehrwürdigeren Besitzer. Julie kam mir in dieser Welt voller Klitsch und Klimbim irgendwie verkehrt vor. Doch sie spielte ihre Rolle perfekt. Sie wiegte den Handtuchberg immer wieder hin und her und ließ den Blick kreisen. Mit dem taxierenden Blick einer Suchenden scannte sie die Regale um sich herum genau ab. Ob sie nach etwas Bestimmtem Ausschau hielt? Und so fragte ich, in einem möglichst beiläufigen Ton, der mir so gekünstelt vorkam wie der Erdbeergeschmack eines Hubba-Bubba-Kaugummis:

»Nun liebe Julie, was möchtest du dir denn gerne heute anschauen?«

Sie antwortete nicht, sondern betrat die erste Etage und schritt zielstrebig durch den Gang. Wir drückten uns an einigen Sportleggings mit Hoodies-tragenden Teenagern vorbei, die man beliebig hätte austauschen können und die für meinen Geschmack schon fast mit dem breiähnlichen Inventar verschmolzen. Oder vielleicht sollte ich bei all dem, wie ich hier immer wieder aufschnappte, »Hyggen« Kram und Lifestyle-Getue besser das Wort »Einheitsporridge« verwenden. Schmeckt genauso, klingt nur besser. Neben uns wurde lautstark darüber diskutiert, man wolle in der neuen Studentenwohnung nun alles anders haben. Weg mit den klassischen Kommodengriffen und her mit den individuellen bunten Knäufen, die es ebenfalls in der Möbelkette zu kaufen gab. Diese waren zwar etwas teurer, würden aber die Individualität eines jeden einzelnen hervorheben. So konnte man sich mit wenigen Handgriffen ein echtes Einzelstück bauen, ein Unikat, das es so nur ein paar Millionen Mal auf der Welt geben würde. Ich blickte mich um und mir fiel auf, dass das kleine, flinke Wesen neben mir nun nicht mehr an meiner Seite war. Irgendwo zwischen Sofakissen und Wandspiegeln musste ich sie verloren haben. Ich verrenkte mir den Hals, um ihren Kopf zwischen Angebotsschildern und Vasen auszumachen. Doch vergeblich. Vermutlich war sie in ihrer Rolle selber mit den Regalen und Wänden verschmolzen. Ziemlich irritiert drehte ich mich auf dem Bodenpfeil, der mir eigentlich die richtige Richtung weisen sollte, im Kreis und fühlte mich fehlgeleitet. In anderen Geschäften gibt es Pfeile in Richtung des Notausgangs, um sich im Gefahrenfall zu retten. Doch hier schickten sie einen stattdessen von Zimmer zu Zimmer, um die Katastrophe perfekt zu machen. Ich fragte mich, wo diese sinnvollen Wegweiser waren, wenn man sie mal brauchte. Ich bin mir nicht sicher, ob man meine Abneigung gegen das allseits beliebte Geschäft spürt, aber ich bin wirklich nicht der größte Fan dieser Kette.

Ich blickte in die winzigen, eingerichteten Wohnungen zu meiner Rechten und Linken und fand Julie endlich in einem kleinen Schlafzimmer mit einer rosafarbenen Tagesdecke.

»Wenn ich an mir runtergucke, ist mein Kleidungsgeschmack zwar sicherlich nicht der beste, aber ich bin mir nicht sicher, ob das Rosa zu unseren geblümten Vorhängen passt, Liebling«, säuselte ich Julie entgegen und spielte den interessierten Ehemann, der selbst an einem Sonntag in die Niederlande gefahren wäre, um dort den Einkaufswagen mit Kisten und Kästen zu beladen.

»Quatsch keinen Blödsinn«, zischte sie mir entgegen und verließ strammen Schrittes den Raum.

»Liebling, Schatz, so war das doch nicht gemeint. Wenn dir die Decke so gut gefällt, dann kaufen wir sie dir«, versuchte ich zu retten, was nicht mehr zu retten war.

Doch Julie presste sich bereits durch die Tür an einem Herrn vorbei, der zwar mit seinem Bauchumfang den gesamten Rahmen auszufüllen schien, mir jedoch verständnisvoll zunickte. Männer sind eben alle irgendwie Kumpels im Geiste. Ich musste warten, bis sich die gesamte Familie, bestehend aus einer beleibten Frau und einem etwa zehnjährigen Jungen, dem etwas mehr Bewegung sicherlich nicht schaden würde, in die Wohnung gequetscht hatte. Nur damit sie schließlich feststellten, dass es hier aber reichlich eng war und es auch gar nicht das Sofa für das neue Jugendzimmer des Sohnemanns zu bestaunen gab. Ehe ich schließlich hinter der Familie, die im Entenmarsch und mit der Ruhe eines unsterblichen Hexenmeisters die Wohnung wieder verließ, dann auch endlich den Schuhkarton verlassen konnte. Ich befand mich wieder auf dem Gang. Und Julie war bereits meilenweit entfernt. Ich stöhnte laut auf. Das konnte ja noch was werden. Suchend rempelte ich mich zwischen Großfamilien durch, deren Kinder mir mit starrem Blick auf ihr Tablet oder Smartphone immer wieder vor die Füße taumelten, wobei ich Mühe hatte, keines von ihnen umzulaufen. Ich schaute in Gänge mit Büromobiliar und Schlafzimmerutensilien, bis ich endlich einen schwarzen Pagenhaarschnitt ausmachte, der in einer weiteren Wohnung neben einem Sofa mit gelben Kissen kniete. Ich atmete einmal tief ein und aus, ehe ich in die nächste Einzimmerbude trat. Natürlich nicht, ohne von einer Frau angerempelt zu werden, die sich nach einem ihrer wild plärrenden Kinder umgedreht hatte und dabei weiter in weiser Voraussicht dem Richtungspfeil gefolgt war. Ich schüttelte nur den Kopf und ging weiter. Bloß nicht Julie aus den Augen verlieren. Als ich dort angekommen war, lächelte Julie mich mit strahlenden Augen an, in der Hand eine mattschwarze Vase mit Rillenstruktur.

»Was hältst du von der? Ich finde sie genau richtig, schlicht und unauffällig«, plapperte sie aufgeregt vor sich her, sobald ich in ihre Richtung trat.

Manchmal muss man als Mann einfach tun, was getan werden muss und so bestätigte ich ihr voller Inbrunst, dass das mit Sicherheit die schönste Vase im ganzen Geschäft sei und es auf alle Fälle die richtige Wahl wäre. Sie nickte mir aufgeregt zu, nahm die Vase an sich und wir schlenderten unserer Wege. Ich verstand noch immer nicht, was dieser Shoppinganfall zu bedeuten hatte, doch wenn es Julie glücklich machte, eine potthässliche Vase mit sich herumzutragen, dann sollte sie das eben tun. Während ich froh war, es bald überstanden zu haben, den nächsten Ausgang suchte und dabei die Erfahrung machte, erst allen Pfeilen folgen zu müssen, ehe man sich in die Freiheit retten konnte, schien Julie jedoch noch nicht am Ende ihrer Suche zu sein. Sie bat mich noch einmal, mit ihr ein Stück zurückzugehen, da dort mehr von diesen »eingerichteten kleinen Winkeln« seien. Ich konnte mir ein Aufstöhnen nicht verkneifen. Julie bedachte mich mit einem Blick, mit dem man auch Dinosaurier hätte töten können und gemeinsam schwammen wir unter Beschimpfungen gegen die Menschenmassen an, die das Einbahnstraßenprinzip offensichtlich besser verstanden hatten als meine treue Begleiterin und ich. Während Julie fröhlich durch die Wellen tauchte und bald am anderen Ende angekommen war, fühlte ich mich wie eine Art Wellenbrecher, der ständig von Menschenmassen gestoppt wurde. Obwohl ich mir sicher war, am nächsten Tag einem Dalmatiner zu ähneln, der blaue anstelle der schwarzen Flecken hätte, kämpfte ich weiter gegen den Strom an.

»Wo bleibst du denn, Monsieur?«

Ich schickte ein Stoßgebet gen Himmel. Wenn das die Strafe für meinen Wohnmobilausrutscher war, möge ich sie bald abgesessen haben. Ich folgte Julie in ein kleines Schlafzimmer, in dem überraschenderweise keine Menschenmenge auf uns wartete. Ich ließ den Blick durch den Raum wandern und überlegte, was sie hier wohl suchen könnte. Die grüne Tagesdecke auf dem Bett vermutlich weniger. Julie suchte die niedrige Decke über unseren Köpfen ab und kniete sich in die Ecke hinter dem Bett.

»Stell dich mal neben mich«, raunte sie mir zu und ich tat, wie geheißen. Vorsichtig ließ sie ihr Handtuchbaby auf den Boden sinken und wickelte es umständlich aus. Als ich sah was sie tat, zogen sich in meinem Inneren die Eingeweide zusammen. Julie hatte keine unzählige Menge von Handtüchern dabei, sondern die

Urne der alten Dame mitgenommen. Mir stockte das Herz.

»Scheiße Julie, was soll denn das? Warum hast du das Ding mitgeschleppt?!«

»Shhht, jetzt sei doch mal still, oder willst du, dass hier alle etwas davon mitbekommen? Wir können schlecht mit diesem Ding unterm Arm weiterreisen.«

Schlagartig wurde mir bewusst, was sie vorhatte. Sie wollte nicht etwa die tote alte Dame dem Schicksal des Wohnmobils überlassen, das wir bald abstoßen wollten, sondern würde sie auf unsere weitere Reise mitnehmen. Und da sie keinen Aufruhr erregen wollte, suchte sie nun nach einem Gefäß für die Asche, das etwas weniger auffällig war. Ich schluckte. An die Urne hatte ich im Hochgefühl des letzten abends keinen Gedanken mehr verschwendet. »Scheiße verdammt«, dachte ich mir, während Julie die Vase neben die Urne stellte und bereits den Deckel löste.

Ich wendete mich ab und tat so, als würde ich den Preis für eine der Nachttischlampen studieren, die direkt vor mir stand. Julie schüttete in der Zeit die Asche unter leisem Pling in die Vase. Plingen? Obwohl ich mit den Gedanken weit weg war – oder um es genauer zu sagen – mich erneut mit der Idee von Gitterstäben und Trocken-Brot anzufreunden versuchte, dröhnte es mit einem Mal wie ein Glockenschlag in meinen Ohren: Asche macht keine Geräusche.

»Warte mal, Julie!« Irgendwas stimmte hier nicht.

Kapitel 11

Julie setzte die zur Hälfte gefüllte Vase ab und beäugte mich kritisch, während ich das Porzellanstück in die Hände nahm und vorsichtig schüttelte.

»Was zur Hölle …?«, zischte sie mir zu, als vor unserer Schlafzimmertür langsam Leben in die Bude kam.

Ich antwortete nicht, sondern drehte und wendete die Vase, um die Asche bestmöglich zu verteilen. Doch im schwachen Licht der Schlafzimmerlampe konnte ich in dem ohnehin schon schwarzen Behältnis nur noch tiefere Schwärze erkennen.

»Ist in der Urne noch Asche drin?«, fragte ich Julie, die daraufhin prompt die Urne nahm und den letzten Rest dazu kippte.

»Jetzt nicht mehr«, antwortete sie fröhlich. In mir brodelte es.

»So meinte ich das nun ganz und gar nicht.« Ich fluchte leise, hielt die Vase an mein Ohr und schüttelte sie etwas kräftiger. Ein dumpfes und kaum wahrnehmbares Kratzen machte sich bemerkbar. In der Asche musste etwas drin sein. Da war ich mir ganz sicher. Ohne weiter darüber nachzudenken fädelte ich meine Hand durch die schmale Öffnung und begann meine Finger in die Asche zu tauchen. Sie heftete sich in jede Pore und an jedes noch so feine Haar, doch das konnte mich nicht abhalten. Ich versuchte mein Handgelenk vorsichtig zu kreisen und steckte den Arm noch ein kleines Stück tiefer in die Vase. So weit, bis ich nicht mehr tiefer hineinkam. Zwischen meinen Fingern fühlte ich etwas Glattes mit einer abgerundeten Oberfläche. Ich strich vorsichtig an dem Gegenstand entlang und überlegte, was es sein konnte. Normalerweise nahm man der Leiche vor der Verbrennung alle wertvollen Gegenstände ab. Vielleicht handelte es sich um die Schraube einer künstlichen Hüfte? Irritiert und mit einem Magen, der Purzelbäume schlug, umfasste ich mit den Fingern vorsichtig den filigranen Gegenstand und wollte meinen Arm aus der Vase herausziehen. Doch er steckte fest. Nichts ging mehr. Ich ruckte und zerrte, doch mein Arm bewegte sich nicht einen Millimeter hinaus.

»Verfluchtes Mistding!«

Ich ließ mich auf das Bett fallen, versuchte die Vase mit den Knien einzuklemmen und sie mit der anderen Hand von meinem Arm zu befreien, denn mittlerweile war ich mir nicht mehr ganz darüber im Klaren, ob ich die Vase oder die Vase mich im Griff hatte. Ich kühmte und stöhnte und veranstaltete einen halben Affentanz, während Julie nichts Besseres zu tun hatte, als mich fassungslos anzustarren und den Kopf zu schütteln. Das war mir eine schöne Hilfe. Von dem wilden Gezeter angelockt, versammelten sich immer mehr Menschen in der schmalen Wohnung, um einen Blick darauf zu erhaschen, was hier drinnen vor sich ging. Meine Miene verfinsterte sich. Da wurde ich in dieses verfluchte Möbelhaus geschleppt und hatte prompt die Stelle des Pausenclowns übernommen, ohne mich je dafür beworben zu haben.

»Kannst du mir vielleicht mal helfen?«, blaffte ich Julie an, die sich der imaginären Tür näherte und sich mit einer wegwerfenden Bewegung der Menge zuwandte.

»Hier gibt es nichts zu sehen. Mein Mann hat nur etwas verloren. Bitte gehen Sie weiter!«, was mich innerlich nur noch viel mehr zum Kochen brachte. Jetzt machte sie auch noch einen auf Zirkusdirektor, der die Menge bittet, den Elefanten nicht mit Erdnüssen zu füttern, statt mir tatkräftig zur Hand zu gehen. Sie packte mich am Ellbogen und zischte:

»Wir müssen nun wirklich los, Liebling.«

Mit einer normalen Hand und einem Captain Hook-Arm in einer schwarzen Standvase, verließen wir die im Spalier stehende Menge. Wir gingen in Richtung der Toilettenräume und ich hatte die Hoffnung, mit etwas Wasser und Seife den Arm aus der schmalen Öffnung zum Flutschen zu bringen. Doch obwohl ich eine halbe Schaumparty veranstaltete, half mir das bei meinem Problem nicht weiter. Zu allem Überfluss überreichte eine ältere Dame mit einem vielsagenden Blick Julie feierlich die verschlossene Urne mit den geflüsterten Worten, sie habe etwas vergessen und dass man gut darauf aufpassen müsse. Mit einem demütigen »Dankeschön« nahm Julie den kalten Gegenstand entgegen und so standen wir etwas unbeholfen mit einer leeren Urne und einer doppelt gefüllten Vase vor der WC-Tür. Viel schlimmer konnte es kaum werden. Die einzige Möglichkeit, jemals wieder zum Zweihänder zu werden, bestand darin, die Vase zu zerbrechen. Doch da ich den Aschermittwoch nicht an einem Sonntag in einem Möbelhaus einberufen wollte, entschieden wir uns kurzerhand zur Kasse zu gehen und darum zu bitten, die Vase beim Kauf gleich anbehalten zu dürfen. Unter den irritierten Blicken der anderen Kunden begab ich mich einmal im Stechschritt durch die gesamte Deko-Abteilung, bis ich endlich das rettende Kassenband erreichte. Ich stockte. Die Schilder teilten die Kunden in Barzahler und Kartenzahler auf und mir wurde bewusst, weder in die eine noch in die andere Riege zu gehören. Ich schaute Julie mit großen Augen an, die mich vehement in Richtung der Barzahlungskasse schob.

»Aber wie ...«, begann ich den Satz, unterbrach mich jedoch direkt wieder, als ich die musternden Blicke der Kundin vor mir sah.

Bloß nicht weiter auffallen. Mit dem selbstbewussten Blick eines Kindes, das stolz darauf ist, seine Elefantenschuhe direkt anbehalten zu dürfen, straffte ich die

Schultern und reihte mich ein, in der Hoffnung, dass Julie noch etwas in petto hatte. Die Warteschlange war lang und länger und ich versuchte mich zu entspannen. Ich schloss meine Augen. Atmete tief ein und aus. Blendete alles um mich herum aus und versuchte mich nur auf mich zu konzentrieren. Zählte langsam von zehn abwärts. Und sah, als ich die Augen kurz öffnete, um einen Schritt weiter nach vorne geschoben zu werden, genau das, was mir noch gefehlt hatte. Auf der anderen Seite des Kassenbandes stand ein Kamerateam, das aktuell mit einem Herrn im schwarzen Zwirn sprach. Mir gefror das Blut in den Adern. Bloß nicht auffallen, sprach die innere Stimme in mir und zwang mich dazu, unwillkürlich einige Schritte zurückzutreten. Ich stieß gegen den Einkaufswagen hinter mir, der prompt seine Fahrerin ins Taumeln brachte und eine kleine Kettenreaktion auslöste. Der Einkaufswagen dahinter vollführte eine kleine Drehung und stieß ein Kleinkind um, das natürlich lauthals zu weinen begann.

»Ey, Kinderhasser oder was?«, schrie mir die aufgebrachte Mutter entgegen. Ein wildes Gemurmel begann.

Ich stammelte eine Entschuldigung, während Julie mich erneut am Arm packte und mich eindringlich ein großes Stück nach vorne schob. Der Tumult hinter mir schwoll an. Das Kamerateam und der Marktleiter drehten die Köpfe in unsere Richtung und wirkten, als würden sie langsam hellhörig werden. Wir waren die nächsten Kunden an der Kasse und die gelangweilte, stark geschminkte Verkäuferin blickte mich mit einem fragenden Blick an, als ich ihr meinen Arm entgegenhielt. Der Satz, den ich im Kopf bereits hundertmal heruntergebetet hatte und der mir so schlagkräftig über die Lippen kommen sollte, blieb mir im Hals stecken. Stattdessen hielt ich ihr wortkarg den Arm entgegen und spiegelte dabei nur ihren irritierten Blick. Ich stammelte vor mich her.

»Ich … möchte anbehalten. Bitte. So zahlen.«

Ich fühlte mich absolut hilflos und ihre Aufforderung, den Satz bitte noch einmal zu wiederholen, machte es nicht besser. Ich fasste all meinen Mut zusammen und sprach laut und deutlich aus, dass ich die Vase gleich anbehalten wollte. Vermutlich etwas zu laut, denn prompt stand das Kamerateam vor mir und hielt mir ein Mikrofon unter die Nase. Mein Kopf schaltete auf Autopilot, während mich der Mann mit dem riesigen wattebauschähnlichen Mikrofon zu löchern begann. Der Schweiß stand mir auf die Stirn geschrieben. Ich hatte ein absolutes Black-Out und konnte keine logische Erklärung für die einfachsten Fragen finden. Ich stammelte vor mich her und kann im Nachhinein nicht mehr im Einzelnen sagen, welche Worte meinen Mund verließen. Ich kam erst wieder zu sinnen, als mich das Kamerateam nach meinem Namen fragte und ich wahrheitsgemäß Günter Müller antwortete.

»Nein, Schmitt. Also ich meine Günter Müller-Schmitt. Meine Frau und ich konnten uns nach der Hochzeit nicht einigen, welchen Namen wir schöner finden«.

Innerlich turnte ich Radschläge, so geistesgegenwärtig gewesen zu sein und meine Identität im letzten Moment zu schützen. Zumindest so teilweise. Wie von Geisterhand gesteuert trat ich wenige Minuten später mit einer vom Marktleiter geschenkten Vase aus dem Möbelhaus und sah benebelt zu Julie hinüber.

»Wie kann man nur sein so dämlich? Kannst du mir mal erklären, was das für eine Aktion war? Merde!«, schrie sie mich vor der laufenden Meute an.

Ohne eine Antwort abzuwarten, stapfte sie wütenden Schrittes mit einer kleinen Gewitterwolke über ihrem Haupt inklusive Urne, die bedrohlich unter ihrer linken Achsel schaukelte, in Richtung des Wohnmobils. Ich blieb ziemlich verdattert stehen. Frauen! Die sollte mal einer verstehen. Ohne, dass ich mir wirklich bewusst war, was ich nun wieder falsch gemacht hatte, setzte ich meine Unschuldsmiene auf, nahm die Fährte auf und stieg in unseren kleinen Blechkasten.

»Nicht auffallen!«, wiederholte sie immer wieder, während sie Türen und Schränke mit einer solchen Inbrunst zuknallte, dass selbst das weiße, haarige Monster unter dem Beifahrersitz Schutz suchte.

»Kann das so schwierig sein?« Sie funkelte mich an, schüttelte den Kopf, nur um weiter mit Besteck zu klappern und an Vorhängen zu zerren. Ich verstand nicht genau, warum sie tat, was sie tat. Allerdings war ich mir ziemlich sicher, Töpfe zu knallen war die wesentlich vernünftigere Variante, als dies bei mir zu tun. Sie erwartete keine Antwort von mir, sondern hatte einfach das Bedürfnis danach, eine Runde im Dreieck zu springen – was mir wiederum sehr recht war, denn tatsächlich hatte ich meine liebe Mühe, meine sieben Sinne gerade zusammenzubringen.

»Was sollte das mit dem Arm in dieser Vase? Ist das irgendeine perverse Neigung von dir oder was?«

Ich blickte sie verdutzt an. Langsam kam meine Erinnerung zurück. Die Vase. Die Asche. Und das Geräusch, dass ich im Möbelhaus gehört hatte. Über den ganzen Aufstand hatte ich schon fast vergessen, weswegen dieser Aufstand überhaupt stattgefunden hatte. Während Julie weiter das Wohnmobil zerlegte, öffnete ich zwei, vielleicht auch drei Schränke, ehe ich eine Spülschüssel gefunden hatte, stellte sie auf den Boden und suchte weiter nach einem Hammer oder einem vergleichsweise harten Gegenstand. Ich nahm mir einen metallischen Dosenöffner, um damit dem Dasein der vermaledeiten Vase ein Ende zu bereiten. Doch nach einigen harten Schlägen klang es mir zwar fast in den Ohren, allerdings hielt die Vase standhaft ihre Position. Immer wieder überraschend, wie stabil doch so ein Porzellangefäß sein kann. Über den Lärm, den ich veranstaltete, verstummte selbst Julie und schritt tonlos an mir vorbei. Ich überlegte, ob ich das Risiko eingehen konnte, die Vase auf dem Mobiliar zu zerdeppern oder ob ich mir dabei die Pulsadern aufschnitt. Und als ich bereits Tischplatte und Arbeitsplatte kritisch beäugte, reichte Julie mir eine kleine Tube mit Sonnenmilch. Als ich sie nur wie eine Kuh im Rückwärtsgang anblickte, drückte sie etwas von der weißen Paste auf meinen Arm, verrieb es großflächig und begann den Vasenhals vorsichtig zu drehen. Immer wieder gab sie etwas Sonnenmilch hinzu und fing vorsichtig an zu ziehen. Nach einigen missglückten Versuchen machte es mit einem Mal »plopp« und meine fünf Finger waren wiedergeboren worden. Eine blau-rote Einkerbung zierte meinen Unterarm und ich bewegte vorsichtig mein Handgelenk.

»Oh du süße Freiheit, wie habe ich dich vermisst.«

Julie nahm die Vase und schüttete die Asche vorsichtig in die Schüssel, die ich noch vor wenigen Augenblicken als Auffangbecken nutzen wollte. Nachdem sich bereits ein Ascheberg in der Schüssel türmte, fiel mit einem Mal ein kleiner goldener Gegenstand, gefolgt von einem glitzernden Band und einigen Ringen, heraus. Wie Aschenputtel sortierten wir die Guten ins Töpfchen und die Schlechten ins Kröpfchen und kamen aus dem Staunen nicht mehr heraus. Vor uns eröffnete sich ein wahres Schmuckparadies, das sich mir offenbarte, als ich die Gegenstände im schalen Licht drehte und wendete. Und mittendrin ein kleiner, schwarzer, unauffälliger Datenträger-Stick, der fast im Ascheberg verschüttet gegangen wäre.

»Verdammte Hacke!«

In dieser Nacht träumte ich, ich wäre ein gefürchteter Pirat. Mit Schwert und Säbel bewaffnet und einer Blumenvase anstelle einer Hand, segelte ich mit meinem weißen Schiff in ferne Gewässer und verbreitete Angst und Schrecken. Die Totenkopffahne wehte über meinem Schopf und ich hielt Ausschau nach dem nächsten königlichen Boot, das ich überfallen konnte. Auf meiner rechten Schulter saß ein sprechendes weißes Kaninchen mit blutroten Augen, dass mich ins Ohr zwickte, wenn es etwas entdeckt hatte. Vom Zwicken und Zwacken geweckt, schlenderte ich über das herrschaftliche Boot, das wir uns erst kurz zuvor erkämpft hatten, bis zum Verlies hinüber. Dort saß eine zeternde und schreiende Prinzessin mit kurzen Haaren und mit Goldschmuck behangen und trug ein Säckchen voller verfluchter Zauberasche mit sich herum. Wer diese berührte, den verfolgten für den Rest seines Lebens böse Mächte. So bewarf sie mich, sobald ich in ihre Nähe kam, mit dem dunkelgrauen Pulversand. Kaum legte sich ein feiner Film auf meine Finger, sprangen Lederjacke tragende Banditen auf das Boot und das weiße Kaninchen, das scheinbar ihr Anführer war, begann mich zu attackieren.

Mit einem unterdrückten Schrei fuhr ich hoch. Es war tiefste Nacht und das weiße Kaninchen funkelte mich an meinem Kopfende mit finsteren Augen an. Mein Herz schlug in meiner Brust wie ein Presslufthammer und ich versuchte zur Ruhe zu kommen. Das blöde Vieh musste fort, so viel stand fest.

Kapitel 4

Schweigend stellte sie ihre Einkaufstüten auf dem Küchentisch ab, der unter dem Gewicht leise knarzte. Einmal die Woche fuhr sie auf den Markt in der Nachbarstadt. Meist nutzte sie die Zeit mehr um ihr Schweigen zu brechen denn um einzukaufen. Sie erfuhr dort den neuesten Klatsch und Tratsch und es fühlte sich alles so leicht an. Sie kannte die Verkäufer und traf dort alte Schulkameraden, Nachbarn und neu gewonnene Freunde. Nur ihre Kinder sah sie dort nicht. Neben ihren regelmäßigen Kirchgängen zur Sonnabendmesse und gelegentlichen Friseurbesuchen bei Birgit gehörte der Marktbesuch zu den wichtigsten Terminen in der Woche. Ihr langer Rock raschelte, als sie Eier, Milch, Obst, Gemüse und Honig verräumte. Besonders vorsichtig sortierte sie die sorgsam ausgesuchten Äpfel in den dafür vorgesehenen Korb. Ihr lief bei dem Gedanken an die nächste Mahlzeit bereits das Wasser im Mund zusammen, doch das musste noch einige Zeit warten. Sie riss sich ein Stück von dem frischen Brotlaib ab, den sie heute mitgenommen hatte, und ließ sich die Säure des Teigs auf der Zunge zergehen. Nachdenklich schaute sie auf den Tisch, auf dem neben dem nunmehr leeren Korb ein einsamer Autoschlüssel lag.

Als vor wenigen Wochen Ilse gefragt hatte, ob sie nicht jemanden kenne, der ein Zimmer für ihren Neffen zu vermieten hätte, hatte sie zunächst keine Antwort gewusst. Doch je länger das Gespräch dauerte, desto klarer waren Ilses Absichten geworden: Er sollte bei ihr einziehen. Jetzt, wo ihr Mann nicht mehr bei ihr sei, würde ihr ein wenig Gesellschaft guttun, hatte Ilse gesagt. Etwas unschlüssig war sie zwischen der Käsetheke und dem Gemüsehändler von einem Fuß auf den anderen getreten. Sicherlich würde ihr ein wenig Gesellschaft guttun aber jemandem im Haus zu haben würde sie sicherlich auch einschränken. Ilse hatte ihr Honig ums Maul geschmiert und berichtet, dass ihr Neffe eh kaum Zuhause sei und eigentlich mehr einen Raum bräuchte, um seine Sachen unterzustellen. Er sei Soldat und momentan sonst wo stationiert. Damit war für sie das Thema eigentlich schon abgehakt gewesen, denn einen Soldaten wollte sie nicht in ihr Haus lassen. Nicht, dass das kein ehrbarer Beruf wäre, sondern es lag mehr an der Angst vor Krieg und Vergangenheit. Sie hatte bereits den Kopf geschüttelt und wollte schon weitergehen, als Ilse ihr zuraunte: »Du kannst, wenn er unterwegs ist, bestimmt auch sein Auto benutzen. Es steht eigentlich immer ungenutzt herum.«

Das hatte sie schließlich zum Umdenken gebracht. Meist ließ sie sich, seit Heinz nicht mehr da war, von ihren Nachbarinnen mit in die Stadt nehmen. Doch da die lange nicht so sorgfältig bei der Auswahl (und vielleicht auch weniger redselig) waren, fühlte sie sich jedes Mal gedrängt, sich zu beeilen. Die Aussicht auf lange Marktbesuche und ausgedehnte Kirchgänge hatte schließlich etwas ins Rollen gebracht. So willigte sie ein und nahm kurz darauf einen Soldaten in Heinz alter Werkstatt auf.

Sie strich über das kalte, runde Metall des Schlüssels, das ihr Tor zur Welt bildete, und schüttelte den Kopf. Sollte sie auf die alten Tage noch leichtsinnig werden?

Sie nahm sich fest vor einen dieser Alarmknöpfe zu besorgen, die ihr zuletzt die Caritas nahegelegt hatte. Eigentlich brauchte sie keine Hilfe, doch man konnte nie wissen, welche Feinde sich ein Soldat in weiter Welt machte. Sie sollte es angehen, dachte sie, während sie die Äpfel noch einmal sorgsam umsortierte.

Kapitel 12

Manchmal sind die Momente, vor denen man die größte Angst hat, die unscheinbarsten Augenblicke. Obwohl man alle erdenklichen Szenarien gefühlt eine Millionen Mal im Kopf durchgegangen und sich absolut und hundertprozentig sicher ist, es könne nur ein schlimmes Ende nehmen, kommt es manchmal eben doch ganz anders als man denkt. So, wie bei der alles entscheidenden, großen Abschlussprüfung, bei der man mit dem sicheren Gefühl den Raum betritt, diesen als toter Mann zu verlassen. Oder eben nicht mehr zu verlassen, denn Tote bewegen sich ja eher seltener. Doch stattdessen schwebt man nach der Prüfung wie auf Wölkchen davon und das nicht etwa, weil man sich in einen Engel verwandelt hat, sondern weil man im ausreichenden Bereich absolut brilliert hat und sich ohne die tonnenschweren Säcke im Bauch wie befreit fühlt.

Genau dieses zuckerwatteleichte Schwebegefühl durchlebte ich gerade, kurz nachdem wir die Grenze überquert hatten. Was mir im Vorfeld wie eine Gefahrenzone mit Raketenwerfern vorkam, bestand eigentlich nur aus einem »Grenze in 1000m«-Schild und einem Hinweis auf das Tempolimit in Deutschland. Julie, die in einem der Schränke einen großen Strohhut gefunden und ihn zur Grenzüberfahrt aufgesetzt hatte, grinste mich erleichtert an. Nun waren wir in Aachen. In der westlichsten Stadt Deutschlands, die nicht nur für die schmackhaften Printen bekannt ist, sondern auch einen wunderschönen Dom haben soll, der in der Weihnachtszeit von hunderten beleuchteten Buden umrahmt wird. In einer echten Kaiserstadt, in der ehemals Karl der Große gekrönt worden war und es kurz vor seinem Tod zum Zentrum seines Reiches gemacht hatte. Ob das wirklich in den heißen Quellen oder eher in dem wahren Kaiserwetter begründet lag, konnte man nicht genau sagen. Schließlich gilt Aachen auch als die sonnigste Stadt in ganz Nordrhein-Westfalen. Doch von all diesen verlockend schönen, kaiserlichen Dingen sollte ich nicht viel mitbekommen. Denn statt den Hinweisschildern in Richtung Zentrum zu folgen und mir die Streuselbrötchen auf der Zunge zergehen zu lassen, dirigierte mich Julie in einen anderen Ortsteil, einem Gebiet, in dem andere Regel herrschten: In das Ostviertel der Stadt. Die Gegend schien mit jedem Meter verlebter zu sein und immer mehr Ladenschilder waren in verschiedenen Sprachen geschrieben. Als ich mir ziemlich sicher war, dass Julie uns ins Nichts geführt hatte und das eine oder andere links vielleicht doch eher ein »rechts« hätte sein sollen, deutete sie auf einen kleinen Kiosk an der Ecke.

»Internetcafé« stand in schwarzen Lettern auf weißem Grund auf der flackenden Leuchtreklame geschrieben. Julie verschwand, ohne etwas mitzunehmen, mit wenigen Schritten in dem kleinen Laden und mein Blick kreuzte die parkenden Autos, die mit Graffiti beschmierten Häuserzeilen und die Laternenmaste, deren untere Enden sich durch den Urin der vielen Hundemarkierungen bereits schwarz verfärbt hatten. Meine Gedanken schweiften ab und ich träumte davon, bald wieder frei zu sein. So frei, wie ein Fisch in einem Goldfischglas. Von außen betrachtet wunderschön anzusehen, doch stetig müßig seine Runden kreisend, allein und abhängig von der Welt um ihn herum. Aber schafft nicht jeder seine eigene Freiheit selbst? Ein weiser Mann sagte einmal, dass man erst frei von Etwas sein muss, um frei für Etwas zu sein. Man müsse sich erst frei machen von Besitz, seinen Ansprüchen, von jeglichen Altlasten, um sich für neue Dinge zu öffnen. Doch Dinge, die sich in der eigenen Gedankenwelt angesammelt haben, sind oft fest verschlossen. Durch viel Reflexion und selbstbestimmtes Handeln lassen sich zwar Verhaltensweisen ändern, doch ich fragte mich, ob man damit nicht auch sein ganzes inneres Wesen verriet. Oder reichte es aus, sich von den äußeren Umständen freizumachen, um neue Welten zu erkennen? Tief in Gedanken versunken merkte ich kaum, wie sich die Beifahrertür öffnete. Julie kletterte mit einem ganzen Packen Papierblätter auf den Beifahrersitz, schnallte sich an und, so als ob sie mein wildes Gedankenchaos gehört hätte, flüsterte beiläufig:

»Weiter geht die Reise in die Freiheit.«

Den Tag verbrachten wir damit, Flugblätter in Hochschulen, Cafés und Straßenecken auszuhängen, an denen viele Jugendliche vorbeikamen. Julies Plan war nicht nur der totale Irrsinn, sondern auch gleichzeitig absolut genial:

Für den nächsten Abend hatte Julie zu einer äußerst exklusiven Wohnmobilparty geladen, die angeblich schon jetzt unter Insidern als das Highlight des Jahres galt. Fingerabdrücke zu beseitigen war die eine Sache – sie mit einer Vielzahl fremder Fingerabdrücke zu bedecken die andere. Obwohl ich Bedenken hatte, ob sich genug Feierwütige finden würden, war die Idee bisher mit Abstand die beste. Und laut Julie wäre das in der Social-Media-Welt auch heutzutage gar kein Thema, wenn die Sache erstmal »viral« gehen würde. So waren wir beide bester Stimmung, bis wir an einem gewöhnlichen Straßenkiosk vorbeikamen. Während Julie nach einer passenden Litfaßsäule Ausschau hielt, blickte mich ein alter Bekannter vom Titelblatt eines Magazins mit vier Buchstaben an. Taumelnd vor Schreck ging ich einige Schritte auf den Kiosk zu und konnte kaum meinen Blick abwenden. Das konnte doch nicht wirklich wahr sein. Ich deutete auf das Foto und bekam den Mund kaum mehr zu.

Mittig unter dem großgedruckten Namen der Zeitung nahm das Bild fast eine halbe Seite ein. »Der Mann mit den Vasenhänden« prangte in großen, gellenden Buchstaben darübergeschrieben. Darunter ein Bild von mir mit einem »Let's Rock«- Shirt und einem etwas dümmlich wirkenden Gesichtsausdruck vor einer Großmarktkasse. Daneben stand eine zierliche Person, die halb von einer Urne verdeckt wurde. Vollkommen erstarrt merkte ich nicht, wie Julie neben mich trat. Geräuschvoll nahm sie eine Zeitschrift aus dem Ständer und schüttelte wutschnaubend den Kopf.

»Merde!«

Julie klappte die Titelseite auf und überflog mit ausdrucksloser Miene den Artikel. »Günther Schmitt-Müller beim Wochenendeinkauf mit seiner Frau. Über Pleiten, Pech und Pannen zwischen Daunenkissen und Duftkerzen.« Julie presste ihre Lippen so feste aufeinander, dass jegliches Blut aus ihnen verschwand. Noch immer bewegungsunfähig beobachtete ich, wie sie das Titelblatt mit einem einzigen Ruck abriss, die Zeitschrift in die Ecke feuerte und mir das Blatt gerade vors Gesicht halten wollte, als der Kioskbetreiber wetterte:

»Ey Mädel, wat soll der Driss! Die kannste mir jetzt erstmal bezahlen. Und wenn das nochmal passiert, jibbet Hausverbot. Aber janz schnell. Sowat hab ich ... « Plötzlich verstummte er. Zeigte mit seinem mettwurstähnlichen Zeigefinger auf mich und kam langsam näher.

»Du ... du ...« Er kniff die Augen zusammen. »Du bist doch der Vasenhengst da. Der Titeljung.« Schritt für Schritt rollte der mehr breite als hohe Ladenbesitzer auf mich zu, während ich mich langsam aus der Schockstarre lösen konnte.

»Wat sin denn dat für Fisimatenten mit der Vas, Jung?«, plauderte er weiter und spuckte mir mit jedem Wort mehr Speichel ins Gesicht. Ich machte einen Schritt rückwärts und stieß gegen einen klappbaren Zeitungsständer, der wie eine Ziehharmonika in sich zusammenfiel. Julie nutzte den Moment, fasste mich am Unterarm und rannte los. Und ich hinterher.

Die Nacht war kurz. Julie hatte das Titelblatt der Zeitschrift glücklicherweise mitgenommen und so lasen wir den Artikel vorwärts und rückwärts, um herauszufinden, ob er uns noch tiefer in die Misere ziehen würde. Er handelte im Großen und Ganzen von Fakten und Zahlen, vom sehr gemischten Publikum in Kaufhäusern anhand des Beispiels des etwa vierzigjährigen Günter Schmitt-Müllers, der eine fetischistische Ader für Tongefäße hatte und für sein Liebesspiel offensichtlich nach einem geeigneten Utensil suchte. Woher sie diese Daten über mich hatten war mir nicht bekannt aber mein Gedächtnis an den Kassenvorfall ist nach wie vor verschwommener Natur. Doch nachdem die erste Wut verpufft war und wir den Artikel wieder und wieder gelesen hatten, waren Julie und ich uns einig, man würde mich zwar für bescheuert erklären aber auch nicht mehr als ich ohnehin schon war. Problematisch war vielleicht die Urne auf dem Foto, jedoch sah sie für ungeübte Urnenbegutachter eventuell auch nach einer ziemlich hässlichen Vase aus. So kamen wir überein, alles würde meist eh nur halb so heiß gegessen, wie es gekocht wurde. Wir konnten in dem Moment schließlich auch nicht ahnen, dass Lederjacken tragende Gauner ebenfalls gerne Zeitschriften lesen.

Den Großteil des nächsten Tages nutzten wir, um in einer nahegelegenen Autowaschanlage zwischen diversen Dreier-BMWs verschiedener Baujahre, tiefergelegten Karren und Basswummern jegliche Spuren im Wohnmobil zu beseitigen. Julie kümmerte sich ums Cockpit, während ich die Waschzelle zumindest äußerlich versuchte bestmöglich zu reinigen. Vermutlich würde niemand nach Spuren fahnden aber da ich lieber auf Nummer sicher ging und sowohl Netz, als auch doppelten Boden brauchte, war ich mit Feuereifer dabei. Und im Übrigen kam mir die Ablenkung gelegen, denn je näher der Abend rückte, desto nervöser wurde ich. Ich fragte mich, ob überhaupt jemand kommen würde oder ob man am Ende des Tages Wohnmobil samt Urne auf den nächstmöglichen Schrottplatz abschleppen und die Urnenbeisetzung darum in einem anderen Rahmen stattfinden würde. Doch ich konnte nicht für alles Verantwortung übernehmen und letztendlich hatte ich es nicht in der Hand. Ich war in dieses Malheur durch Zufall hineingestolpert und würde nun auf gleichem Weg wieder hinausstolpern.

Am späten Nachmittag parkten wir schließlich das Wohnmobil auf einem öffentlichen Parkplatz in der Nähe des Hauptbahnhofs in der Innenstadt, nahmen unsere wenigen Habseligkeiten und den Schlüssel an uns und ließen das Schiff mit weit geöffneten Türen stehen. Zwar hatten wir nicht weiter darüber gesprochen, jedoch in stillschweigender Übereinkunft beschlossen, alles so zu hinterlassen, wie wir es vorgefunden hatten, samt versteckter Urne und dem fragwürdigen Inhalt. Dachte ich zumindest. Gemeinsam kehrten wir dem verrückten Abenteuer den Rücken zu und schritten nebeneinander dem Sonnenuntergang entgegen. Julie mit einem zum zerbersten gepackten Rucksack auf dem Rücken und ich mit einer berühmt-berüchtigten Vase in der Hand. Wir waren noch nicht lange unterwegs, als wir mit einem Mal von einer riesigen Partymeute beinahe umgerannt worden wären. Lautstark strömten Jugendliche mit Bierkästen, Musikboxen und Gejohle in Richtung des Parkplatzes, auf dem wir soeben das Wohnmobil geparkt hatten. Irritiert sahen wir uns um und gingen sicherheitshalber noch einen Ticken schneller auf das imposante Bahnhofsgebäude zu. Das Gedränge nahm zu und neben Reisenden, Obdachlosen, die sich nur in der Wärme der Bahnhofshalle aufhalten wollten und diversen Jugendlichen mit unvorteilhaft hoch geschnittenen Hosen, kamen uns auch immer mehr gut gelaunte Menschentrauben entgegen, die von der Jahrhundertparty und dem Highlight des Jahres sprachen.

»Olé olé, Wohnmobilparty ist nur einmal im Jahr«, schallte es durch die hohen Decken zurück.

Ich schüttelte ungläubig den Kopf und betrat die kalten, grauen und zum Teil klebrig wirkenden Fliesen des Bahnhofsgebäudes. In der lichtdurchfluteten Halle waren rechts und links die üblichen Bäckereiketten aufgereiht, gefolgt vom Hinweisschild zur nächsten Toilettenmöglichkeit und Zeitschriftenständern, aus deren Regalen mir noch immer mein dümmlicher Zwilling von diversen Exemplaren entgegengrinste. Etwas unentschlossen blieben wir in der Vorhalle stehen und wussten nicht so recht, wohin wir gehen sollten. Bis hierhin war alles nach Plan verlaufen, doch nun war selbst der ungeplanteste Plan seinem Ende entgegen gegangen. An diesem Abend war viel Betrieb und die Menschen eilten in alle Richtungen. Gingen ebenso schnell, wie sie gekommen waren. Als Julie fast von einem anderen Passagier umgerannt worden wäre, entschieden wir uns, langsam in Richtung der Gleise weiterzugehen. Wir fühlten uns in diesem Wespennest der Geschäftigkeit wie Falschgeld, wie wir uns von Ecke zu Ecke drückten. Und waren erleichtert, als wir endlich den gelben Fahrplan mit den Abfahrzeiten fanden, der uns wie eine Insel im tosenden Meer erschien. Wir lasen den Plan durch und fingen wieder von vorne an. Die Haltestellen hätten ebenso gut auf Chinesisch geschrieben sein können. Zwar konnte ich die Orte entziffern, allerdings sagten mir deren Namen so viel wie Julie das Gericht »Himmel und Äd«. Und so taten wir uns schwer, eine Destination auszumachen. Wir ratterten die Uhrzeiten herunter, schauten uns besonders die IC und ICE-Linien an, die in größeren Städten hielten. Doch plötzlich brach in dem engen und übervölkerten Flur zu den Gleisen hinter uns ein großer Tumult los.

»Ey Mann, pass doch auf«, hörte man eine aufgebrachte Männerstimme aus dem Einheitswirrwarr rufen.

»Pass auf, pass auf ...«, lachte eine tiefe, kehlige Stimme mit einem ostdeutschen Akzent. »Ich geb dir gleich ›pass auf‹!«

Man hörte die Stimme erneut lachen.

»Ey, lassen Sie mich!«, sprach die Männerstimme nun etwas verzweifelter.

»Was willst du? Guckst du, Igor, ich passe nur auf!«

Die Menge begann, sich langsam um die Szenerie zu zerteilen. Im Mittelpunkt stand ein ängstlich aussehender junger Mann mit Kopfhörern und Strickpullover, der vor einem ziemlich breit gebauten Kerl am Revers gefasst wurde. Sein nicht minder breit gebauter Kollege Igor stand daneben und grinste breit.

»Buhu, musst du zu Mama?«, sprach der Osteuropäer bedrohlich weiter. Seine Stimme wurde mit jedem Wort leiser. Angsteinflößender: »Sag nie wieder, was ich habe zu tun. Verstanden?«

»Ja, ja« wimmerte der junge Mann.

»Siehst, Igor, ganz einfach«, sagte er zu seinem Kollegen und stieß den Mann in die Menge hinter sich.

Die beiden schritten voran und zerteilten die Menge wie Moses das Meer. Niemand wollte ihnen in die Quere kommen. Als sie schon fast neben mir waren, gefror mir beinahe das Blut in den Adern. Ich konnte nicht mehr atmen. Fühlte mich, als wenn die Welt mit einem Mal stillstünde. Alles spielte sich in meiner Wahrnehmung in Zeitlupe ab. Ich nahm keinen Laut, keine Bewegung wahr. War wie eingefroren von der Kälte, die von diesen Menschen ausging.

Ich erkannte die beiden in dem Augenblick, als mir die ältere Dame mit dem Rollkoffer, den sie umständlich zur Seite gezogen hatte, aus dem Bild gegangen war. Es waren die osteuropäischen Kaliber, die das Wohnmobil gesteuert hatten und mir anschließend von den vielen Ausweisen entgegengestiert hatten. Die Kerle, die mich das Fürchten lehrten und mich in meinen Tagträumen heimsuchten. Die Lederjackenträger. Während ich sie mit offenem Mund anstarrte und unfähig war, mich umzudrehen, streifte mich Igor mit einem kurzen, flüchtigen Blick, während sie mit schnellen Schritten durch das Bahnhofsgebäude gingen. Ich erstarrte. Sie wussten es! Sie wussten alles und hatten mich gefunden. Panik ergriff mich. Ich spürte kaum, wie mich jemand von der Seite anrempelte.

»Das waren doch diese …«, raunte Julie mir zu.

»Ja«, sagte ich tonlos und mit offenem Mund, unwillig den Blick von den beiden abzuwenden. Als ich endlich in der Lage war den Kopf zu drehen, fragte ich Julie mit der schieren Angst in den Augen: »Was tun die hier?« Worauf sie nur müde antworten konnte:

»Na, was denkst denn du? Bestimmt nicht in Urlaub fahren.«

Sie fasste mich am Arm und wir gingen die nächste Treppe hoch, immer zwei Stufen auf einmal nehmend. Ohne zu wissen, wo der Zug hinfuhr, warteten wir ungeduldig, wie der Zug einfuhr, stiegen mit angehaltenem Atem ein und konnten erst wieder ausatmen, als der Zug anrollte. Und mit ihm die bittere Erkenntnis, dass die Typen mich gefunden hatten.

Kapitel 13

Als der Zug mehr und mehr in Bewegung kam, nahmen auch meine Gedanken langsam an Fahrt auf. Meine Schreckgespenster hatten mich also irgendwie aufgespürt und waren mir tatsächlich hinterhergereist. Die Frage war nur, woher sie wussten, wo ich mich aufhielt und zum zweiten, wonach genau sie suchten. Während ich auf die erste Frage keine sinnvolle Lösung fand und über Wanzen, GPS-Sensoren, Mautanlagen und Co. nachdachte, war die zweite Frage kaum ernst zu nehmen. Natürlich suchten sie die Urne mit dem Schmuck, das Wohnmobil, vielleicht auch die Ausweise, die wir in der Fahrerkabine gefunden hatten. Aber sicherlich nicht nach mir. Und wenn sie nun das Wohnmobil gefunden hatten, wären sie auch wieder im Besitz all ihrer Habseligkeiten. Denn die hatten wir schließlich im Wohnmobil zurücklassen. Hatten einen Schlussstrich gezogen, unter unseren kurzen Ausflug in die Unterwelt. Einzig meine Vase musste ich mitnehmen, denn über die hätte man aufgrund des Zeitungsartikels Rückschlüsse auf meine Identität ziehen können. Ich entspannte mich, während sich mein Gedankenchaos mit jedem Rattern mehr zu lichten begann. An der nächsten Haltestelle würde ich aussteigen, über ein öffentliches Telefon meine Familie anrufen und mich abholen lassen. Und wäre morgen schon wieder im Büro, in dem ich am besten gleich auch noch anrufen sollte, da ich bereits den zweiten Arbeitstag unentschuldigt gefehlt hatte. Zum Glück genoss ich genug Narrenfreiheit, sodass man mir mein Fehlen bestimmt nicht übelnehmen würde. Aber herausfordern wollte ich es trotzdem nicht. So atmete ich ruhig weiter und beobachtete die vorbeiziehende Landschaft. Julie wirkte ebenso nachdenklich wie ich und hatte, seit wir in den Zug eingestiegen waren, noch keinen Ton herausgebracht. Ihre Stirn war sorgenvoll in Falten gelegt, während sie mit beiden Händen ihren rundgefüllten Rucksack festhielt und vor sich hin sinnierte. Insgeheim fragte ich mich, ob sie mich vielleicht nach Hause begleiten wollte oder wir zumindest in Kontakt bleiben würden. Aber vermutlich wären unsere Lebensweisen zu verschieden und mein Alltag zu festgefahren für sie. Wahrscheinlich hatte sie auch schon das nächste Abenteuer im Sinn und grübelte im Moment darüber nach, welche der sieben Weltmeere sie zuerst bereisen sollte. Wehmut machte sich in mir breit. Menschen wie ich waren einfach nicht für tiefer gehende Verhältnisse gemacht. Andere Menschen mochten jahrelange Freundschaften pflegen, hatten ihre festen Cliquen und wöchentliche Frühstückstreffen. Und mir gelang es nicht Mal, eine vernünftige Beziehung zu einem Menschen aufzubauen, mit dem ich im wahrsten Sinne des Wortes durch die Scheiße gegangen war. Es fehlte mir sehr, einen festen Bezugspunkt, einen Ansprechpartner zu haben. Jemanden, bei dem ich Trauzeuge auf der Hochzeit sein oder mit dem ich nächtelang Bier kippen könnte. Doch vielleicht war mir das einfach nie in die Wiege gelegt worden. Meist langweilte mich die Person irgendwann oder die Wege trennten sich auf andere Art. Das hatte mich nie gestört, doch langsam keimte in mir der Gedanke auf, dass ich es vielleicht nie gelernt hatte, mich wirklich auf jemanden einzulassen.

Vermutlich wäre ich weiter in die Abwärtsspirale meiner düsteren Gedanken abgeglitten und wahrscheinlich wäre ich irgendwann bei Adam und Eva herausgekommen. Doch für den Moment war meine Depri-Phase beendet, denn in Julies Tasche begann sich mit einem Mal etwas zu regen. Lag sie eben noch still und ruhig da, wie man es eigentlich von einem

Rucksack erwarten würde, bekam der Stoff nun plötzlich Dellen und tanzte in Julies Schoß hin und her. Augenblicklich erwachte Julie aus ihrer Trance und begann den Rucksack vorsichtig zu tätscheln. Mit einem schuldbewussten Grinsen schaute sie mich an. Ich beäugte sie misstrauisch und hatte ihr, noch ehe sie sich versah, den Rucksack von den Beinen gezogen. Mit einem Ruck öffnete ich den Reißverschluss und schrie schmerzerfüllt auf. Zwei kleine, spitze Mäusezähnchen gruben sich in meine Haut.

»Aua, Mann!«, presste ich hervor.

Ich ließ das Gepäckstück fallen. Mit einem dumpfen »Klong« fiel es zu Boden. Die Tasche bewegte sich erneut. Fing an zu zappeln und Stück für Stück schien sich etwas den Weg in die Freiheit zu bahnen. Heraus kam ein kleines, weißes Kaninchen, das seine blutrünstigen Augen zu mir reckte. Julie packte sich ihren Lièvre und begann, ihn wild zu streicheln. Ich betrachtete derweil mein Handgelenk, in dem sich ein unterschwelliges Pochen breit machte. In meiner Haut malten sich zwei Zahnabdrücke ab, die mit jeder weiteren Sekunde ein tiefes Rot annahmen. Wut kochte in mir hoch. Das konnte doch nicht ihr Ernst sein!

»Julie«, begann ich aufgebracht, bremste mich jedoch direkt, als sich das erste Augenpaar neugierig umdrehte.

»Kannst du mir das mal bitte erklären?«, flüsterte ich im Tonfall einer Mutter, die ihr Kind im Rektorenzimmer abholen muss.

»Hätte ich ihn zurücklassen sollen?«, entgegnete mir der hinreißende französische Akzent.

»Ja, was denkst du denn?«

Ich fühlte mich im selben Moment wie ein bockiges Kleinkind, das an der Kasse keine Süßigkeiten bekommen hat. Unwillig, weiter zu diskutieren und mit der Einsicht, dass es mir hätte klar sein müssen, schüttelte ich den Kopf und verstummte erneut. Mit den Füßen schob ich den vermeintlich leeren Rucksack ein Stück beiseite und stieß dabei gegen etwas Hartes. Und fühlte den Umriss eines rundlichen Gegenstands. Mit angehaltenem Atem blickte ich Julie schockiert an. Sie hatte doch nicht ...?

»Ich möchte Waltraut die Ehre erweisen und sie nach Hause bringen«, sagte sie, ohne meine Frage abzuwarten. »Entweder du kommst mit. Oder du rufst deine Maman an wie eine kleine Fille und lässt dich abholen.« Mit einem Blitzen in den Augen funkelte sie mich an.

»Ich bin kein kleines Mädchen! Natürlich komme ich mit.« Mit einem Kloß im Hals war der Pakt besiegelt. Mitgehangen – mitgefangen.

Kapitel 14

Reisen – unbekannte Weiten entdecken. In die Ferne schweifen und scheinbar ziellos die Welt an sich vorüberziehen lassen. So die Praxis, doch die Theorie sieht überraschenderweise anders aus. Eine Reise wäre nämlich nicht eine Reise, wenn sie nicht der Erreichung eines bestimmten Ziels über eine größere Entfernung dienen würde. Ganz im Gegensatz zu einem Urlaub, der lediglich als freie Zeit definiert wird und der in erster Linie die Erholung fördern soll. Reisen bedeutet also zielgerichtete Fortbewegung. Und da man sowohl bei einer inneren Reise als auch bei einer äußeren Reise, während der man sich durch die Landschaft bewegt, einen Schritt von A nach B macht, ist sie auch immer mit neuen Erfahrungen verbunden. Ob diese positiv oder negativ, angsteinflößend oder regenbogenfarben sind, kann man im Vorfeld nie genau sagen. Und vielleicht liegt auch genau dies immer im Auge des Betrachters. Meine Reise mit einer Urne im Gepäck fing jedoch auch rückblickend ziemlich rabenschwarz an.

Eigentlich gab es Vieles zu besprechen – offene Fragen und nicht jugendfreie Worte. Ich hatte keine Idee, wie sich Julie die Sache mit der Reise vorgestellt haben könnte und ob ich überhaupt Teil dieser sein wollte. Ich hätte zu gerne gewusst, was mit dem Kaninchen passieren sollte und ebenso gerne, was sie noch in ihrer Mary-Poppins-Tasche versteckt haben könnte, aus der immer wieder neue Überraschungen heraus hüpften. Fragte mich, was mit dem Schmuck passiert war und ob die Tasche auch all die anderen Schätze beherbergte, die wir im Wohnmobil entdeckt hatten. Eigentlich hätten noch so viele Worte gewechselt werden müssen. Eigentlich. Doch wir kamen nicht dazu und sollten bis auf Weiteres auch nicht dazu kommen. Denn obwohl ich mir manchmal gewünscht hätte, dass Julie doch endlich mal die Klappe halten würde, waren diese Worte erst einmal die letzten für eine längere Weile gewesen. Ehe ich mit Julie weiter diskutieren konnte, stand nämlich plötzlich ein kleines Mädchen mit Brille und blonden Zöpfen neben uns und verrenkte sich den Hals, um das Kaninchen in Julies Schoß besser sehen zu können. Das Schicksal nahm seinen Lauf.

»Mami, Mami, guck mal. Die Frau hat einen echten Hasen. Darf man sowas? Du hast gesagt, Fips muss zuhause bleiben«, echauffierte sich die Kleine und zupfte ihre Mutter am Ärmel des Pullovers, bis sich ein etwas älterer Junge zur Runde gesellte.

»Boah, Mann ey, ich weiß, wer Sie sind. Soll ich ma' sagen? Sie sind der verrückte Vasenficker!«

»Justin!«, brachte die Mutter hervor. Das J klang dabei jedoch eher nach einem Sch und die englische Aussprache ging irgendwo zwischen u und s gänzlich verloren.

»Was'n? Guck doch selbst mal. Der Typ aussa Zeitung da.«

Neugierig kam zwischen den Sitzreihen der Kopf einer Frau ins Bild. Ihre Augen waren mit blauem Kajalstift betont und schauten müde aus dem fahl wirkenden Gesicht, das von blond-gefärbten, strohigen Haaren umrahmt wurde. Ihr Blick kreiste zunächst über Julie mit dem Hasen, touchierte die Vase, ehe er über mein Shirt zum Gesicht hochglitt. Aus ihren Augen stach mir der blanke Hohn entgegen.

»Kommt mal weg hier, von diesen Perversen«, sagte sie in einem Tonfall, mit dem man sonst nur Erdbeerkäse bewirbt, und schob ihre Kinder von dannen.

»Blöde Assi-Kuh«, dachte ich mir im Stillen und so blieb einzig der Geruch von Tabak und Alkohol in der Luft hängen.

Die Minuten vergingen. Durch die Situation angelockt, erschienen immer mehr neugierige Gesichter über unseren Köpfen.

»Ih, wat en dreckeliges Pack.«

»Och Herm, wat habt er denn? Wat der Bur nicht kennt, ...«, dröhnte es zwischen den Sitzen zu uns hinüber.

Im Wagon wurde es langsam unruhig. Ich vergrub meine Augen hinter meiner offenen Hand und stieß Flüche in meinen nicht vorhandenen Bart aus. Julie drückte sich mit dem Kaninchen an mir vorbei, nuschelte mir irgendwas von »Königstiger« entgegen und ließ mich in der Höhle des Löwen zurück. Ich rutschte auf ihren Platz und versuchte, die Menschen um mich herum zu ignorieren. Unsichtbar zu werden, wie ich es schon so oft gewesen war.

»Mit ner Vas, macht et bestimmt Spaß«, glückste jemand hinter mir. Ich starrte aus dem Fenster. Und verschmolz sekündlich mehr mit der düsteren Landschaft. Die Stimmen um mich herum wurden leiser und verstummten schließlich. Ich schloss die Augen und überlegte, wann wir den nächsten Bahnhof wohl endlich erreichen würden. Machte mir Gedanken darüber, ob ich ein Münztelefon finden würde und was mir im Moment noch viel dringlicher erschien: Wann ich endlich etwas zu essen bekommen würde. Ich bin mir im Nachhinein nicht ganz sicher, ob ich dabei eingenickt oder nur tief in meine kleine Gedankenblase eingetaucht war. Jedenfalls war ich ziemlich überrascht, als ich neben mir plötzlich einen leicht untersetzten Schaffner erblickte, der mich aufforderte, meine Fahrkarte vorzuzeigen.

Ein kleiner Schockmoment für die Menschheit und ein noch viel größerer für mich. An so eine Banalität wie ein Ticket hatte ich in der Aufregung am Bahnhof keinen Gedanken verschwendet. Manchmal fragte ich mich, ob jeder Mensch tagtäglich über meterhohe Felsbrocken klettern darf oder ob diese besondere Ehre nur mir zuteilwurde. Denn egal was ich anfasste oder probierte, ich hatte immer das Gefühl, es wurde durch ganze Felsformationen bedeckt. Während andere Menschen über gepflasterte Pfade tanzten, legte ich Helm und Steigeisen an, verschrammte mir die Knie und kam nur mit dem dreifachen Aufwand am Ziel an. Oder eben nicht am Ziel an, denn der Schaffner machte nicht den Eindruck, als würde ich diesen Weg hier noch lange beschreiten dürfen. Ich seufzte auf. Tat so, als würde ich gerade erst richtig aufwachen. Es musste schnell eine Lösung her. Am besten eine narrensichere, denn in den letzten Tagen hatte ich scheinbar einen Freifahrtschein für das Kasperle-Theater gebucht. Doch da das Ticket leider nicht für Bahnreisen galt, saß ich ziemlich in der Patsche. Es zerrte langsam an meinen Nerven, immer wieder der Gesteinigte zu sein. Und obwohl selbst Goethe sagte, dass man auch aus Steinen, die einem in den Weg gelegt werden, etwas Schönes bauen kann, überrollte mich eine schiere Frustrationswelle, als ich mitten im Nirgendwo in der Falle saß. So tat ich, was jeder Mann in der Situation tun würde, griff mir die gedanklichen Steine und bewarf den Schaffner mit allem, was ich finden konnte. Rein metaphorisch natürlich. Ich versuchte Zeit zu schinden. Wühlte in meinen Gepäckstücken und nuschelte dabei in verständlicher Lautstärke:

»Wo hab' ich es nur ... es war doch eben noch ...« ehe mir die rettende Lösung einfiel, dass meine Frau das Ticket mit auf der Toilette haben müsse. Der Schaffner verzog keine Miene.

»Wohin reisen Sie denn?«

»Nun ja, nur noch bis zur nächsten Haltestelle«, ich zog die Schultern nach oben, während der Schaffner mich taxierte.

»Wo sagten Sie noch gleich, wollten Sie hin?« fragte er und studierte misstrauisch den Fahrplan.

»Ich, also meine Frau hat die Reise geplant. Sie kennen das doch bestimmt auch – an einem Ohr rein und am anderen raus«, grinste ich ihn verschmitzt an.

Der Schaffner schien nur wenig angetan von meiner Antwort und mein Grinsen fiel mutlos in sich zusammen.

»Nun, dann warten wir am besten auf die werte Dame.«

Die Minuten vergingen. Während wir vergeblich darauf warteten, dass sich etwas tat, hatte ich das Bild von einer zuschnappenden Bärenfalle vor Augen: Hier würde ich nicht so schnell wieder wegkommen. Die Zeit zog sich wie ein zu lang gekauter Kinderkaugummi, der bereits jeden Geschmack verloren hatte, bis der Zug langsam an Geschwindigkeit verlor. Die Luft wurde dünner. Ich versuchte es mit Smalltalk, allerdings schien der Schaffner keinen großen Redebedarf zu haben. Stattdessen wischte der leicht untersetzte Mann eifrig auf dem Display seines Tablets herum.

»Nun, ich denke ich werde hier mit Ihnen zusammen aussteigen und auf die Dame warten. Ansonsten werde ich den Fall zur Anzeige bringen müssen. Haben Sie Ihre Papiere dabei?«

Mit einem Kloß im Hals verschloss ich den Rucksack, drückte mich am Schaffner vorbei, der mir jovial den Vortritt ließ, und ging voraus. Stieß im Vorübergehen die Tür zur Toilettenkabine auf, die unverschlossen, also frei war und konnte mir einen entnervten Aufschrei kaum verkneifen. Als sich endlich die Türen öffneten, schubste ich den Schaffner mit meiner Körperseite weg und sprang beherzt heraus. Bereit zu einem Sprint in die Freiheit. Und wurde jäh von zwei uniformierten Polizisten gebremst, die scheinbar nur auf mich gewartet hatten. So traf ich an diesem Tag direkt auf die zweiten Schreckgespenster meiner Gedankenwelt und durfte, da ich angeblich Gewaltbereitschaft gezeigt hatte und mich weigerte, meine Identität sowie den Inhalt des Rucksacks preiszugeben, »zur Feststellung meiner Personalien« mit auf die Wache fahren. Ich blickte vom Rücksitz des Streifenwagens zum Bahnhofsvorplatz – auf dem eine einsame Frau mit einem weißen Kaninchen stand.

Kapitel 5

Sie betrachtete den Knopf in ihrem ausladenden Dekolletee, der sich ständig zwischen Büstenhalter und Bluse verwickelte. Etwas missmutig hatte sie ihn Anfang der Woche von einer freundlichen Dame im mittleren Alter entgegengenommen, die betont langsam erklärt hatte, wie man ihn benutzte.

»Sollten sie sich nicht gut fühlen oder ein Notfall eintreten, können sie einfach auf den Knopf drücken und werden sofort mit einem Mitarbeiter verbunden.«

Verstanden. Sie war zwar alt, aber noch nicht senil.

»Nun probieren wir es einmal gemeinsam aus«, hatte die Dame ihr vorgebetet und ihren Finger auf den Knopf geführt. Eine freundliche Frauenstimme hatte sich gemeldet und gefragt, ob sie Hilfe brauchte, woraufhin die Dame schließlich erklärt hatte, dass es nur Demonstrationszwecken diente.

Etwas entnervt hatte sie sich schließlich das blöde Ding um den Hals hängen lassen, nochmal mit dem Hinweis, es beim Waschen abnehmen zu müssen. Entwürdigend. Als wäre sie ein altes Tantchen.

Sie zählte die Kaffeelöffel ab und füllte Wasser in die Maschine ein, ehe ein leises Glucksen den Raum einnahm. Sie stellte sich an ihr Fenster. Vielleicht musste sie sich wirklich langsam eingestehen, dass sie zum alten Eisen gehörte. Sie erinnerte sich noch zu genau daran, wie mitleidig der Beamte sie angeschaut hatte, als sie das Wohnmobil als gestohlen gemeldet hatte.

»Ham' se das Wohnmobil vielleicht jemandem ausjeliehen? Oder irjendwo hinjestellt und es verjessen? Sojet passiert den al lück ja schonma«, klang es ihr noch in den Ohren nach.

Nein, ganz gewiss nicht. Sie hatte endlich den Mut gefunden, um auf Reisen zu gehen und plötzlich war es einfach weg gewesen. Geklaut, gestohlen oder vom Herrgott zu sich genommen. Vielleicht waren die Eifeldörfer eben doch nicht mehr das was sie mal waren, ging es ihr durch den Kopf, als das leise Röcheln der Filtermaschine verkündete, dass der Kaffee durchgelaufen war. Mit penibler Bewegung darauf bedacht, sich bloß nicht die Schmach zu geben, den Knopf ohne Absicht zu betätigen, goss sie den frisch gebrühten Kaffee ein. Und wartete geduldig darauf, dass der Tag bald ein Ende nehmen würde.

Kapitel 15

Ich wurde in das Büro eines jungen Beamten gebracht, der vermutlich in seiner Jugend selber nicht nur Einhörner auf bunten Regenbögen gezähmt hatte. Ich durfte mich gegenüber auf einen unbequemen Holzlehnstuhl setzen, der bei jeder meiner Bewegungen gefährlich knarzte. Ich wartete. Das grünliche Polster, das sich an Rückenlehne und auf dem Sitz befand, diente mehr der Zierde als der Wirkung und komplettierte das deprimierende Bild, das der Raum hergab. An den eierschalenfarben gestrichenen Wänden waren unter dem großflächigen Fenster braune Radiatoren-Heizkörper montiert, die von senfgelben Woll-Vorhängen umsäumt wurden. Der graue Teppich, der vielleicht mal eine Art Schallschutzwirkung gehabt hatte, wölbte sich an vielen Stellen und zeigte großflächige Flecken. Der Großteil der Wand wurde von einem weißgrauen Metallschrank verdeckt, an dem quietschbunte Magnete von diversen Urlaubsregionen hafteten, wie sie in jedem Touristengeschäft verkauft werden. Die kindlichen Motive von Leuchttürmen und Sonnenuntergängen wirkten wie kleine, fröhliche Inseln in einem Raum, der jede Individualität aufgegeben hatte. Ich ließ meinen Blick weiter zu dem rundlich geformten Schreibtisch wandern, der vor mir stand und offenbar neueren Semesters war. Er beherbergte eine Vielzahl von Mappen und Ordnern, die fein säuberlich auf zwei Aktentürme gestapelt waren und aus denen nur wenige einzelne Blätter hervorlugten. Daneben stand mit der schwarzen Rückseite zu mir gewandt ein großer Computer-Bildschirm, auf den der junge Uniformierte konzentriert stierte und eifrig Befehle mit seiner Maus ausführte. Das bläuliche Licht des Bildschirms warf unvorteilhafte Schatten auf die dunkle Augenregion des Mannes, der durch das harte

LED-Licht der Deckenbeleuchtung leicht käsig wirkte. Draußen war bereits Dunkelheit eingekehrt und so spiegelte sich dort das Bild eines mir bekannten Gesichts. Das Antlitz eines Mannes, der in seinem schillernden »Let's Rock«-T-Shirt und den fettigen, ungewaschenen Haaren nicht unbedingt einen vertrauenserweckenden Eindruck abgab. Im Gesicht zeichnete sich ein löchriger Dreitagebart ab, dem jeder Barbier mit scharfem Geschütz nur zu gerne zu Leibe gerückt wäre. Der gespiegelte Mann hob mit der Langsamkeit eines Neunzigjährigen vorsichtig die Hand, kratzte sich kaum merklich am Kopf und strich sich dabei einige Haare hinter den Ohren zurecht. Er kämmte mit den Fingerkuppen seine schon viel zu lang gewordene Mähne durch, mit der er letzte Woche doch schon zum Friseur gegangen sein wollte. Wenn das hier vorbei war, sollte er wirklich dringend einen neuen Termin machen. Er straffte die Schultern und musterte seine in sich zusammengefallenen Wangen und die tiefen, sorgenvollen Ringe unter den Augen. Jemand räusperte sich. Und die eben erst hochgezogenen Schultern fielen wie ein Jenga-Turm zu einem kleinen Häufchen Nichts zusammen. Mit der behutsamen Zielstrebigkeit eines Löwendompteurs drehte sich der Beamte langsam zu mir und sah mich durchdringend an. Hätte jemand eine Stecknadel fallen lassen, hätte man sie vermutlich selbst auf dem verkrusteten Teppichboden aufschlagen hören. Doch da ich weder eine Stecknadel zur Hand hatte, noch zu Experimenten aufgelegt war, blieben alle Nadeln dort, wo sie waren und ich in der erdrückenden Stille der gespannten Erwartung sitzen. Jemand sollte etwas sagen, doch ich war mir unschlüssig, ob ich dieser Jemand sein sollte. Worte, die einmal gehört sind, lassen sich nicht zurücknehmen, nur abmildern. Und da es aufgrund meiner Taten bereits genug abzumildern gab, entschied ich mich, vorerst dem Blickduell standzuhalten und abzuwarten, was genau der Polizist herausfinden wollte. Die Sekunden strichen ins Land. Mein Mund fühlte sich ausgedörrt an und ich hatte das Gefühl, nicht mehr Schlucken zu können. Während ich im Mund versuchte allen Speichel zusammenzukratzen, fing mein Gegenüber mit jedem Moment mehr an zu grinsen.

»Nun, was haben wir denn da? Fahren ohne Fahrschein, nicht feststellbare Personalien, vermeintliche Flucht- und Gewaltbereitschaft. So, so ein harter Brocken also ...«, las er vor und zwinkerte mir dabei versöhnlich aus dem Augenwinkel zu.

Auch wenn es für ihn vielleicht alles nach einem Nullachtfünfzehn-Guten Morgen-Fall aussah, stand für mich doch so viel mehr auf der Kippe.

Mittlerweile einsichtig geworden, übermittelte ich ihm meine Personalien und erklärte ihm in aller Ruhe, dass plötzlich ein Tumult am Aachener Bahnhof ausgebrochen war und ich vor lauter Schreck vergessen hatte, ein Ticket zu lösen. Eigentlich würde ich mich immer an alle Regeln halten aber in dem Moment hätte ich einfach im Affekt gehandelt. Ich würde das Ticket auch augenblicklich bezahlen und auch die Gebühr fürs Schwarzfahren begleichen. Das mit der Gewaltbereitschaft könne ich jedoch nicht nachvollziehen. Vielmehr wäre ich versehentlich bei der Einfahrt gegen den Schaffner gestoßen. Das würde doch jedem Mal passieren. Die Worte, die ich soeben noch versucht hatte zurückzuhalten, sprudelten nun wie ein Springbrunnen aus mir heraus. Mit der Unschuldsmiene eines frisch geborenen Lämmchens blickte ich ihn an, während er das Protokoll in aller Seelenruhe in die Datenbank aufnahm. Ich lauschte in die Stille hinein, hörte wie die Finger einzelne Tasten drückten und mein Herzschlag dem Ticken der Uhr folgte. Ich musste erneut langsam meine Adresse wiederholen, die er Buchstabe für Buchstabe aufnahm. Als ich meinen Wohnort angab, wurde er stutzig.

»So so, Herr Müller. Und was hat Sie nach Aachen geführt? Sind Sie hier zu Besuch?«, fragte er.

»Ich bin mit einer Freundin verreist und wir wollten uns eigentlich auf die Heimreise machen«, antwortete ich wahrheitsgemäß.

»Und wo ist dann ihre Freundin?«

Eine Frage, auf die ich selber keine Antwort wusste. Am Bahnhofsvorplatz hatte ich sie schließlich noch gesehen. So antwortete ich, sie sei auf die Toilette gegangen und anschließend hätte ich sie aus den Augen verloren. Und dass ich allerdings noch im Besitz ihres Rucksacks wäre, der nun irgendwo in den Tiefen des Polizeigebäudes verschwunden sei.

Mit einem Mal spürte ich eine enorme Hitze im Raum. An meiner Kniekehle glitt langsam eine Schweißperle hinab und kitzelte meine haarsträubenden Gedankengänge. Ich hätte mir gerne etwas Luft zugefächelt, doch ich fürchtete, es würde meiner Glaubwürdigkeit nicht unbedingt zuträglich sein. So folgte ich gedanklich der kleinen Spur Nässe, die sich lautlos ihren Weg bis in meine Socken bahnte, und hielt dem Blick des Beamten stand. Das T-Shirt klebte mir am Körper und ich presste die Arme gegen meine Brust, um keine Dampfwölkchen freizusetzen.

»Ah ja, der Rucksack. Moment, den kann ich gleich vorne holen gehen.« Er taxierte mein Gesicht und er konnte vermutlich in meinem Blick etwas von der Sorge abfallen sehen.

»Wie sagten Sie noch gleich, ist der Name ihrer Freundin?«

Ich antwortete ihm, dass ihr Name Julie sei, ich ihren Nachnamen jedoch nicht kennen würde, da das mehr so eine lose Angelegenheit sei. Nun war es an mir zu zwinkern und scheinbar verstand mein Gegenüber genau worauf ich anspielte. Mit einem verschmitzten Grinsen verschwand er aus dem Raum und kam nur wenige Augenblicke mit dem verschlossenen Rucksack zurück.

»Dann würde ich sagen, schauen wir mal, was ihre Bekannte so mit sich führt«. Erneut bekam ich einen

Schweißausbruch, der nun auch mein Gesicht erreichte. Ich wusste nicht mit Gewissheit, was Julie alles eingepackt hatte. Die Urne allein würde jedoch genug Diskussionspunkte für zwei bieten. Oder anders gesagt: Ich war ein toter Mann.

Er zog sich Handschuhe an und öffnete in Zeitlupe den Reißverschluss des Hauptfaches. Es schien mir fast, als würde er darauf warten, dass sich jedes einzelne Häkchen löste, während er mit der Gebanntheit eines Kleinkindes an Weihnachten das kleine Paket vor sich beobachtete. Mit jedem Millimeter atmete ich tiefer die warme, abgestandene Heizungsluft ein, die den Charme des sechziger Jahre Kastenbauwerkes noch verstärkte. Als der Rucksack zur Hälfte geöffnet war, kam die Vase zum Vorschein, mit der ich fast in die ewigen Jagdgründe eingegangen wäre aber auf jeden Fall berühmt und berüchtigt geworden war. Er nahm sie vorsichtig heraus, drehte und wendete sie und blickte mich dann mit einem Mal überrascht an.

»Sie sind der Typ aus der Zeitung!«, brach es aus ihm heraus. Seine aalglatt polierte Polizeiattitüde war für eine Sekunde wie weggeblasen.

Ich zuckte mit den Schultern. Wusste nicht, ob diese Wendung eher von Vorteil oder von Nachteil für mich war. Der Beamte war hingegen total aus dem Häuschen.

»Als ich den Artikel gelesen hatte, dachte ich noch, dass es schon interessante Neigungen gibt. Sie wissen schon. Aber ich meine, jedem das Seine, sag' ich immer. Hauptsache man hat Spaß bei der Sache.« Er blickte mir aufrichtig in die Augen und ich hatte das Gefühl, einen echten Glückstreffer mit ihm gelandet zu haben. Erst, als ich ausatmete und die gesamte angestaute Luft entweichen ließ, merkte ich, dass ich innerlich den Atem angehalten hatte.

»Kann schon verstehen, dass Sie da nicht wollten, dass jemand in den Rucksack sieht. Sie mussten sich ja die letzten Tage wahrscheinlich genug anhören.« Ich nickte nur.

Angestachelt von seinem Fund, war er nun jedoch scheinbar nur noch neugieriger darauf, mehr über den Vasenhengst und seine Utensilien zu erfahren. Mit einer kaum zu versteckenden Begeisterung wendete er sich nun wieder dem halb geöffneten Rucksack zu und mein Herz begann erneut zu klopfen. Was, wenn Julie auch den Schmuck aus dem Wohnmobil mitgenommen hatte und ich so gleich in die Datenbank der gesuchten Bankräuber eingehen würde? Ich schloss die Augen und hörte nur das Echo des Sekundenzeigers und das Rauschen der Heizungsrohre. Ich sog scharf die Luft zwischen meinem verkrampften Kiefer ein. Wartete innerlich gebannt auf das Geräusch des sirrenden Zippers und einen erstaunten Aufschrei. Doch nichts dergleichen geschah. Stattdessen klopfe es zaghaft an der Tür. Überrascht öffnete ich die Augen.

Widerwillig hielt der Beamte inne, als sich die Tür in meinem Rücken öffnete. Ein weiterer Polizist erschien im Türspalt und winkte seinen Kollegen mit dem Zeigefinger zu sich. Die beiden tuschelten aufgeregt miteinander, darauf bedacht, mich im Ungewissen zu lassen. Trotz gespitzter Ohren konnte ich nicht wirklich viel aufschnappen. Konnte lediglich die Worte »Am Hauptbahnhof?« und »Möglicherweise das gleiche Wohnmobil« deutlich heraushören. Mir blieb ein Kloß im Hals stecken. Hatten Sie möglicherweise den Rucksack schon vorher durchsucht und eine Verbindung hergestellt? Ich schluckte. Der Kollege verabschiedete sich schnellen Schrittes, während der eben noch so locker wirkende Beamte schnurgerade um seinen Tisch herum ging, Jacke und Mütze griff und mit einem Mal sehr gehetzt wirkte.

»Wir leiten die Anzeige weiter und Sie bekommen Post von uns.« Er geleitete mich zur Tür und drückte mir im Herausschieben den Rucksack und die Vase in die Hand.

»Und was wird dann passieren?«

Er hielt kurz in seiner Getriebenheit inne und blickte mich an. Seine Gesichtszüge entspannten sich, als er meinen besorgten Gesichtsausdruck sah.

»Nichts weiter. Das ist Alltagsgeschäft. Machen Sie sich mal keine Sorgen. Wenn Sie jemanden anrufen möchten, der Sie abholt, wenden Sie sich bitte an die Kollegin vorne am Empfang. Ich muss zu einem Großeinsatz.«

Gemeinsam betraten wir den kalten Flur. Aus jedem Zimmer stürmten Polizeibeamte und eilten in unterschiedliche Richtungen. Den Rucksack umklammert, versuchte ich mit dem Polizisten Schritt zu halten. Ein kalter Luftzug ließ mich in meinem nassgeschwitzten T-Shirt frösteln. An den geklinkerten Wänden hallte der Klang unserer Füße auf dem blanken Fliesenboden wider, während ich das geschäftige Treiben um mich herum ausblendete. Mit jedem Schritt fühlte ich mich mehr wie ein Verunglückter, der dem Licht am Ende des Tunnels folgte. Ich sah einen zarten, grünen Schimmer am Ende des Ganges, der die Hoffnung meiner Gedanken spiegelte, kämpfte mich durch die nicht enden wollende Finsternis und spürte förmlich, wie Tauwasser von der Decke tropfte und ich in kalte Pfützen trat, deren eisige Nässe langsam meine Beine emporkroch. Eine Gänsehaut zog sich über meinen gesamten Körper, auf der die Kleidung schmerzlich scheuerte. Tapferen Mutes ging ich weiter und kam langsam dem Ende des Ganges näher. Ich ließ das düstere Nichts hinter mir, die Hoffnungslosigkeit, die Angst. Die warme Freiheit war zum Greifen nah und ich trat mit stolzgeschwellter Brust in das Licht hinein. Ein Lächeln zeichnete sich über mein Gesicht und ich schüttelte die düsteren Gedanken der vergangenen Stunden ab. Und erst, als ich an der Glaswand stand, hinter der eine uniformierte Polizistin saß, wurde mir bewusst, dass ich mit meiner Freiheit überhaupt nichts anzufangen wusste.

Desinteressiert musterte sie mich: Einen dahergelaufenen Penner, der sich unschlüssig von rechts nach links wendete. Wenn ich nun meine Eltern anrief, wie ich es eigentlich die ganze Zeit über vorgehabt hatte, würden sie mich schleunigst abholen, ich wäre schon am nächsten Tag wieder im Büro und das Abenteuer vorbei. Mein alteingesessenes aber bewährtes Leben würde seinen gewohnten Gang nehmen und an die letzten Tage würde ich mich nur in einem ungläubigen Moment erinnern, in dem man sich sicher ist, dass sich sowas nur eine total Verrückte ausgedacht haben könnte. Auch Julie wäre nur eine verblasste Erinnerung, die wie eine Laufzeile, kaum gelesen, aus dem Blickwinkel verschwunden war. Zurückbleiben würde nur ein warmes Gefühl in der Magengegend und der Gedanke, dass etwas Besonderes in der Luft hing. Damals, in einem Moment, der kaum mehr greifbar war. Letztendlich musste ich die Entscheidung treffen, die jeder Spieler eines Tages am Spieltisch treffen musste: Wollte ich zocken oder wollte ich einpacken und nach Hause gehen? Ich konnte viel verspielen, als Verlierer die Halle verlassen. Und vielleicht auch nur wenig dazugewinnen. Doch sagte nicht auch ein weiser Spruch, man bereue in seinem Leben nur die Dinge, die man nicht getan hat? Unschlüssig trat ich von einem Fuß auf den anderen.

»Wollen Sie noch was?«

Ich blickte der Kaugummi kauenden, müde wirkenden Polizistin in die Augen. Und bat, mit der Sicherheit eines Kindes, das sich mit einer Schere selber die Haare schneiden will, darum, nur eben im Büro anrufen zu dürfen, da sich mein Aufenthalt hier verlängern würde.

Kapitel 16

Ich hatte mir den Weg zur nächsten Bushaltestelle erklären lassen und war dann schleunigst aus dem Höllenschlund geflohen. Meine ersten Schritte in Freiheit schmeckten nach Nieselregen und Finsternis, Kälte und Einsamkeit. Nur mit T-Shirt und Hochwasserhose bekleidet betrat ich die einsamen Straßen und versuchte, mich in der Dunkelheit zurecht zu finden. Noch ziemlich zerstreut hatte ich den knappen Ausführungen der Diensthabenden kaum folgen können und folgte deshalb meinen eigenen Wegen. Ein Gefühl der Ohnmacht machte sich breit, doch da Stillstand die Sache nicht gerade besser machte, ging ich einfach ziellos weiter. Irgendwann konnte ich im Regenschleier das grün-gelbe Haltestellenschild im Kegel einer Straßenlaterne ausmachen. Mittlerweile klatschnass kauerte ich mich in das mit Graffiti besprühte Häuschen, das mir nur wenig Schutz und Wärme bot. Meine Zähne klapperten still in die Nacht hinein und ich wusste weder, wo ich mich befand, noch wie spät es war. Die mit Kugelschreiber halb zerstörte Fahrplanhülle war leer, das Brett mit Stickern und rechten Parolen beschmiert. Ich setzte mich auf das schmale Holzbrett, das ursprünglich mal eine Bank gewesen war und wartete die Zeit ab, bis der nächste Bus vorbeifahren würde. Und fragte mich, ob ich die richtige Entscheidung getroffen hatte.

Mein kurz entschlossener Plan war es, zum Bahnhof zurückzufahren und dort nach Julie Ausschau zu halten. Wenn ich sie bis zum nächsten Morgen nicht finden würde, konnte ich noch immer in der Heimat anrufen und die Sache abblasen. So zumindest die Theorie. Auf der Straße war nur wenig Verkehr und bei jedem aufgellenden Scheinwerfer hoffte ich auf die nächste Mitfahrgelegenheit. Die Minuten verstrichen. Meine Hände zitterten und ich umklammerte den Rucksack eine Spur fester. Der Rucksack! Obwohl ich ihn die ganze Zeit bei mir trug, war seine Existenz schon beinahe in Vergessenheit geraten. Ich hockte mich auf den mit Pfützen bedeckten Boden und zog mit bebenden Fingern den nass-kalten Metallverschluss auf. Im Inneren offenbarten sich mir die Vase und die Urne, die ich bereits im Zug gefunden hatte, und zudem eine schwarze Damen-Wolljacke, eine Butterbrottüte mit einer Zahnbürste und einige wenige Schminkutensilien sowie ein kleines, schwarzes Portemonnaie, das neben einigen Quittungen auch einen Fünfzig-Euro-Schein beherbergte, den ich mir gleich für die Busfahrt in die Hosentasche steckte. Ich traute mich nicht, in die Urne hineinzusehen. Nicht jetzt, nicht hier. So nahm ich stattdessen die viel zu kleine Jacke an mich und roch an ihr. Der zarte Geruch von Frauenparfum hatte sich in ihr festgehangen und mit jedem Atemzug wurde ich ein Stück ruhiger. Ich versuchte mir die Jacke überzustreifen, doch es war vergeblich. Sie war definitiv zu klein. Doch dafür näherte sich ein weiterer Hoffnungsschimmer in der finsteren Nacht. In weiter Ferne zeichneten sich die breiten, rechteckigen Scheinwerfer ab, wie sie fast nur bei Bussen angebracht werden und als dieser dann nicht nur seinen Blinker setzte, sondern sogar den Bahnhof anfuhr, explodierte innerlich fast ein Feuerwerk vor Freude. Als ich mich auf einen der Hartschalenplastiksitze im warmen Bus warf, keimte wieder etwas wie Hoffnung in mir auf. Und der blinde Wunsch, der Bus möge bitte sehr langsam fahren.

Viel zu schnell erreichten wir den Bahnhof, auf dem ich vor Kurzem noch verhaftet worden war. Mit einem mulmigen Gefühl stieg ich, der einzige Passagier des Busses, aus und sah mich das erste Mal in Ruhe um. Die Stadt lag wie ausgestorben vor mir und diesmal fehlte auch von Julie und dem Kaninchen auf dem Vorplatz jede Spur. Ich rüttelte an der Tür des alten Bahnhofsgebäudes, doch sie war fest verschlossen. Mutlos ging ich die Zuwege zu den Gleisen ab, doch außer zwei Obdachlosen, die mit Schlafsäcken in dem nach Urin riechenden Tunnel lagen, konnte ich keine Menschenseele erblicken. Ob Julie auch unter ihnen weilte? Die Unterführung war nur spärlich beleuchtet und die Betonwände waren mit bunten Farben und wilden Formen vollgesprayt. An den unteren Enden bildeten sich schwarze Flecken, die sich durch die Harnsäure in die Motive hineingebrannt hatten. Angewidert verzog ich das Gesicht und schaute mir im gelblichen Schummerlicht erneut die Berge aus blauvioletter und grünlich schimmernder Ballon-Seide an, von denen kein Laut ausging. Einzig die sachte Bewegung des Atems zeugte von der Existenz lebendiger menschlicher Wesen. Schnell war ich mir sicher, hier vermutlich vieles zu finden, nicht aber Julie. Mutlos schritt ich die Gleise ab, doch außer der blau-weißen Schilder, neben deren Abfahrtszeiten immer wieder ein orangefarbenes »verspätet« aufploppte, fehlte von menschlicher Existenz jede Spur.

Zügigen Schrittes verließ ich das Gelände und stand erneut an dem Ort des Geschehens. Mittlerweile hatte es aufgehört zu regnen, doch die Kälte ließ nicht von mir ab. Ich schaute mir die angrenzenden Straßen an und ging die Hauptstraße noch ein Stück hinab mit der Hoffnung, eine Tankstelle oder eine kleine Pension zu finden. Nachdem ich die Busfahrt bezahlt hatte und mir einige Notfallgroschen zum Telefonieren aufbewahren wollte, war mein Kontostand von fünfzig Euro drastisch gesunken. Zwar tönt die Politik, man solle öffentliche Verkehrsmittel nutzen (Nachhaltigkeit lässt grüßen) und dass die Welt grüner werden solle, versucht man dies jedoch auf dem Land umzusetzen, verarmt man dabei fast. Oder stirbt vor Kälte, denn wenn man eine Haltestelle findet, an der jede Stunde ein Bus vorbeikommt, fühlt man sich fast, als hätte man alle sechs Richtige inklusive Zusatzzahl. Mit hängendem Kopf stolperte ich über den unebenen Bürgersteig, dessen Platten in alle Richtungen verlegt worden waren. Die Straßenlaternen spendeten nur wenig Licht und ich vermisste meine gute, alte Taschenlampe, die ich zur Sicherheit immer am Schlüsselbund befestigt hatte. Zusammen mit einem Flaschenöffner, damit ich nie in die Verlegenheit kam, mir eine meiner zwei linken Handflächen beim Öffnen einer Flasche aufzureißen. Eigentlich wollte ich immer die Zügel in der Hand halten und für alle Eventualitäten gerüstet sein. Mein eigener Herr sein und genau nach Plan vorgehen, frei nach dem Motto: »Ein Ziel ohne Plan ist nur ein Wunsch.« Doch nun ging ich absolut planlos durch die Finsternis und fühlte mich unwohl in meiner Haut. Ich blieb vor dem Schaufenster eines großen Reisebüros stehen und begann zu träumen. Mit großen roten Bannern waren die Türkei, die Malediven und die Balearen rabattiert und zeigten Bilder von weißen Stränden, grünen Palmen und dem unendlich blauen Meer. Die braungebrannten Personen trugen bunte Bademode und breite Strohhüte. Ich hätte in dem Moment alles für ein paar ruhige Tage Urlaub gegeben. Doch dafür war in meinem Leben kein Platz – noch kein Platz. Ich musste erfolgreich sein. Alle Anforderungen, die mir das Leben stellte, bestmöglich bewältigen. Und durfte keine Schwäche zeigen. Ich schaute in das Gesicht der aus Pappe bestehenden Werbemodels, die mir mit schneeweißen Zähnen und der güldenen Haut entgegen grinsten. Die Gesichter waren mit einem Filter glattgezogen, alle Makel retuschiert. Und obwohl mit Highlightern und Licht alles perfekt ausgestrahlt war, fehlte doch jedes Strahlen in den Augen. Es wirkte leer und aufgesetzt. Fast so wie mein Lächeln, das mich jeden Tag im Spiegel anschaute, wenn ich mir sagte, dass es nur noch wenige Tage bis zum nächsten Wochenende, Feiertag oder langen Wochenende waren. Ob so das Glück aussah? Ich schüttelte den Kopf und wendete den Blick ab. Mit ratterndem Kopf zog ich die Straße entlang, dessen Gedankenwirrwarr von dem Rattern der entfernten Gleise untermalt wurde. Viele der Schaufenster in der Straße waren mit Rollos verhangen und nur in den oberen Fenstern brannten vereinzelte Lichter. Ich ging auf eine ampelgeschaltete Kreuzung zu, an der einige Autos ohne anhalten zu müssen in verschiedene Richtungen abbogen. Im Vergleich zu den letzten Stunden herrschte hier reges Treiben. Ich betätigte die hellerleuchtete Fußgängerampel und machte auf der anderen Straßenseite einige Hauseingänge aus, aus denen Musik und der warme Geruch von Essen strömte. Nachdem ich gefühlte Ewigkeiten wartete, bis sich das Ticken der Ampel in einen Trommelwirbel verwandelte und das kleine rote Männchen zu einem grünen wurde, ging ich zügigen Schrittes auf eine Dönerbude nebst Kiosk zu. Ich entschied mich, neben einer Flasche Wasser, ein Touristen-Sweatshirt und das am wenigsten bunt-gebatikte Tuch zu kaufen, das ich finden konnte und setzte mich so gekleidet in den etwas schmuddelig wirkenden, aber warmen Imbiss, aß Döner und trank Schwarzen Tee. Und verbrachte hier trotz der nervigen Dudelmusik, bei der ich sonst schnell das Weite suchte, die übrigen Stunden bis der Imbiss schloss.

Ich saß in einem Hauseingang. Kämpfte gegen die bleierne Schwere an, die sich in meinem Körper breit machte. Meine Augen drohten zuzufallen, doch meine Angst, hier von den Falschen gefunden zu werden, war größer, als dem Drang der Müdigkeit nachzugeben und in einen unsicheren Schlaf zu fallen. Ich hoffte, dass Julie einen sicheren Aufenthaltsort gefunden hatte und betete, sie am nächsten Morgen endlich zu finden. Ich machte mir Gedanken darüber, ob sie vielleicht dachte, ich hätte sie sitzengelassen und sie nun stinksauer weitergezogen wäre. Mir fehlte ihre Telefonnummer, ein Name oder eine Adresse. Nur eine viel zu kleine Wolljacke und die verdammte Urne, die ich einfach nicht loswerden konnte. Die Stunden vergingen. Die Nacht wich dem Tag, der Regen wich dem Nebel. Noch bevor die Sonne aufgegangen war, wurde es laut in der Stadt. Neben Passanten, die an mir vorbeihetzten, rollten Blechlawinen hupend über die Kreuzung. Hahnengeschrei mal anders. Ich hatte mich in der Nacht zu einem kleinen Paket verknotet und das Tuch schützend über mich geworfen. Doch trotz aller Tricks taten mir die durchgefrorenen Knochen weh. Ich fühlte mich steif und verquollen. Ich reckte und streckte mich und ging mit schweren Schritten zum Bahnhof zurück. Der Tag der Wahrheit war gekommen und trotz der Kälte glühte ich förmlich vor Aufregung.

Ich investierte die letzten Kröten für einen viel zu teuren Kaffee in einer absolut hippen Kaffeekette und setzte mich an ein Fensterbrett, das zum Bahnhofsvorplatz hinausging. Während ich den Verkehr auf der Straße beobachtete, wurden meine Augenlider schwerer. Die Nacht war hart gewesen und das leider nicht im positiven Sinne. Trotz aller Anstrengung war ich doch ab und zu in wilde Träumereien gefallen und dann umso erschrockener aufgewacht. Jetzt, wo der Duft von frisch gebrühtem Kaffee und Backwaren in der Luft hing und die Wärme meine schmerzenden Glieder auftaute, fiel auch meine innere Anspannung etwas von mir ab. Ich trank in kleinen Schlucken den heißen Kaffee, der mein Glühen in ein heißes Strahlen verwandelte. Meinte ich das nur oder verwandelte ich mich langsam in einen kleinen Heizstrahler? Wie lange ich dort saß, kann ich im Nachhinein nicht genau sagen. Ich weiß nur, dass neben mir wie in einem

Zeitraffer Leute saßen, die wieder aufstanden und durch andere ersetzt wurden. Mein Kaffee war inzwischen kalt geworden und ich saß in der Mitte wie eine Skulptur auf einem belebten Marktplatz. Eine Art graues Mahnmal in bunter Kleidung, das von Menschen aller Welt umschwärmt wurde: Ich hatte verloren. Der Krieg war vorbei.

Mit schmerzenden Gliedern stand ich auf und ging zur Informationstafel am Eingang, an der ich gestern im Vorbeigehen ein vergilbtes Münztelefon entdeckt hatte. Obwohl ich in meiner Jugend selber stolzer Besitzer einer Telefonkarte gewesen war und aus Jugendfreizeiten schon zigmal die gelben Telefonkabinen betreten hatte, hatte ich mich in den letzten Jahren immer öfter gefragt, wann diese hässlichen Dinger in Zeiten von Smartphone und Internet wohl endgültig von der Erdoberfläche verschwinden würden. Ich konnte mir nicht erklären, wann man in eine Situation kommen sollte, in der man in die Verlegenheit kam, sein letztes Kleingeld zusammenzukratzen und dringend einen Anruf tätigen zu müssen. Nun war ich froh darum, vor einem solchen öffentlichen Telefon zu stehen, das mein Portal in die sichere Zuflucht wäre. Ich schluckte. Hatte Angst vor der Entscheidung, die ich nun treffen musste und die doch unausweichlich war: Wenn ich nun anrief, war das Spiel vorbei. In quälender Langsamkeit hob ich den Hörer ab, mit dem sonst vermutlich nur Schindluder getrieben wird, warf Münze um Münze in den kleinen Schlitz und drückte mit einer Inbrunst auf die schwarzen Zifferntasten, um die mich jeder Bauarbeiter beneiden würde. Es tutete. Einmal, zweimal. Ein Rauschen klang in meinen Ohren, während hinter mir der Bär tobte. Die ruhige Stimme meiner Mutter meldete sich und mit ihr mein Herz, das vor Erleichterung eine Spur schneller schlug. Wärme durchströmte mich. Letzte Nacht war ich mehrfach genau durchgegangen, was ich meinen Eltern am Telefon sagen wollte und wie ich das Telefonat aufziehen wollte. Doch nun, als ich die dünne Stimme einer der wenigen Menschen hörte, die ich unendlich liebte, verließ mich der Mut und meine Stimme wurde brüchig. Bestimmt würde ich sie enttäuschen, wenn ich um Hilfe bat. Ausgerechnet die Menschen, für die ich immer der Lichtschein gewesen war.

»Hallo. Hallo?«, erklang es in der Hörmuschel.

Ich schluckte erneut. Gerade in dem Moment als meine Mutter auflegen wollte, brach endlich der Mut in mir durch.

»Hallo Mama, ich bin's. Wie geht es dir?«

Ich wollte nicht über meine Probleme sprechen – wollte mich nur in der Wärme der Normalität sonnen.

»Mir geht's gut. Hör mal, ist alles in Ordnung? Was ist das für eine Nummer. von der du anrufst?«

»Ich bin verreist. Und hab dummerweise mein Handy vergessen. Aber es ist alles gut. Wie geht es Papa?«, wollte ich das Gespräch wieder zurücklenken.

Schweigen.

»Gut gut, aber hör mal, wo bist du denn eigentlich?«, hörte ich die Stimme meiner Mutter, in der Besorgnis mitschwang.

»Ich bin in Aachen.«, sagte ich um meine Mutter zu beruhigen. »Das ist eine total schöne Stadt. Habt ihr heute eigentlich noch was vor?«

»Papa ist im Garten und ich wollte gleich noch einkaufen. Warum fragst du denn, mein Jung?«

»Ich dachte, vielleicht wollt ihr ...« Meine Stimme brach ab. Hatte ich draußen nicht gerade eine Frau mit einem weißen Fellbündel am Arm vorbeihuschen sehen?

»Hallo?«, hörte ich es in der Leitung fragen.

»Ja, ich bin noch dran. Ich wollte einfach nur kurz Bescheid geben, wo ich bin. Könntest du nach meiner Post sehen? Ich hab dich lieb, ich ruf wieder an!«

Ohne eine Antwort abzuwarten, knallte ich den Hörer auf und ging schnellen Schrittes zur Tür. Ein eisiger Wind wehte mir entgegen, als ich vor das Gebäude trat. Doch von der Frau und einem weißen Kaninchen fehlte jede Spur. Mein Kopf schien mir wohl einen Streich gespielt zu haben. Energisch ging ich am Gebäude entlang. Das konnte keine Fata Morgana gewesen sein, das durfte nicht sein. Ich eilte in Richtung der Unterführung und rannte durch den kleinen Tunnel. Am Ende des Ganges sah ich eine kleine, zierliche Frau, die zu den Gleisen hochging. Ich nahm die Verfolgung auf, stieß eine ältere Dame fast um, die stolperte und hinter mir her wetterte. Ich nuschelte im Laufen eine Entschuldigung und war schon an der langen Treppe angekommen. Immer zwei Stufen auf einmal nehmend sprang ich die Stiegen hoch. Kam laut schnaufend oben an und blickte mich gehetzt um. Einige wartende Reisende sahen mich irritiert an, doch das war bei Weitem nichts neues mehr. Innerlich fiel ich fast in mir zusammen, als ich merkte, dass sie nicht da war. Ich hatte sie verpasst oder vielleicht war sie auch nie da gewesen. Mit hängenden Schultern drehte ich mich um und wollte mich gerade die Treppenstufen hinunterfallen lassen, als mich eine Hand fest an der Schulter packte.

Kapitel 17

Mir drehte sich der Magen um. Manchmal fragte ich mich wirklich, wie viel Leid ein Mensch erfahren kann, bevor er einknickt und zusammenbricht. Wenn eine Ameise dazu im Stande ist, das Achtfache ihres Körpergewichts zu tragen, gehörte ich eindeutig zu der Gattung Elefant, der schon unter dem Gewicht von einem einzigen Exemplar seiner Art wie ein Kartenhaus in sich zusammenklappen würde. Ich atmete ein und aus, doch leider war die Hand auf meiner Schulter dadurch nicht verschwunden.

»Ruhig bleiben«, sprach meine innere Stimme. »Vielleicht hast du nur etwas verloren.«

Zögerlich drehte ich mich um und blickte zunächst ins Leere. Und dann, nachdem ich meinen Kopf leicht gesenkt hatte, schaute ich in das zierliche Gesicht einer Frau, die mir trotz ihrer Härte sanft zulächelte. Und ich verließ an der Seite von Julie endlich den Ort, der so viel Hohn mit sich gebracht hatte.

Tatsächlich hatte Julie nicht dieses mörderische Hasentier auf dem Arm, sondern nur ein weißes Schaffell umgelegt, auf dem sie es sich in der Wartezeit gemütlich machen wollte. Aber da man meist doch nur die Dinge sieht, die man sehen will oder eben auch nicht sehen will, hatte ich das weiße Etwas eindeutig als Kaninchen interpretiert. Julie erklärte mir, dass sie extra zurückgekommen sei, um nach mir zu sehen. Und natürlich ihres Rucksacks wegen, was eigentlich der Hauptgrund gewesen sei, doch solche Banalitäten sollte man manchmal einfach überhören. Erschöpft und zu ausgelaugt, um viel zu sprechen, folgte ich ihr wie ein Schoßhündchen durch eine oder zwei Seitenstraßen, bis wir vor einem Mehrfamilienhaus an einer großen Durchfahrtsstraße angekommen waren.

Sie betätigte eine Klingel und ich schleppte mich mit schmerzenden Gliedern Stufe für Stufe durch ein enges Treppenhaus bis in den zweiten Stock. Oben angekommen öffnete sich eine Tür zu einer Wohnung, aus der ein altbekannter, süßlicher Rauchdunst strömte.

Die Wohnung bestand nur aus einem kleinen Flur mit einer metallenen Küchenzeile, einem Bad mit Toilette und Dusche und einem großen Raum, in dem sich das Bett und eine Art Sitzecke befanden. Julie hängte ihre Jacke über einen Haken an der Tür, als wäre es die normalste Sache der Welt und betrat anschließend den großen Raum, in dem die Duftwolke fast schon penetrant stank. Unsicher ging ich hinter ihr her. Die rötlichen Vorhänge waren zugezogen und der Raum war in ein warmes Licht getaucht, in dem sich der feine Nebelschleier brach, der durch den Raum waberte. Rotlichtmilieu einmal anders. Eigentümliche Geräusche kamen aus einem der Lautsprecher. Walgesänge, wie ich erfuhr – vermutlich mit jaulenden Hunden vertont. An den Wänden waren große, bunte Tücher aufgehängt und der Boden mit gemusterten Orientteppichen ausgelegt. Die Bettbezüge waren zerwühlt. Daneben lag eine ausklappbare, senfgelbe Matratze, auf der einige große Wolldecken sorgfältig aufgestapelt waren. Die Sitzecke bestand aus einem grünen Zweisitzer mit einigen Schaffellen darauf, zwei runden Hockern, die mit gelbem Wollstoff eingefasst waren und einem runden Holztisch, der von einer Wasserpfeife flankiert wurde. Zudem lag in der Ecke unterhalb des Fensterbrettes ein bläulicher Sitzsack, in dem sich Jemand fläzte. Ich ging näher heran und sah einen dünnen jungen Mann mit ungewaschenen, langen, braunen Haaren, Brille, einem locker sitzenden T-Shirt, einer dunkelroten Kordhose und einem ziemlich seligen Lächeln auf dem Gesicht. Als ich ihn grüßte, hob er sachte die Hand und schien gleichzeitig durch mich hindurch zu blicken. Im Raum herrschte brütende Hitze. Ein feiner Schweißfilm bildete sich auf meiner Stirn. Ich fächelte mir Luft zu. Vergeblich. Ich versuchte mir den Pullover über den Kopf zu ziehen. Und blieb stecken. Der Raum verschwamm vor meinen Augen und ich verlor jede Orientierung. Spürte, wie meine Beine nachgaben und ich auf dem Boden aufschlug. Ich nahm noch schemenhaft wahr, dass sich jemand über mich beugte und eine kühle Hand vorsichtig meine brütende Stirn betastete. Ich lächelte über die wohlige Kühle, die das Pochen in meinem Kopf besänftigte. Dann ließ ich mich von der schwarzen Stille übermannen.

Als ich aufwachte, war der Raum durch helles Tageslicht erleuchtet. Jemand hatte die Vorhänge aufgezogen, die Fenster gekippt und mich auf die gelbe Matratze gebettet. Ich konnte kaum die Augen aufschlagen. Ein unerbittliches Pochen dröhnte in meinem Kopf. Mit purem Willen hob ich die rechte Hand, die ungefähr das Gewicht eines Kleintiertransporters hatte, und betastete vorsichtig mein Gesicht. Ich fühlte einen nassen Waschlappen, der mittlerweile Raumtemperatur angenommen hatte und ein großes Pflaster an meiner Stirn, bei dessen Berührung augenblicklich eine Schmerzwelle durch meinen Körper zuckte. Ich blinzelte, sah Julie, die auf dem gelben Wollhocker saß und besorgt dreinblickte. Ich wollte sie begrüßen, mich bemerkbar machen, doch spürte sogleich, wie mir jede Sprache verwehrt bleiben würde. Und ließ mich erneut ins Nichts hinabgleiten.

Ich verharrte dort für viele Stunden. Hin und wieder wachte ich auf. Spürte, wir mir jemand etwas in den Mund steckte oder Brühe einflößte. Ich wollte mich bedanken, hatte aber nicht die Kraft, lange genug bei Sinnen zu bleiben. Im Halbschlaf schnappte ich Gesprächsfetzen auf, hörte Julies französischen Akzent und eine Diskussion, in der es darum ging, mich in ein Krankenhaus bringen zu lassen. Wörter wie »rein pflanzlich« und »absolut natürlich« hielten dagegen, ehe mich der Schlaf viel früher einholte, als mir lieb war. Als es draußen bereits dunkel geworden war, schlug ich die Augen auf, weil mich der Ruf der Natur ereilte. Mir war schwindelig und ich krabbelte auf allen Vieren in Richtung der Toilettentür. Beim Versuch, den Ausgang aus dem Raum zu finden, berührte ich einen an der Tür hängenden Traumfänger, der für mich eher traumatische Bedeutung hatte. Als ich mit der Schulter gegen das untere Ende stieß, hätte er mit seinem sanften, wellenförmigen Gebimmel vermutlich auch das halbe Haus aufwecken können. Zumindest aber meine beiden Mitbewohner, die mir sofort zur Stelle waren und helfen wollten. Tonlos deutete ich in Richtung der Toilettentür und die beiden fassten mich unter den Achseln und setzten mich mit heruntergelassenen Hosen auf den WC-Sitz. Während ich urinierte und am liebsten vor Scham im Boden versunken wäre, hielten die beiden meinen Oberkörper fest und verhinderten ein erneutes Zusammenbrechen. Zurück in meinem Schlaflager fiel ich wieder in einen unruhigen Schlaf, wachte jedoch am nächsten Tag mit dem Gefühl auf, dass die Kraft langsam zurückkehrte. Ich hatte meine Stimme wiedergefunden und konnte selbstständig trinken und sogar etwas von der merkwürdig schmeckenden Brühe essen, die mir unser Asylgebender gekocht hatte. Ich schlief stundenweise, konnte aber nun längere Zeit wach bleiben. Eines Morgens sah ich, wie Julie mit einer Zeitung auf dem Schoß wild gestikulierte.

»Wir müssen weiter. Sie suchen danach. Da bin ich mir sicher.«

»Und was ist mit unserem Kumpanen? Ihm fehlt die Kraft zu reisen.«

Sorgenvoll betrachteten mich die beiden. Als sie bemerkten, dass ich wach war, verstummten sie augenblicklich. Unter großer Kraftanstrengung stützte ich mich seitlich auf und erhob mich behutsam von meinem Matratzenlager. Noch etwas wackelig auf den Beinen taumelte ich zu der bunt möblierten Sitzecke und trat hinter Julie, die auf dem Hocker noch kleiner wirkte, als ich sie in Erinnerung hatte. Der runde Tisch, auf dem zuvor eine Wasserpfeife stand, war über und über mit Zeitungen bedeckt, sodass sich jeder Tapetenkleister vor Bastelfreude die Hände geleckt hätte. Ich bückte mich vorsichtig hinunter, hörte das Blut in meinen Ohren rauschen. »Hallo Kreislauf, es ist schön Sie wieder in der Runde begrüßen zu dürfen«, dachte ich beiläufig, während weiße Lichtpünktchen durch mein Blickfeld tanzten. Mit mehr Tunnel als Blick erhob ich mich, hielt die Zeitung weit von mir gestreckt, um die Überschrift mit meiner eulenscharfen Kurzsichtigkeit lesen zu können und kniff die Augen ein Stück weit zusammen. Direkt unter der Überschrift war ein Foto von einem Wohnmobil, oder, um es genauer zu sagen, von unserem Wohnmobil abgebildet, flankiert von circa vier Streifenwagen, einem Rettungsfahrzeug und unzähligen Bierkästen. Mit viel Geduld und Rätselraterei entzifferte ich die Buchstaben, die mir heute noch etwas verschwommener als gewöhnlich vorkamen:

Großeinsatz am Aachener Bahnhof – Party des Jahrhunderts gerät außer Kontrolle

Vorsichtig ließ ich mich auf das Sofa nieder und schaute Julie und den Hippiebewohner fragend an. In einer Mischung aus erzählen und vorlesen fassten die beiden die wichtigsten Informationen kurz zusammen. Julie hatte tatsächlich Recht behalten. Die Partyeinladung war nicht nur viral gegangen, sondern auch legendär geworden. Die zuständige Polizeibehörde teilte mit, derzeit noch Unbekannte hätten zu Feierlichkeiten in einem Wohnmobil auf städtischem Gelände eingeladen, zu der circa zweihundert Besucher erschienen waren. Die Party nahm ein jähes Ende, als zwei Unbekannte andere Gäste mit Waffen bedrohten. Laut Augenzeugenberichten suchten die Männer in Schränken und in der Fahrerkabine nach einem oder mehreren Gegenständen. Als sie nicht fanden, wonach sie suchten, wurden sie handgreiflich. Es gab drei Leichtverletzte. Die Polizei war schnell zur Stelle und beendete die Festivitäten. Die beiden Unbekannten konnten fliehen. Das Wohnmobil wurde in Gewahrsam genommen, ein Besitzer nicht ausfindig gemacht werden – sachdienliche Hinweise aus der Bevölkerung an die zuständige Polizeidienststelle. Damit hätte die gesamte Wohnmobil-Thematik eigentlich für uns gegessen sein können aber manchmal gibt einem das Ungesagte mehr zu denken als das Ausgesprochene. Zwar waren wir das Wohnmobil quitt geworden, nicht aber die beiden Lederjackenträger, die nicht nur bewaffnet, sondern auch auf der Suche nach einem Etwas waren. Womöglich nach einem Gegenstand, der mehr beinhaltete, als er es auf den ersten Blick offenbarte und der blöderweise zusammen mit meinem Gesicht in der größten Klatsch- und Tratschpresse des deutschen Marktes abgebildet war. Ich schluckte und rieb mir über die schweißnasse Stirn. Ich massierte sanft meine Schläfen, als würde ich vergeblich nach einem Aus-Schalter suchen, um dem elendigen Pochen ein Ende zu setzen. Schließlich fasste ich mir ein Herz und fragte Julie nach dem Artikel, den sie fein säuberlich mit der Hand auf ihrem Schoß verdeckte.

»Es ist wirklich nichts von Belang. Leg dich wieder hin. Erhol dich«, sprach Julie sanft und schüttelte dabei bestärkend ihre kurze Mähne.

»Julie, bitte«, sagte ich entnervt, da mir jede Kraft für lange Pingpong-Spielereien fehlte.

»Nun gut, schau selbst.«

Ich überflog das großflächige Zeitungsformat mit der Überschrift »News«, bestehend aus Rathausmeldungen, Polizeiberichten und Werbeannoncen, ehe ich in der unteren rechten Ecke eine kurze Mitteilung aus dem Polizeibüro fand.

Einbruch in die zentrale Verwahrstelle für Kraftfahrzeuge
In der vergangenen Nacht sind maskierte Unbekannte in die KFZ-Verwahrstelle eingebrochen und haben sich an einem erst kürzlich abgeschleppten Wohnmobil älteren Baujahrs zu schaffen gemacht. Die Polizei war schnell zur Stelle, die Diebe mussten unverrichteter Dinge fliehen.

Ich blickte Julie an, die mich beim Lesen der Meldung beobachtet hatte und nun taxierte. Unschlüssig, was ich denken sollte, versuchte ich die Lage zu analysieren. Obwohl ich eigentlich zu den rational denken Menschen gehörte, fiel es mir heute schwer, mich auf etwas zu konzentrieren.

»Welcher Tag ist denn eigentlich heute?«, fragte ich und versuchte langsam wieder zurück ins Leben zu finden.

»Vendredi – Freitag.«

Ungläubig klappte mir der Mund auf.

»Wie lange habe ich denn dann ...«, die Frage endete tonlos mit einem Blick auf die nun leere Matratze. Mein Kopf ratterte.

Nun war es an Julie, die Schultern hochzuziehen.

»Du hattest hohes Fieber. Robin hat dir mit Kräutern einen Sud gemacht, der dich wieder zu Kräften gebracht hat.«

Ich beäugte den Langhaarigen misstrauisch und wollte lieber nicht zu genau wissen, welche Drogen er mir eingeflößt hatte. Ich betastete meinen Kopf und befühlte mit einem unterdrückten Aufschrei die schmerzende, mit einem Pflaster versehene Stelle.

»Du hast dich im Fallen gestoßen, Bruder«, sagte Robin in einer langgezogenen, unaufgeregten Sprechweise, die jeden Gefühlsausbruch im Nichts verpuffen ließ. Ich musterte seine nun klaren grünen Augen durch die spiegelnden Brillengläser, seine langen Haare, die auf ein blaues Batikshirt fielen und die grau karierten lockeren Hosen, die er dazu trug. Er war mit Sicherheit kein böser Mensch, jedoch einer von dieser Sorte, mit der ich sonst vermutlich im Leben nie etwas gemein gehabt hätte.

Obwohl es eine unvergleichliche Vielzahl von Menschen gibt, denen man auf dieser Welt begegnen kann, begegnet man den wenigsten davon tatsächlich. Auch wenn man offen für alle Nationalitäten, Kulturen, Geschmäcker und Vorlieben ist, sind es am Ende schon die ersten Worte und Augenblicke, die bestimmen, ob ein Funke überspringt – oder eben nicht. Ignoriert man das, mit dem Hintergedanken, dass es trotzdem eine spannende Begegnung werden könnte, endet oft schon das geheime Abtasten beim Abarbeiten der Freundebuch-Fragen: Welche Musik hörst du? – Hast du zuletzt ein interessantes Buch gelesen? – Oder aber: Welches ist deine liebste Topmodel Kandidatin? Spätestens, wenn die Kampfrichterglocke erklingt, es an den wirklich harten Stoff geht und die Gretchenfragen den Boxring betreten, scheiden sich meist endgültig die moralischen Geister.

So habe ich in meinem Leben zwar vielfältige Unterhaltung geführt und spannende neue Erkenntnisse gewonnen, aber doch mehr Schubladendenken ausgebildet, als ich es mir gewünscht hätte. An manchen Tagen hasste ich mich für meine geheime Engstirnigkeit und hoffte, sie würde mir nicht irgendwann zum Verhängnis werden. Doch immer, wenn ich versuchte, alle Schubladen auf einen Haufen zu kippen, bildeten sich wieder neue Stapel aus. So versuchte ich auch in dieser Situation insgeheim meine »Freie Liebe – Frieden«-Schubladen auszumisten und mich Robin unbefangen zu nähern, aber unterbewusst schwang doch dieser kleine Hauch Vorurteil gemischt mit einer Prise Zimt mit. Ich lächelte Robin wohlwollend an und schloss erneut die Augen. Nur für einen kleinen Augenblick, in dem ich davon träumte, ein weißes Schaffell mit roten Augen würde meinen pfuschneuen Pulloverärmel zerbeißen, bis mich die kleinen, sehr grünen Wölkchen in eine andere Ära brachten.

Ich schreckte auf. Draußen war es dunkel geworden und drinnen neblig.

»Nun Robin, danke, dass du uns aufgenommen hast. Aber Julie und ich müssen nun auch wirklich weiter.«

Julie, die gerade in der Küche am Werkeln war und die bei meinem Aufwachen den Kopf zur Tür reingesteckt hatte, wechselte mit Robin, der auf vielen grünen Wölkchen davonsegelte, einen vielsagenden Blick und widmete sich erneut ihren Küchenklimpereien. Robin nickte ins Nichts hinein und gab sich wieder seinen Gedanken hin. Ich konnte die Situation nicht wirklich einschätzen, denn fast machte es den Eindruck, als wären nicht Julie und ich ein Gespann, sondern vielmehr als seien Julie und Robin das neue Traumpärchen geworden, das sich auch ohne viele Worte verstand. Ich zog die Augenbrauen hoch, stand auf, legte die Decken auf der gelben Matratze wieder sorgfältig zusammen und suchte meine Schuhe, um endgültig mit der Dunkelheit zu verschmelzen.

»Julie, hast du meine Schuhe gesehen?«, fragte ich.

Sie trommelte und klimperte mit Töpfen und Tellern und machte dabei jeder Blaskapelle Konkurrenz, während ich mich wie ein Kind beim Topfschlagen mit sicherer Unsicherheit dem Käsegeruch der Turnschuhe näherte.

»Julie?«, wiederholte ich.

»Essen ist fertig«, trällerte sie zurück.

Julie balancierte drei Teller in das Zimmer hinein und servierte uns etwas, das zwar aussah, wie bereits gegessen und nur aus Grünzeug und Linsen bestand, eigentlich jedoch ziemlich gut schmeckte und mich ein bisschen an das Chili con Carne meiner Mutter erinnerte. Obwohl mir eigentlich nicht nach Essen war, tat ich Julie den Gefallen. Nach den ersten zaghaften Bissen schlang ich gierig die Portion in mich hinein und spürte gleich neue Lebensenergie in mir aufsteigen. Doch statt nun Taten folgen zu lassen, folgte ich Julies Anweisungen, die verkündete, Robin und sie hätten beschlossen, erst am nächsten Morgen weiterzureisen und mir eine weitere Nacht sowie eine warme Dusche bestimmt guttäten. Beschämt kämmte ich mir durch die Haare und roch dabei heimlich an meinen Achselhöhlen. Sie schrien förmlich nach einer Einseifung. Als ich mit gesenktem Haupt ins Bad ging, stank mir am allermeisten das, was keine Dusche wieder in Ordnung kriegen würde. Nämlich der kleine, fiese Giftstachel in meinem Herzen, der mir sagte, dass die beiden sich gegen mich verbündet hatten. Das warme Wasser tröpfelte auf mich hinab, lief in sanften Bahnen über meine Haut und ich genoss die Wärme und den heißen Dampf, der den Raum einhüllte. Langsam spürte ich, wie sich der Dreck der letzten Tage löste und mit ihm mein Groll auf Julie, die mir heimtückisch in den Rücken gefallen war, diesem Nichtsnutz alles erzählt hatte. Ich drehte mich unter dem Strahl, wollte meinen ganzen Frust von mir abspülen. Ich wusch mich mit einem harten Seifenstein, der wenig schäumte, dafür jedoch umso mehr nach nichts roch und war mir sicher, es auch nicht besser verdient zu haben. Als das Wasser immer kühler wurde, obwohl ich den Warmwasser-Knauf mittlerweile auf Anschlag gestellt hatte, griff ich eines der kleinen Handtücher im Oma-Style, die auch als Schmirgelpapier hätten durchgehen können und rubbelte mich vorsichtig ab. Ich schlang das Handtuch um meine Leiste, ging triefend nass in das warme Nebelzimmer und schlief bald, warm eingewickelt, ein.

Als ich die Augen aufschlug, herrschte Aufbruchstimmung. Julie und der Langhaarige packten Töpfe und Teller, Betttücher und Vorräte ein. Durch die geöffneten Fenster und Türen zog ein kühler Luftzug hinein, der sich fast so eiskalt darbot, wie sich mein Herz am letzten Abend angefühlt hatte. Wie das fünfte Rad am Wagen stand ich nutzlos da, während alle anderen ziemlich geschäftig wirkten.

»Kann ich irgendwie helfen?«

Julie drückte mir die leere Vase in die Hand und griff sich selber das Kaninchen, das ich in dem Wirrwarr aus Kissen und Töpfen übersehen hatte.

»Alles erledigt. Wir sind bereit zur Weiterreise.«

Es kostete mich viel Kraft die Treppenstufen bis ins Erdgeschoss hinunterzugehen und ich stöhnte, als würde ich mich in einem Etablissement aufhalten, das sonst für gewöhnlich mit einem Türsteher versehen war. Mindestens ebenso erschöpft brauchte ich, laut hechelnd unten angekommen, eine Verschnaufpause und setzte mich auf die unterste Stufe. Derweil luden Julie und Robin bereits einen uralten, verrosteten VW-Bulli einige Meter weiter ein, bei dem ich mich fragte, ob das Ding in dem Zustand überhaupt noch eine Zulassung hatte. Wobei dies absolut nebensächlich war, denn je länger ich das Auto anblickte, desto sicherer war ich mir, dass es mit Sicherheit nicht mehr sicher fuhr, wenn es denn überhaupt ansprang. Als ich halbwegs das Gefühl hatte, endlich wieder genügend Sauerstoff durch meine Adern zu pulsieren, stemmte ich mich nach oben und war bereit, den beiden zu folgen.

Auf der Straße jagte ein Auto das nächste und die Fahrbahnränder wurden von parkenden Fahrzeugen flankiert. Während ich mich wie bei der Querung einer vielbefahrenen Autobahn fühlte, war es mir ein Rätsel, wie die beiden überhaupt auf die andere Seite gekommen waren, geschweige denn in dieser Mordsgeschwindigkeit. Möglichst leichtfüßig schlängelte ich mich zwischen den vielen Passanten hindurch, umklammerte die Vase und hatte den VW-Bus fest im Blick. Julie und Robin waren bereits eingestiegen und es zeigte sich, dass meine Autokenntnisse weniger verrostet waren, als die Rostlaube, die unser Transportmittel sein sollte: Schwarzer Qualm stob aus dessen Auspuff hervor, als der Langhaarige den Schlüssel unter lautem Aufjaulen des Motors drehte. Einige Fußgänger verdrehten sich die Köpfe und blickten interessiert herüber. Ich ließ einige PKWs passieren und fühlte mich wie ein Grundschulkind, das ein erstes Mal alleine über einen Zebrastreifen gehen soll. Ich war so damit beschäftigt, zu überlegen, ob es sinnvoll ist, die Hand nach vorne zu halten, dass ich kaum etwas anderes mitbekam – und das Entscheidende nicht sah. Ich blickte zu Julie, sah ihr entspanntes Gesicht, ihre winkende Hand. Doch plötzlich wandelte sich ihr Blick in eine verzerrte Fratze. Sie schrie mir etwas auf Französisch entgegen. Wedelte mit dem ausgestreckten Arm zur rechten Seite. Ich konnte sie nicht verstehen. Etwas stimmte hier nicht. Ohne zu wissen wovor, floh ich und hastete keuchend hinter dem nächsten Auto über die Straße. Dabei verfehlte mich ein Transporter nur knapp und bedachte mich mit lautem Hupen. Doch ich hatte es geschafft. Ich war am anderen Fahrbahnrand und gleichzeitig vollkommen am Ende meiner Kräfte angelangt. Ich stützte mich an einem parkenden Auto ab, als sich bereits wieder dicke Schweißtropfen ihren Weg über meine Stirn bahnten.

Plötzlich gellte ein Schuss durch den Verkehrslärm. Menschen schrien. Erschrocken sah ich auf. Passanten versuchten sich zu verstecken, in Deckung zu gehen.

Wie heißes Fett in einer Pfanne sprangen sie über den Gehsteig und stoben in alle Himmelsrichtungen auseinander. Da erblickte ich sie endlich, die Wassertröpfchen, die eine solche Wirkung hatten: Zwei Männer in Lederjacke liefen am anderen Fahrbahnrand entlang und hatten ihr Ziel fest im Blick.

Mich.

Ich musste weg. Blendete alles andere aus. Ich schleppte mich hinter das parkende Auto und hörte kurz darauf den Aufprall eines weiteren Schusses, der das Autoheck durchlöcherte. Oder, um es konkreter zu sagen, exakt die Stelle traf, an der ich wenige Momente zuvor noch gekauert hatte. Mein Herz klopfte. Geduckt hangelte ich mich hinter den parkenden Autos weiter. Wusste nicht, wie weit meine Verfolger entfernt waren. Ich sah den Bulli vor mir. Sah Julie, die mich mit blanker Panik in den Augen aus der Heckscheibe beobachtete. Ein weiterer Schuss prallte gegen Blech. Das metallische Klingen vibrierte in meinem Trommelfell. Ich erreichte den Bulli, hörte Fußgetrappel auf Bodenplatten. Ließ mich durch die breite Seitentür des VW-Busses fallen, die sich wie von Geisterhand für mich geöffnet hatte und dessen stotternder Motor mittlerweile angesprungen war. Kaum war ich im Auto aufgeschlagen, fuhr Robin bereits mit quietschenden Reifen und noch geöffneter Tür auf die Fahrbahn. Wir kollidierten dort fast mit einem anderen Auto. Ein weiterer Schuss ertönte, der neben mir in das Autoblech einschlug. Unter Schlingern rasten wir die Straße entlang. Ich zitterte am gesamten Körper. Schüsse hallten von den Häuserzeilen wider. Vorsichtig richtete ich mich auf, um durch die Heckscheibe zu linsen. Mitten auf der Straße standen zwei Schränke in schwarzer Kleidung mit erhobenen Pistolen, die in der Morgensonne glitzerten. Mit aufheulendem Motor entfernten wir uns im Stadtverkehr, bogen an der nächsten Kreuzung ab und verschwanden bald inmitten der Blechlawine. Mit klopfenden Herzen und tränenverschmierten Augen.

Wir fuhren durch den stockenden Verkehr. Immer wieder tönten Sirenen von entgegenkommenden Polizeiwagen durch die Straßen, sodass sich alle Autos wie Puzzleteile in die kleinen Lücken zwängten. Ich wollte nur weg. Hasste jeden Augenblick, in dem wir anhalten mussten und der sich quälend lang hinzog. Mittlerweile hatte Julie die Seitentür geschlossen. Wir kauerten unangeschnallt mit dem Rücken an der Seitenwand auf dem mit Teppichen ausgelegten Boden. Trauten uns nicht, uns auf die normalen Sitze zu setzen und so zur lebendigen Zielscheibe zu werden. Der Schock saß zu tief. Im Auto herrschte eine gespenstische Stille. Julie saß neben mir mit weit aufgerissenen Augen und streichelte wild den Hasen gegen die Fellwuchsrichtung, sodass er bald seine wahre Gestalt angenommen hatte und mehr nach Monster als nach Karnickel aussah. Robin sagte nichts und war hochkonzentriert auf all die Dinge, die sich auf der Straße abspielten. Nach einer Ewigkeit lichtete sich das Verkehrschaos und wir nahmen auf einer Landstraße an Fahrt auf. Ich entspannte mich etwas und in meinem Kopf begann langsam ein einziges Gedankenchaos auszubrechen. Eine Frage jagte die nächste. Wie hatten sie mich nur finden können? Und was wollten sie überhaupt von mir? Was hatte Julie alles in der Urne mitgenommen? Und wohin reisten wir überhaupt? Ich wusste nicht, wo ich anfangen sollte und als ich endlich die Kraft hatte, Julie das zu fragen, was mir seit der Zugfahrt auf der Seele brannte, hörte man plötzlich vom Fahrersitz ein lautes Auflachen mit den Worten:

»Mensch Freunde, was ein Abenteuer. So viel Spaß hatte ich schon lange nicht mehr.«

Kapitel 18

In manchen Situationen fragt man sich, ob etwas wirklich geschehen ist oder ob die Fantasie nur einen blöden Streich spielen wollte. Je mehr man darüber nachgrübelt, desto unwahrscheinlicher und weniger wunderbar erscheinen die Dinge dann. Meist geht man davon aus, vielleicht etwas falsch verstanden oder nicht richtig beobachtet zu haben. Oder aber, dass der Zauber des Moments den Blick verschleiert oder man eine Geste einfach falsch interpretiert hat. Doch je länger ich darüber nachdachte, desto sicherer war ich mir, dieser Vollhonk hätte tatsächlich gesagt, dass das alles ein riesiger Spaß gewesen war. Während ich mir innerlich bereits meine Schimpftirade zurechtlegte, plusterte ich äußerlich die Backen auf, bereit wie ein Vogel, der sich auf die nahenden Winterstürme einstellte. Wie konnte man nur so ein unsensibles Arschloch sein. Ich war kurz davor, meiner Wut endlich Raum zu machen und ein Geschrei vom Stapel zu lassen, das sich gewaschen hatte, als mein Blick auf Julie fiel, die offensichtlich nichts gehört hatte. Vermutlich wäre ich wieder der Doofe in der Runde, wenn ich das täte, was ich zu tun bereit war. Schließlich halten meist alle zum leidenden Opfer und weniger zu jenem, der sich provoziert gefühlt hat. Und so versuchte ich mir in Erinnerung zu rufen, wie der Typ mir eigentlich eben sogar das Leben gerettet hatte, dass vielleicht alles nur ein Missverständnis war und ich zählte langsam von Zehn rückwärts. Wir würden vermutlich noch längere Zeit zusammenbleiben müssen und da war es immer gut, seine Feinde im Blick und nicht im Rücken zu haben. Mit jeder Zahl ließ ich etwas Luft aus meinen Wangen, die wie ein leerer Ballon, der bereits einmal aufgepustet worden war, ohne jede

Spannkraft in sich zusammenfielen. Ich fühlte mich mit einem Mal matt und ausgelaugt. War zu müde, um etwas zu sagen und bewegte stattdessen langsam den Kopf von links nach rechts, bis ich mich in andere Sphären davonträumte.

Ich wachte auf, als mein Kopf beim Bremsen dumpf gegen die Sitzlehne fiel und das Fahrzeug kurz darauf zum Stehen kam. Ich blinzelte einige Male, ehe ich wusste, wo ich war. Julie und der Langhaarige waren ausgestiegen und streckten sich in der kühlen Abendluft. Ich stützte mich vorsichtig am löchrigen Stoffbezug der beiden rückwärtigen Sitze ab, versuchte die Starre zu lösen, die wie eine Parkkralle mein Wesen gefangen hielt. Ich blinzelte ins trübe Schwarz und langsam nahm das Wageninnere Konturen an: Gegenüber der großen Seitentür befanden sich weißgraue Schubladen, die durch einen braunen Klapptisch, der mit einem Gummiband befestigt war, halb verdeckt wurden. Vorne gab es einen Fahrer- und Beifahrersitz und hinten eine Sitzbank mit zwei Plätzen, die man zu einer Liegefläche umklappen konnte. Allesamt waren mit einem rauen, gestreiften Stoff bezogen, der an nicht wenigen Stellen die gelbe, wollige Füllung zum Vorschein brachte. Vor den Fenstern baumelten Gardinen aus einem miefigen Samtstoff, der jeweils rechts oder links des Fensters durch eine Schlaufe zusammengehalten wurde. Der Boden, auf dem ich gesessen hatte, war mit ebensolchen Orientteppichen ausgelegt, wie ich sie in der Wohnung bereits vorgefunden hatte und überall lag irgendein Esoterik-Klimbim, mit dem ich nicht viel anfangen konnte. Von Räucherstäbchen im Getränkehalter bis zu gefiederten Traumfängern unter den Fensterbügeln. Ich griff nach der Seitentür, konnte sie nach mehrmaligem Ruppen endlich öffnen und atmete die kalte Abendluft ein. Freiheit.

Robin hatte den Bulli an einem verlassenen Weiher auf einer Art Wanderparkplatz geparkt und ich beobachtete die beiden, wie sie feixend in Ufernähe standen. Missmutig ging ich auf sie zu und wurde überraschenderweise freudestrahlend in die kleine Runde aufgenommen. Julie schlug vor, das letzte Licht für eine Mahlzeit draußen zu nutzen und kam wenige Augenblicke später wie ein Wüstenkamel bepackt mit einem Campingkocher nebst rostigem Metalltopf, einem Schneidebrett, Messer und einem Jutebeutel mit Lauch, Karotten, Nudeln und Tomaten zurück. Wir nahmen auf einem von Nässe zerfressenen Baumstumpf Platz, schnitten Gemüse und beobachteten die im Wind tänzelnde blaue Flamme des Gasbrenners. Ruhe kehrte ein. Der Wind raschelte in den Bäumen und klang fast wie Meeresrauschen. Ein Käuzchen pfiff. Zu schön war die Nacht, als dass irgendjemand sie stören wollte, und so hüllten wir uns in sanftes Schweigen. Als uns die Dunkelheit beinahe verschluckte, entschieden wir uns, schlafen zu gehen. Mit wenigen Handgriffen waren die Sitze des Bullis zu einer schmalen, aber circa zwei Meter langen Liegefläche umgeklappt. Ich stand etwas verloren davor und überlegte, wie dort wohl drei Leute Platz finden sollten. Doch als ich gerade protestieren wollte, fischte Robin eine Art Schlafsack aus dem Kofferraum, ging barfuß nach draußen, spannte ihn zwischen zwei Bäumen auf und klettere leichtfüßig in das schaukelnde Nest. Julie und ich standen gebückt und etwas verlegen in dem schmalen Bereich neben der Liegefläche, zuckten die Schultern und ließen uns todmüde auf die Kissen fallen. Und waren bald von der schützenden Finsternis der Nacht eingehüllt. Ich lag noch lange wach. Hörte Julies ruhigen Atem und kuschelte mich in die schützende Wärme, die von ihr ausging. Ich lächelte still in mich hinein – und meine Mundwinkel umspielte ein Lächeln, wie es nur Glückspilze tragen können.

Im Morgengrauen beobachtete ich, wie sich aus dem großen Kokon, der zwischen den Bäumen aufgespannt war, ein Schmetterling entblätterte, der sich dann jedoch als ziemlich grüne Raupe entpuppte. Der Langhaarige kam federleicht auf dem taunassen Boden auf, ging einige wenige Schritte bis zum See und machte dort Verrenkungen, die weniger ästhetisch, dafür aber offensichtlich umso wirkungsvoller waren. Ich schaute ihm eine Weile zu, wie er vor dem ruhigen Gewässer stand, der Nebel seine Fesseln umspielte und er dabei vollkommen geerdet wirkte. Aus einem »Yoga im Alltag«-Seminar kannte ich einige der Übungen und entdeckte den berühmten herabschauenden Hund und den Kranich, in dem Robin einige Zeit verharrte. Für mich selber hatte ich damals beschlossen, dass dieser Ruhig-atmen-Kram, der höllisch weh tut und bei dem man meist mehr nach Affe als nach Rehbock aussieht, einfach nicht meine Sportart werden würde. Nun beneidete ich insgeheim die fließenden Bewegungen von Robin, die so viel gaben und doch so unaufwändig wirkten. Julie regte sich neben mir und ich sank vorsichtig wieder in den Kissen hinab, um nicht beim Spionieren erwischt zu werden.

Das Frühstück bestand aus Körnern, Hafermilch und getrockneten Früchten, die ich wie ein Scheunendrescher in mich hineinprügelte, während die beiden in komplizierte Unterhaltungen verstrickt waren. Robin und auch Julie schienen mehr vom Typ Wiederkäuer abzustammen und ließen sich ellenlang Zeit. Als sie dann plötzlich aufstanden und ich noch damit beschäftigt war, mit meinem Löffel Muster in die leere Müslischale zu malen, war ich doch etwas überrumpelt.

»Wohin geht es denn jetzt eigentlich? Könntet ihr mir vielleicht auch mal die Ehre erweisen und mich einweihen?«

Die beiden spülten mit wenig Wasser die Teller ab und verstauten die Frühstücksutensilien, bis Julie sich endlich dazu herabließ, mir reinen Wein einzuschenken. Oder Wasser. Denn von Alkohol wurde hier nicht viel gehalten.

»Wir wollen Waltraut nach Hause bringen. Ich habe mir die Adresse aus dem Fahrzeugbrief notiert.«

»Und was dann?«

Julie zuckte mit den Schultern. Richtig durchdacht schien die Sache nicht zu sein.

»Wollt ihr an dem Haus einer Toten klingeln oder die Urne lieber in den Briefkasten werfen?«, fragte ich weiter.

»Hast du vielleicht eine bessere Idee?«, entgegnete sie und ich dachte still bei mir, dass ich die Urne einfach im Wohnmobil gelassen hätte.

»Was ist eigentlich mit dem Urnen-Inhalt passiert? Du weißt schon …«, raunte ich ihr mit einem Blick auf Robin zu. Sie hatte ihm zwar vieles erzählt, ich wusste jedoch nicht, ob er jedes Detail kannte.

»Hätte ich es etwa Wildfremden überlassen sollen?«, flüsterte sie zurück.

Mir lief ein kalter Schauer über den Rücken. Das war es also, wonach die beiden Gauner bei ihrem Einbruchsversuch in die KFZ-Verwahrstelle gesucht hatten. Weiter kamen wir nicht. Der Bulli war gepackt, das Häschen mit den Gemüseschalen des vergangenen Abends versorgt und neben mich auf den Rücksitz verfrachtet worden. Robin war voller Tatendrang und drängte zur Abreise. Und als nach mehrmaligen Anlassversuchen der Motor unter lautem Knattern endlich ansprang, holperte der Wagen fröhlich auf die Straße in Richtung Norden. Während in der Frontscheibe ein Traumfänger mit weißen Federn fröhlich vor sich hin wippte und damit all die bösen Schatten abfing, die hinter uns lauerten.

Ich gewöhnte mich langsam an unsere kleine Reisegruppe. Unser Fahrer war eher von der schweigsamen Sorte, was mir im Allgemeinen zwar meist nicht so zusagte, weil ich ungern Leuten etwas aus der Nase leierte, aber mir in dem Fall nicht ungelegen kam. Als ich ihn in einer kurzen Pause darauf ansprach, zuckte er nur die Schultern und antwortete: »Meine Probleme sind in einer Welt des lebendigen Chaos zu klein, um einen Platz zu finden«, womit für ihn alles gesagt zu sein schien. In Postkarten-Sprüchen sprechen konnte der Typ jedenfalls. Ich betrachtete die Bäume, die an unseren Fenstern vorbeizogen und die dichten Wälder, die nur durch kleine Dörfer und einsame Feldwege durchbrochen wurden. Die Eifel war schon ein schönes Fleckchen Erde, wenn auch sehr einsam, dachte ich im Stillen bei mir. Außer einigen Traktoren begegneten uns nur selten Fahrzeuge. Auch sonst gab es nicht viel, was man beobachten konnte und ich wurde langsam duselig von dem wilden Geschaukel im Auto, gemischt mit dem schweren Geruch der Räucherstäbchen, die zwar nicht angezündet waren, aber trotzdem diesen Duft nach Kirche gepaart mit Weihnachtsgewürzen ausströmen. Um der Lethargie ein Ende zu bereiten, bat ich Julie, das Radio einzuschalten, das nach einigem Probieren und viel Gerausche in allen Tonlagen schließlich einen Sender abspielte, der so was wie Musik ertönen ließ. Leider fand sie ausgerechnet diese Art Musik, die ich sonst nur in leicht angeschwipstem Zustand hörte, die mir im Alltag meist ziemlich auf den Keks ging und die ich niemals in einem fahrenden Hippiewagen vermuten würden. Die Art Musik, die mich gedanklich auf meine allererste Ü30-Party zurückversetzte und die eine Art Aushängeschild für eine Schlagerparty par excellence gewesen war: Helene Fischer, Florian Silbereisen und Co. knarzten uns aus den uralten Lautsprecher entgegen und ich verdrehte die Augen. Aber manchmal hilft alles aufregen nichts und so lehnte ich mich zurück und gab schließlich sogar dem Drang meiner Füße nach, im Takt mitzuwippen. Nach einigen Liedern, den fernen Gedanken an schales Bier und lauen Kirmesabend, wurde die Musikshow durch das altbekannte Piepsen der Nachrichtensendung unterbrochen. Als Julie gerade den Ton leiser drehen wollte, sprach der Moderator von »Dem gestrigen Amoklauf in einem Ortsteil der Kurstadt Aachen«. Julie hielt in der Bewegung inne und wir spitzten die Ohren.

»... Passanten berichteten, dass zwei Männer am frühen Mittag die Straße stürmten und dabei mehrere Schüsse fielen. Zwei Menschen wurden leicht verletzt. Von den beiden Tätern fehlt jede Spur. Vergangene Woche waren bereits zwei Männer mit Waffen gesichtet worden, als die Polizei eine Party in der Aachener Innenstadt auf öffentlichem Grund beenden musste. Es besteht der Verdacht, dass es sich dabei um dieselben Täter handelt. Phantombilder werden erstellt. Die Brückensanierung im Bereich ...«

Als die Nachrichtensendung endete, war bereits jeder tief in seinen eigenen Graben abgetaucht. Bereit, die Schaufel zu nutzen, um sich noch tiefer in seine eigenen Tiefen einzugraben. Und als die Stille kaum mehr auszuhalten war, das Loch um mich herum so dunkel wirkte, dass ich kaum mehr von jemandes Existenz berührt werden konnte, hörte ich mit einmal Mal von ganz weit her den Langhaarigen sprechen.

»Man muss sich nur auf die farbigen Stellen konzentrieren, damit das Grau verschwindet.« Und ich sah das Grün der Pflanzen, das Blau des Himmels und das Bunt des Meeres und spürte, wie man mir eine Leiter gereicht hatte.

Kapitel 19

Da niemand von uns so recht wusste, wie wir Waltrauts Angehörigen gegenübertreten sollten, bogen wir zunächst von der Landstraße auf einen unebenen Feldweg ein. Unser Auto wurde mitsamt Insassen von rechts nach links geworfen und ich knallte schmerzhaft mit meinem Kopf gegen die Außenwand. Der Bulli kämpfte sich tapfer wie ein wild gewordenes Kamel durch Schlaglöcher und über den stetig schmaler werdenden Weg. Mit einem Holpern bog er noch um eine letzte Kurve herum, bis wir schließlich anhielten. Ein Baumstamm lag quer auf dem Forstweg, der so zugewachsen war, dass man ihn ohnehin kaum mehr erkennen konnte. Endstation für heute. Wir stiegen aus und betrachteten die Umgebung. Zwischen den Bäumen zeichnete sich ein grauer Himmel ab, der von noch dunkleren Wolken überlagert war. Regenstimmung. Der Bulli war von einigen Bäumen umsäumt und so von der Landstraße aus über die weiten Felder kaum mehr zu sehen. Nur selten hörte man das entfernte Rauschen eines Autos, dessen Fahrer vermutlich gerade auf dem Weg zu seiner Familie nach Hause war. Mein Herz krampfte sich bei dem Gedanken an meine Heimat kurz zusammen und ich dachte an meinen warmen Platz an der Heizung, an dem ich die leisen Momente des Lebens gerne mit einem Buch verbrachte. Ich schluckte den kleinen Kloß in meinem Hals hinunter und schüttelte das Heimweh wie Regentropfen von mir. Jetzt mussten wir das Ding hier, was auch immer das war, erst einmal zu einem Ende bringen, von dem wir nicht wussten, wie es aussah. Ich goss einen der Büsche, der die karge Landschaft zierte und ging dann zurück in unser Refugium. Robin hatte bereits zwischen zwei vertrauenserweckenden Bäumen seine Hängematte aufgespannt und Julie saß in der geöffneten Seitentür und redete in schnellem Französisch auf den Hasen ein. Im Übrigen weiß ich bis heute nicht, ob es sich bei dem Wesen um einen Hasen oder ein Kaninchen oder vielleicht doch um ein Monster handelte, denn meine Nagetierliebe war bei Weitem nicht so ausgeprägt, wie bei anderen Menschen, die mir auch mitten in der Nacht den Unterschied zwischen Ratte und Maus erklären könnten. Und so sah ich einfach zu, wie sie dem Tier Karotten und Paprikastreifen hinhielt und dabei ganz in ihre Welt vertieft war. Der Abend war ruhig und ich wendete mich Robin zu, um ihn ein wenig besser kennenzulernen, wobei ausfragen an der Stelle vermutlich die passendere Bezeichnung wäre. Denn offenbar wusste er schon so Einiges zu Julies und meiner Vorgeschichte und so konnte es nicht schaden, wenn man die gleiche Ausgangsbasis schaffte – Auge um Auge und Zahn um Zahn.

Nach einigen Anläufen erfuhr ich, dass er eigentlich Programmierer war, aber nur zum Spaß arbeitete und auch nur dann, wenn er Lust dazu hatte. Wie bei einem hartnäckigen Popel, der sich fest an die Nasenscheidewand geklebt hat, bohrte ich hartnäckig weiter. Er liebte es, mit Zahlen zu spielen und Codes zu knacken und hatte ein fotografisches Gedächtnis – so weit, so gut. Seine Eltern hatten immer viel gearbeitet und Geld war bei ihnen nie ein Thema gewesen. Er sollte in ihre Fußstapfen treten und Großes schaffen. So wurde er schon früh auf ein teures Jungen-Internat in die Schweiz geschickt, kam nur zu den Feiertagen nach Hause und saß dann in einem großen, leeren, pompösen Haus ohne Leben. Er entfernte sich mit jedem Besuch weiter von den kalten Menschen, die ursprünglich mal seine Heimat gewesen waren. Im Internat galt er als düsterer Knabe und Einzelgänger. Er mochte es nicht, mit anderen Kindern draußen herumzutoben oder sich blöden, kindischen Streichen anzuschließen. Immer, wenn er den Mund öffnete, lachten die anderen über seine Ausdrucksweise und seine Botschaften, die sie nie richtig verstanden. Es waren keine leichten Zeiten für Robin und er fühlte sich im Internat noch weniger beheimatet als in seinem Elternhaus. Als in der Schule eine stinknormale Computer-AG angeboten wurde, öffnete sich damals für Robin eine neue Welt. Er verfiel den Computerspielen und fragte sich bald, was dahintersteckte, wie so etwas funktionierte. Er fragte seinen damaligen Lehrer für Mathematik und Naturwissenschaften, der sich ebenso sehr für Zahlen und Muster interessierte, wie für seine Schüler – ein Satz, bei dem Robin kurz in ein merkwürdiges Schweigen verfiel – jedenfalls trafen sie sich bald täglich nach dem Unterricht an dem alten Schulcomputer und schafften es, erste Computersimulationen zu programmieren. Damals begann für Robin eine neue Zeitrechnung – der Knoten war geplatzt. Zwar galt er noch immer als komischer Kauz aber er wusste nun, was ihn begeisterte. Und so war ihm auch klar, dass er nur in dieser Welt sein Leben gestalten wollte. Er schmiss mit sechzehn ohne Abschluss die Schule, flog aus dem Internat, in dem er sich sowieso nie wohlgefühlt hatte und wohnte bei Menschen, die er aus Chats und Foren kannte. Er programmierte in der Nacht und schlief am Tag. Sehr zum Leidwesen seiner Eltern. Sie verstanden nichts von seinem »Hobby«, wie sein Vater es immer bezeichnete, und ärgerten sich über die viel zu langen Haaren und die mangelnde Körperhygiene, wie seine Mutter oft genug mit ihrer spitzen Stimme hervorhob. Damit er nicht auf der Straße landete oder bei fremden »ekelerregenden Typen« unterkam, bezahlten sie ihm monatlich Wohnung und Unterhalt und freundeten sich irgendwann mit dem Gedanken an, ihr Sohn sei eben ein Tunichtgut und sie dafür verantwortlich, sein Lotterleben zu finanzieren.

Als Robin geendet hatte, zuckte er mit den Schultern. Für ihn gab es an dieser Stelle nichts weiter zu erzählen. Auch ich sagte nichts, konnte aber im Großen und Ganzen Robins Eltern ziemlich einhellig zustimmen: Es war eine Frechheit, seiner Familie ein ganzes Leben auf der Tasche zu liegen, statt selber mal etwas zu Stande zu bringen. Doch ich versagte mir jeden Kommentar, denn ich wusste, dass nicht jede Narbe, die das Leben zeichnet, auch von außen sichtbar ist. Man sollte niemanden verurteilen, ehe man nicht die gesamte Geschichte kennt – zumindest nicht nach außen hin. Und so hüllte ich mich in Schweigen und spürte irgendwann einen Tropfen auf meiner Haut. Gefolgt von einem Zweiten. Die dunklen Wolken über uns öffneten ihre Pforten und der von Landwirten langersehnte Regen setzte endlich ein. Wir suchten zu dritt plus Nagetier Unterschlupf in der kleinen Autobehausung und unterhielten uns so lange über Belanglosigkeiten, bis der Regen so stark wurde, dass wir nichts mehr hören konnten, außer dem Trommeln der Tropfen, die immer stärker, wie Gewehrschüsse, auf das Dach einprasselten.

Wir verteilten uns über die Polstermöbel und schreckten stündlich durch das Pfeifen des Windes oder das Rappeln des Autos hoch, das durch Böen hin und her geschüttelt wurde. Draußen war ein Sauwetter ausgebrochen und ich war froh, diesmal ein Dach über dem Kopf zu haben, auch wenn es sich dabei nur um ein Autodach handelte. Wir warteten so lange, bis der Himmel graute. Doch viel mehr passierte auch nicht, denn die Wolken hatten die Sonne verschluckt und hingen über dem Tag wie eine düstere Vorahnung. Begleitet von feinem Nieselregen, der uns begrüßte, als wir bei Tagesanbruch die Seitentür öffneten, um ein bisschen Durchblick in unsere beschlagene Welt zu bringen. Vor unserer Tür zeigte sich das Bild einer einzigen Sumpflandschaft. Es tropfte von Blättern und Zweigen und der Boden war von schwammig nasser Konsistenz. Während das ganze übrige Land wahrscheinlich trocken geblieben war, zeigte sich hier wieder mal das typische Eifelwetter. Durch den Atlantik und die vielen Hügelkämme geprägt, waren so manche Gegenden ein einziges Regenloch. Wie sehr ich mich doch in dem Moment nach meiner gemütlichen, warmen Stadt sehnte.

Eigentlich wollten wir nicht viel Zeit verlieren und direkt in der Früh aufbrechen. Eigentlich. Denn da hatten wir die Rechnung ohne das Auto gemacht. Robin setzte sich auf den Fahrersitz, betätigte den Zündschlüssel und man hörte das gewohnte Leiern des Motors, bevor schwarzer Qualm das Starten begleitete. Doch diesmal warteten wir auch darauf vergeblich. Wie ein in die Jahre gekommener Leierkasten wurde das Geräusch des Anlassers immer leiser. Robin versuchte es erneut und beim dritten Versuch verstummte der Motor endgültig. Hervorragend, ein Tagesbeginn wie er im Buche steht. Julie sprang sofort vom Beifahrersitz, sackte mit den Füßen in den weichen Boden ein und sumpfte sich bis zur Motorhaube durch. Gemeinsam mit Robin beratschlagten sie sich mit ernsten Mienen, zuckten die Schultern und kamen schließlich mit dreckverschmierten Beinen auf ihre Sitze zurück:

»Die Batterie ist leer. Wir müssen fremdstarten. Und da wir kein Telefon haben, müssen wir das Auto bis zur Straße schieben.«

Ein fassungsloser Blick meinerseits. Bis zur Straße waren es bestimmt hundertfünfzig Meter und das Auto wog vermutlich nicht viel weniger als zwei Tonnen. Wie sollte man denn bitte einen ganzen Elefanten durch den Schlamm schieben? Doch da ich mir ziemlich sicher war, dass Julie niemals klein beigeben würde, bis sie ihren Plan nicht zumindest ausprobiert hatte, hielt ich meine Klappe und stieg unter Kopfschütteln aus.

»Dann wollen wir mal ordentlich auf die Schnauze fallen – lasset die Spiele beginnen«, dachte ich noch mit einem versteckten Grinsen und wusste in dem Moment nicht, wie Recht ich behalten sollte. Ich stellte mich vorne an den Kühlergrill zwischen Julie, die sich an der Beifahrerseite platziert hatte und Robin, der an der geöffneten Fahrertür stand, um im Zweifelsfall das Lenkrad erreichen zu können. Ich hörte Julie bis drei zählen und wir drückten mit aller Kraft und jeder so gut er konnte gegen das Gefährt. Unsere Füße rutschten auf dem matschigen Boden wie auf Schmierseife. Wir zerrten und schoben, schnaubten und fluchten. Bis endlich eine Bewegung zu erkennen war. Das Auto rollte ein Stück weit in die richtige Richtung und verharrte dort regungslos. Leider nur genau so lange, bis unsere Kräfte nachließen und sich das Auto langsam zurück in seine Ursprungsposition drückte. Erleichtert ließ ich vom Auto ab, klatschte ein paarmal in die Hände, um mir den Dreck abzuklopfen und konnte mir ein süffisantes Grinsen nicht verkneifen. War doch klar, dass das nichts gab. Julie musterte mich, kniff angriffslustig die Augen zusammen und wurde von meiner Reaktion erst richtig angestachelt. Herausforderung angenommen – Aufgeben war nicht unbedingt ihre Stärke. Und so zitierte sie mich an meine Position zurück und gab genaue Instruktionen: »Schaukeln« war das Mittel ihrer Wahl und so versuchten wir, den Bulli durch eine Kombination aus schieben und rollen über die unsichtbare Barriere zu befördern. »Drücken, kommen lassen, drücken, kommen lassen«, dirigierte Julie uns lautstark an und ich konnte mir ein erneutes Grinsen nicht verkneifen. Den Satz kannte ich sonst definitiv nur in anderen Zusammenhängen. Doch trotz aller Anstrengung war es ein vergebliches Unterfangen. Immer, wenn das Auto gerade auf dem höchsten Punkt angelangt war, fehlte das letzte Quäntchen Glück und es rollte in die Kuhle zurück, als wäre nie etwas gewesen. Entnervtes Aufstöhnen. So eine Quälerei für nichts und wieder nichts. Mit einem »Ich hab's dir doch gleich gesagt«-Blick fixierte ich Julie, den sie nur zu gerne als Herausforderung auffing. Vielleicht könnte man es auch als »Feige« bezeichnen, aber harmoniebedürftig klang in einem tadellosen Lebenslauf nun mal wesentlich tadelloser. In Julies Blick flackerte der pure Kampfeswille auf. Die Stimmung war zum Zerreißen gespannt. Verlieren oder nicht verlieren, das war hier die Frage. Man konnte förmlich dabei zuhören, wie es in Julies Kopf ratterte. Siegesgewiss lehnte ich meinen Hintern an die Motorhaube an und beobachte, wie ihr Rauchwölkchen aus den Ohren stiegen. Menschen scheitern zu sehen, wenn ich es eindeutig besser wusste, war auf jeden Fall etwas, was mir Spaß machte. Julie biss sich auf die Lippe und ich konnte das Podiums-Treppchen schon förmlich riechen, als plötzlich eine dritte Stimme das Duell verpfuschte.

»Vielleicht können wir Tücher hinter die Reifen legen, damit sie besseren Grip haben?«

So ein Spielverderber. Ich knirschte mit den Zähnen und warf ihm einen Blick zu, der bestimmt tödlich geendet hätte, wenn denn Blicke wirklich töten könnten. Doch so ignorierte er meinen finsteren Blick und machte sich ziemlich lebendig ans Werk. Sollen sie doch machen, ich nehme es auch mit euch beiden auf, dachte ich bei mir. Kurz darauf lagen all unsere Betttücher auf dem schlammigen Boden und wir fanden uns erneut an unseren Schiebe-Positionen wieder. Wir schüttelten noch einmal die Arme aus, Julie zählte an und wir drückten mit allem, was unsere Körper hergaben, gegen den Bulli. Unter meinen Füßen hatte sich mittlerweile eine kleine Matschpfütze gebildet, doch davon ließ ich mich nicht ablenken. Wir schaukelten das Auto hin und her und endlich kam es bis zum goldenen Zenit. Wir nahmen noch einmal Schwung, das Fahrzeug hielt kurz inne und rollte dann endlich über den kleinen Hubbel hinüber. Überrascht von dem plötzlich fehlenden Gegengewicht des Fahrzeugs, verlor ich plötzlich den Halt auf dem Boden, rutschte weg und fiel der Länge nach mit dem Oberkörper voran in den braunen Morast. Das Clownstheater hatte mal wieder zugeschlagen. Wütend stand ich auf. Der Matsch klebte zusammen mit Gräsern und Blättern an mir und ich wischte mir meine schlammigen Hände an der Hüfte ab. Die Wut schäumte in mir.

»So eine Scheiße! Ihr mit euren verkackten Ideen«, schrie ich den beiden entgegen und konnte mir einen »Ich spiel nicht mehr mit«-Ausruf gerade noch verkneifen.

Wie ein Kind, dass beim Mensch-ärger-dich-nicht verloren hat und sich nun aber doch ärgert und das Brettspiel mit Feuereifer vom Tisch fegt, fegte ich nun an den beiden vorbei. Geknickt schüttelte Julie den Kopf und Robin hob beschwichtigend die Hände, doch ich ignorierte ihre Gesten. Wollte nichts Versöhnliches an mich heranlassen. Stattdessen kochte die Wut weiter vor sich hin.

»Madame und ihre super Vorschläge. Und am Ende bin ich es, der in der Scheiße landet. Das mache ich nicht mehr mit. Mir reicht's! Geh mir aus dem Weg, Hippiebruder«, spuckte ich ihnen entgegen und schubste Robin unsanft zur Seite.

Ich drückte mich an dem Bulli vorbei, der keine zwei Meter weiter erneut zum Stillstand gekommen war und dort auch noch auf der Hälfte unserer nun dreckigen Bettwäsche stand, und eierte zur Straße weiter. Schnaubend rutschte ich mehrmals im Schlamm aus und sah vermutlich aus wie ein Betrunkener auf einem schwankenden Schiff, doch das war mir egal. Mir war alles egal. Vollkommen unwichtig, wie hirnverbrannt ich aussah, dass ich klitschnass war und die beiden einfach stehen ließ. Ich hatte die Schnauze gestrichen voll. Von Julie, Robin und überhaupt der ganzen verdammten Scheißsituation, in der wir uns im wahrsten Sinne des Wortes festgefahren hatten. Schluss, aus, Mickymaus.

Ich hatte keinen Plan, was es als nächstes zu tun galt. Ich stellte mich an den Fahrbahnrand, hob den Daumen, weil man das eben so macht, wenn man an der Straße steht, und wusste nicht so wirklich, was ich überhaupt wollte, falls tatsächlich jemand anhalten sollte. Vielleicht um Hilfe bitten oder fragen, ob man mich aus dem Wahnsinn zurück in ein normales Leben mitnehmen könnte?

Ich schwebte in der Luft. Doch es besänftigte mich, dass ich zumindest irgendwas tat, was die Situation vielleicht und auch nur möglicherweise ändern könnte. Die Straße war an diesem Morgen wie leergefegt. Als sich endlich ein Auto näherte, fuhr es in weitem Bogen an mir vorbei und spritzte mir dabei das kalte, dreckige Wasser gegen die Waden, in denen ich mittlerweile kaum mehr etwas spürte. Von wegen die Eifler sind alle freundlich. Eigenwilliges Pack, ging es mir durch den Kopf.

»Du blöder Scheißwichser!«, schrie ich dem Auto hinterher, das sich unbeirrt mit rasender Geschwindigkeit entfernte.

Ich grummelte vor mich hin und ging auf dem weißen Fahrbahnstreifen hin und her. Mit gesenktem Blick hatte ich nicht mitbekommen, wie sich zwei weitere Schuhe genähert hatten und nun unmittelbar vor mir auf dem Streifen standen. Ich hob den Blick und sah in Julies Gesicht, die versöhnlich lächelte und mir eine dreckige, aber immerhin größtenteils trockene Decke entgegenhielt.

»Es tut mir leid«, sprach sie sanft und aller Groll war wie weggeblasen. Sie konnte ja eigentlich gar nichts dafür, dass die Situation war, wie sie eben war. Und ich ein Leben im Konkurrenzkampf führte. Aber meistens denkt der Kopf eben so, wie er es zu denken gewohnt ist und hört erst auf so zu denken, wenn man ihm einen triftigen Grund dazu gibt. Ich nahm die Decke entgegen, wickelte mich ein und ging mit einem Kopf voll neuer Gedanken hinter Julie her.

Wir suchten als Team die praktikabelste Lösung: Mit Frühstück im Bauch und einem Schwung neuer Batik-Kleidung für mich, sah die Welt schon wieder bunter aus. Julie erklärte sich bereit, den Köder zu spielen und tatsächlich hatte sie kurz darauf zwar kein Starthilfekabel in der Hand, dafür aber ein paar freundliche Jugendliche in einer BMW-Limousine, die wiederum im Besitz eines Handys waren. Und das, sehr zu unserer Verwunderung, selbst in dieser Einöde Empfang hatte. So kam sie zwar nicht mit vollen Händen zurück, dafür aber mit der Zusage der gelben Engel, die versprachen, in nicht weniger als zwei Stunden den Bulli aus der misslichen Lage befreien zu kommen. Nach circa vier Stunden sahen wir endlich die orangefarbene Rundumleuchte in der Ferne aufblitzen, die zunächst an uns vorbeigefahren war und sich dann doch wie ein Boomerang dem Ziel näherte. Die nächsten Stunden setzten sich so fort, wie der Tag angefangen hatte: Als der Abschleppwagen ankam, wollte er zuerst nicht in den Feldweg einbiegen, traute sich dann doch zu tun, was getan werden musste, scheiterte an der Starthilfe und transportierte letztendlich den Bulli inklusive zwei Insassen, einem Hasen und einem haarigen Wesen in der Fahrerkabine des Abschleppdienstes zur nächstgelegenen Werkstatt ab. Leider hatten sie nicht die passenden Ersatzteile, sodass uns gleich mitgeteilt wurde, dass wir das Fahrzeug erst Ende der Woche wieder mitnehmen könnten. Da keiner von uns ein Engel-Comfort-Abonnement abgeschlossen hatte und die normalen Schutzengel dafür nicht zuständig waren, hatten wir leider keinen Anspruch auf einen Ersatzwagen oder – um es kurz zu machen: Wir waren erneut in der Pampa gestrandet. Irgendwo im Nirgendwo. In einem Ort namens Harperscheid. So standen wir bald mit Hase, einem Langhaarigen und einem bald-langhaarigen Hippie, einer Vase und einem Rucksack im Straßengraben, setzten unser schönstes Lächeln auf und suchten eine Mitfahrgelegenheit in Richtung Waltrauts Adresse.

Kapitel 20

Nur weil man am Gras zieht, wächst es nicht schneller. Sagt man zumindest so. In der Theorie. Aber da die Theorie immer nur so eine theoretische Sache ist, muss man manchmal die Dinge bei den Hörnern packen und ausprobieren. Und so erwischt man sich dabei, wie man sich an den eigenen Haaren zieht, damit sie länger werden oder sich vor dem Spiegel gezielt in den bösen Bauchspeck kneift, damit er sich in nichts auflöst oder zumindest in ein bretthartes Sixpack verwandelt. Doch in der Regel wird man feststellen, dass die oben genannte Theorie gar nicht so weit hergeholt war, wie sie zu sein schien und es meistens tatsächlich keinen Unterschied macht, wie viel Zuwendung man den Dingen auch schenkt. Viele Sachen lassen sich eben einfach nicht beschleunigen. Punkt. Sei es eine Krankheit, die in Ruhe ausheilen muss oder ein Trennungsschmerz, der Stück für Stück verarbeitet wird. Oder aber, wie in unserem Fall, das Warten auf den Zufall, der immer dann zuschlägt, wenn man es am wenigsten erwartet. Und so entschieden wir uns, nicht weiter Grashalme aus der Erde zu rupfen, sondern lieber unsere mehr oder weniger schön geformten Hinterteile in den Matsch zu verfrachten und den Dingen auszuharren, die da kamen.

Doch zunächst kam da nicht viel. Wir beobachteten gestresste Mütter, die mit entnervten Gesichtern sicher ihr Auto zur nächsten Spielgruppe manövrierten, Fahrer mit Hut, die fast ins Lenkrad bissen – im übertragenen wie auch im wörtlichen Sinne – und Arbeitsalltagshelden, die kaum nach links oder rechts blickten. Es wimmelte von Alltagsstress und Tagesroutine. Selbst wenn uns jemand mitgenommen hätte, wären wir vermutlich kaum weiter als bis zum nächsten Supermarkt gekommen. Und so erkannten wir bald, dass wir die Sache anders angehen mussten und zogen mit all unserem Krimskrams in Richtung der nächsten Mitfahrerbank. Die waren nämlich überall in der Nordeifel aufgrund der guten Verkehrsanbindung an den Öffentlichen Personennahverkehr aufgestellt worden, den es stundenweise auch tatsächlich gab. Doch so gemütlich es auch auf dieser Bank war, so wenige Autos kamen ortsauswärts daran vorbei. So kam es, dass wir wie so oft in diesen Tagen, etwas ziellos durch die Landschaft stiefelten, bis uns ein freundlicher Traktorfahrer aufgabelte und in die nächstgrößere Stadt brachte: Schleiden. Und wir endlich die rettende Leuchtreklame sahen, die so mancher Autofahrer schon für den Goldschweif hielt, der den drei Königen auch den rechten Weg wies. Wir erblickten den heiligen Gral des Straßenverkehrs: Ein leuchtendes und gut besuchtes Tankstellengebäude.

Keiner von uns wusste genau, wonach er Ausschau hielt, aber irgendwie hatte doch jeder seine eigene Taktik. Während Robin Menschen ansprach, die ich vermutlich niemals auch nur mit einer Kneifzange befragt, geschweige denn angefasst hätte, suchte Julie vergeblich nach einigen einsam aussehenden Truckern, die sie zu ihrem nächsten Truckerbabe machen wollten. Ich spezialisierte mich hingegen auf Münchener oder Berliner Kennzeichen, da es sich hierbei meist um Firmenwagen handelte, die nicht nur schick aussahen, sondern auch weite Strecken zurücklegten. Doch sowohl an Julies als auch meiner Front herrschte regelrechte Flaute. Die kaum vorhandenen Geschäftsleute, die ich ansprach, würdigten mich keines Blickes und obwohl ich mir nicht sicher war, ob es an meinem Kleidungsstil oder an der feinen Matschkruste lag, die mein Äußeres zierte, bekam ich doch zu spüren, dass Kleider eben Leute machen. Der einzig Erfolgreiche an diesem Tag war Robin, bei dem sich eine Mitfahrgelegenheit auftat. Er winkte uns zu sich ran und deutete auf den jungen Mann neben sich, womit für ihn wie immer alles gesagt zu sein schien. Ich musterte den Fahrer. Vor mir stand ein schlaksiger, blonder Milchbubi mit dünnen Armen, die aus einem grau verblichenen Bandshirt schauten, von der ich noch nicht mal in der Klatschpresse gelesen hatte. Darunter trug er hellblaue Baggyhosen mit einer metallenen Kette an seiner Gürtelschlaufe. Er schien von der schweigsamen Sorte zu sein und wirkte auf mich kaum älter als vierzehn. Sein Schulterzucken verriet Desinteresse und er wirkte überhaupt ziemlich teilnahmslos. Doch da ich versuchte, nicht zu sehr von dem Äußeren auf das Innere eines Menschen zu schließen, wofür ich momentan schließlich das beste Beispiel abgab, und da uns sonst jegliche Alternative fehlte, wollte ich ihm eine Chance geben. Julie hatte voller Tatendrang bereits den Rucksack auf den Rücksitz gepfeffert und fragte freudestrahlend:

»Na los, was ist denn noch? Oder wollt ihr hier versauern?«

Und so willigte ich etwas unmutig ein, den klapprigen Golf mit einem noch klapprigeren Motor zu besteigen. Zusammen mit Julie kletterte ich an der Beifahrertür über den Sitz und kauerte etwas eingeengt auf der schmuddeligen Rückbank. Noch ehe wir Rucksack und Hase zwischen uns deponiert hatten, ging die wilde Raserei los. Mit quietschenden Reifen bogen wir auf die Straße ab und ich flog förmlich auf Julie, die gegen die Scheibe gedrückt wurde. Mit einem Rumpeln, bei dem ich mir sicher war, dass sich unser Gefährt bei dem nächsten Hubbel in einen Strandbuggy verwandeln würde, da außer der Achse und einigen Reifen nicht mehr viel von der Karosserie übrigbleiben würde, rasten wir die Straße entlang und ich bekreuzigte mich das erste Mal. Dicht gefolgt von dem zweiten Bekreuzigungsakt, der postwendend folgte, als wir eine Ampel bei einem eindeutigen Dunkelrot überfuhren. Halleluja! Von wildem Hupen begleitet, zogen wir unserer Wege. Ich traute mich nicht, den Mund aufzumachen, schließlich will man seine letzten Minuten auf diesem Planeten nicht mit Gefluche und Gezeter verbringen. Und im Übrigen wäre das auch überflüssig gewesen, denn die Bassboxen in unserem Rücken taten ihr Übriges, um jegliche Töne bestmöglich zu überdecken. Und so begann ich, leise vor mich hinzubeten, während der Wahnsinnige im Takt der Musik auf sein Lenkrad trommelte. Mit Schwung fuhren wir in den Kreisverkehr, doch obwohl mein Magen Purzelbäume schlug, blieb das Auto vollkommen purzelbaumfrei in der Spur. Langsam bekam ich Routine im Festhalten, Luftanhalten und anschließendem Bekreuzigen und hatte fast schon so etwas wie kleine Adrenalinkicks, wenn wir die nächste Kurve überlebten und das Gaspedal wieder beharrlich durchgedrückt wurde. Mit wummernden Boxen verließen wir den Ort und bogen auf eine kurvenreiche Landstraße ab. Mit Vollspeed sah ich Straßenschilder an mir vorbeirauschen und nebendran mein halbes Leben. Blumenthal, Reifferscheid. Ich bekreuzigte mich erneut, schließlich hatte ich einige Jahre der Religionsabstinenz aufzuholen, bis mich in wenigen Minuten der werte Herrgott in seine Arme schließen sollte. Doch statt dem Ruf der Engel zu folgen, hörte ich im Hintergrund den Ruf eines Martinshorns.

»Scheiße Mann«, entfuhr es dem Fahrer, der lieber noch ein bisschen weiter auf die Tube drückte.

Ich versuchte mich umzudrehen und etwas zu erkennen, doch die nächste Kurve presste mich in einer Wucht gegen die Scheibe, dass ich Sternchen sah. Als wir wieder auf der Geraden waren, erkannte ich hinter uns ein graues Zivilfahrzeug mit einem blauen Blitzlicht und einem roten »STOP Polizei«-Leuchtsignal in der Windschutzscheibe. Ach du grüne Neune. Das hatte gerade noch gefehlt. Doch statt der Aufforderung nachzukommen, fuhr unser Fahrer mit stetigen Blicken in den Rückspiegel weiter. Und wurde gefühlt immer schneller. Obwohl mir das zwar eigentlich ganz Recht war, weil ich nicht scharf auf einen erneuten Polizeibesuch und eine Fahrzeugdurchsuchung aus besagten rucksäcklichen Gründen war, war das hier blanker Irrsinn. Man konnte nicht so einfach vor einem Polizeiwagen flüchten, der einmal die Fährte aufgenommen hatte. Das war wie mit einer Katze, die die Maus bereits einmal erwischt hatte. Es war nur noch ein Spiel auf Zeit. Doch der Fahrer fuhr hektisch weiter.

»Scheiße, scheiße, scheiße«, presste er hervor. »Das Dope, Mann.«

War der Typ etwa komplett zugekifft oder was hatte der für ein Problem? Weiter kam ich mit meinen Gedankenspielen nicht, denn vor uns tat sich die nächste scharfe Kurve mit dem allseits bekannten, dreieckigen »Achtung«-Warnschild und dem Hinweis auf »Tempo 30« auf. Mit Vollgas raste der Wagen in die Kurve und schlitterte nach außen auf die Gegenspur. Was dann geschah, spielte sich in einem Wimpernschlag ab. Ich sah ein Auto, das uns entgegenkam. Hörte Reifen quietschen. Spürte, dass ich auf Julie geschleudert wurde, als das Auto mit einem Ruck in die andere Richtung einlenkte. Sah einen Baum näherkommen. Erneutes Bremsen. Reifenquietschen. Ein Knall. Schwärze.

Ich hatte die Augen geschlossen und hörte meinen Herzschlag in den Ohren pochen. Zählte innerlich bis zehn und versuchte mich zu sortieren. Ich war am Leben und das Fahrzeug hatte angehalten. So viel stand fest. Doch ich wusste nicht, wie die Welt um mich herum aussah. Hatte Angst, das zu sehen, was meine Augen noch vor mir verborgen hielten. Würde es Tote geben? War jemand verletzt? Vielleicht musste jemand Hilfe holen. Und so zwang ich mich, zunächst vorsichtig ein Auge zu öffnen, ehe ich mich traute, die gesamte Situation zu scannen. Auf den ersten Blick sah alles aus, wie ich es in Erinnerung hatte. Zumindest fast. Julie saß neben mir, Robin am Sitz vorne, nur der Fahrersitz war leer. Die Tür stand sperrangelweit offen und ich sah den Verrückten, nur wenige Meter vor uns entfernt, weg humpeln. Kein Blut, keine Toten. Das Auto hing sichtlich schief nach vorne und der Kühlergrill war erstaunlich am Qualmen. Scheinbar hatten uns ein Graben und überraschend gute Bremsen vor dem Schlimmsten bewahrt. Ich merkte, wie sich zwei Polizisten mit erhobenen Waffen näherten und dem Fahrer hinterher brüllten. »Welch eine skurrile Situation«, dachte ich beiläufig und betrachtete meine Umgebung wie eine Art Film. Um mich herum drehte sich alles, als hätte ich bereits eine halbe Flasche Tequila intus. Derart benebelt wunderte ich mich auch nicht, dass ich in dem Moment nichts anderes tun konnte, als laut aufzulachen. Das musste doch alles ein schlechter Scherz sein.

Der Fahrer gab nach wenigen weiteren Metern auf und wurde in Handschellen gelegt, wir mussten aussteigen, die Hände aufs Autodach legen und wurden durchsucht. Die Ausweise wurden von meinen Mitreisenden durchgeschaut und ich musste mal wieder gestehen, mein Portemonnaie nicht bei mir zu führen. Wer hätte auch ahnen sollen, dass man irgendwann mal so häufig seine Personalien vorzeigen musste. Die anderen bezeugten, dass ich der wäre, der ich angab zu sein und so wurde notiert, was wir den Polizisten zu Protokoll gaben. Nein, wir würden den Fahrer nicht kennen und ja, wir seien nur auf der Durchreise mit ihm weitergefahren. Scheinbar gab der Milchbubi ähnliches von sich und so galten wir schon bald als freie Menschen. Der Rettungswagen traf ein. Das Auto wurde durchsucht, die Unfallstelle großräumig abgesperrt. Zumindest habe ich es so in Erinnerung. Irgendwie passierte dann doch ziemlich vieles gleichzeitig. Was ich noch mit Sicherheit weiß, ist, wie der Arzt uns Dreien eine leichte Gehirnerschütterung attestierte, uns etwas gegen die Schmerzen gab und wir zu weiteren Untersuchungszwecken mit zurück nach Schleiden ins Krankenhaus sollten. Doch da wir freie Menschen waren und nichts verbrochen hatten, zumindest nichts, was in dem Fall relevant gewesen wäre, waren wir uns ziemlich schnell einig, lieber nicht noch Weiteres zu Protokoll geben zu wollen. Und da ich mich bis auf das mittlerweile vertraute Magenkreiseln soweit ganz gut fühlte, lehnten wir dankend ab. Das Auto wurde abtransportiert, die Polizei fuhr ihrer Wege und wir sackten im Straßengraben in uns zusammen. Und so blieb uns zum Ende nichts weiter übrig, als mit unseren Rettungsdecken im Matsch zu sitzen und dankbar zu sein, die Fahrt überlebt zu haben.

Wir saßen Ewigkeiten dort. Mein Kopf fuhr Karussell und der Bauch wummerte mindestens so sehr, wie es wenige Stunden zuvor noch die Bassboxen getan hatten. Ein paar Mal spürte ich bittere Galle aufsteigen, konnte sie jedoch im letzten Moment hinunterschlucken und verhindern, das letzte bisschen Gold, was glänzt, mit stinkender Masse zu vernichten. Die Kälte kroch langsam an mir hoch und durchdrang mich bis in die letzte Pore meines mickrigen Daseins. Ich war am Boden und mittlerweile spürte ich den tiefsten Punkt, den man im Leben erreichen kann, näherkommen. Mir war übel, niemand wusste, wo ich war, insbesondere nicht mein Arbeitgeber und ich war bereits das zweite Mal bei der Polizei in einer prekären Lage vorstellig geworden. Hinzu kamen die beiden Lederjackenträger, die irgendwo dort draußen bewaffnet nach uns suchten und die Tatsache, eine allgemein bekannte Witzfigur geworden zu sein. Mal wieder. Ich wusste, dass es noch schlimmer kommen könnte, doch das alles zusammen mischte bereits einen ziemlich bitteren Cocktail. Robin räusperte sich nach einer Weile, begann sich abzuklopfen, zog aus seinen abgewetzten, ehemals weißen Turnschuhen das ganz besondere Grünzeug heraus und drehte sich in aller Ruhe einen entspannten Joint. Ich verstand die Welt nicht mehr. Wie konnte der Kerl denn jetzt hier seelenruhig sein Zeug qualmen, wo wir halb bei Sinnen irgendwo im Nichts saßen? Der hatte doch echt nicht alle Tassen im Schrank. Er suchte in seinen Taschen nach einem Feuerzeug und fand es schließlich in seiner hinteren rechten Hosentasche. Er zog einmal an dem glimmenden Etwas, schloss genüsslich die Augen und atmete ziemlich entspannt aus, ehe er ihn an Julie weiterreichte. Die nahm ebenfalls einen großen Zug und plötzlich hatte ich das Ding in der Hand. Ich betrachtete den sanften Qualm, der durch die kalte Luft waberte und verfing mich in seinen Drehungen und Wendungen. Ich wollte nie etwas mit Zigaretten, Drogen und allem, was verboten war, zu tun haben. Damals in der Schule waren die Joints gekreist wie der Eierlikör bei einem Damenkränzchen. Ich hatte immer abgelehnt, wollte nie den Fehler begehen und mich dadurch selber in Gefahr begeben. Doch mittlerweile fragte ich mich, ob man nicht viel mehr die Dinge bereute, die man nie getan hatte, als die Fehler zu rügen, durch die man gewachsen war. Und so probierte ich, was ich noch nie probiert hatte: Ich sog vorsichtig den Dunst ein. Der Qualm waberte in meinem Mund und ich bekam einen fürchterlichen Hustenkrampf. Was ein Teufelszeug. Hustend reichte ich Julie das Ding weiter und hasste mich schon jetzt dafür, schwach geworden zu sein.

»Ich hatte ihm versprochen, Dope zu besorgen. Er war noch keine sechzehn«, sagte Robin plötzlich in die Stille hinein.

Obwohl ich mich eigentlich furchtbar aufregen sollte, verpuffte mein Zorn wie der Qualm, der die Luft einnahm. Mir war mittlerweile alles egal. So eine Lappalie machte den Braten auch nicht fetter, als er eh schon war. Und außerdem konnte ich den jungen Fahrer fast verstehen, als ich an meine eigene triste Vergangenheit dachte. So hüllten wir uns erneut in Schweigen, während der Gedankenstrudel mich in den sanften Sog seiner Tiefen zog. Am Himmel dämmerte es langsam und der Tag verabschiedete sich in die Nacht. Ich vergaß alles um mich herum. Sah nur noch entfernt die Bilder des Tages kommen und gehen. An den Unfall erinnerten bald nur noch die bunten Streifen auf der Fahrbahn, die die Bremswege und sonstiges wichtiges Zeug markierten. Doch ich hatte keine Lust, mich damit zu befassen, all den Stress und die Angst wieder heraufzubeschwören. Stattdessen tauchte ich weiter in meine Blase ab. Die Straße lag vor uns und die lichten Bäume des Waldes wiegten sich sanft im Wind. Hin und wieder zogen Lichter von Fahrzeugen an uns vorbei, ohne groß Notiz von uns zu nehmen. Es war, als wären wir bloße Requisiten in einem großen Spiel auf einer weit entfernten Bühne. Ein Stillleben in hektischen Zeiten. Neben mir gluckste Julie gut gelaunt vor sich hin, doch auch das war mir egal. Ich wollte nur bei mir sein. Der Himmel wurde dunkler und die Geräusche um uns herum veränderten sich. An jeder Ecke spürte man die Bewegung des Waldes und ich hatte das Gefühl, endlich das begreifen zu können, was mir immer so entfernt war. Ich verstand, dass es Unsinn war, nach einem konkreten Plan vorzugehen, den alle Welt für richtig hielt. Schließlich wusste niemand, ob die Formel, die man für den Schlüssel zum Glück hielt, im Endeffekt aufging oder ob ein kleiner schmutziger Rest übrigblieb, der die gesamte Gleichung zu Fall brachte. Letztendlich handelten sich alle Pläne nur um eine Richtung, die sich erst durch Versuch und Irrtum bestätigte. Um eine Wendeltreppe, an der nicht immer der Erfolg stand, sondern nur eine von vielen möglichen Sackgassen, auf die ich zusteuerte. Was das für mich bedeutete, konnte ich zu dem Zeitpunkt nicht verstehen. Und wusste auch nicht, ob meine Gehirnwindungen noch alle intakt waren. Aber ich hatte zumindest das Gefühl, dass etwas Großes in mir passiert war – sich etwas geöffnet hatte, von dem ich nicht wusste, dass es verborgen war. Ich versuchte die Gedanken zu greifen, doch so schnell wie sie gekommen waren, flogen sie weiter und waren viel zu schnell in dem Strom aus wilden Gedankenfetzen verschwunden. Einzig der unbestimmt süßliche Beigeschmack, der mir verriet, bald würde eine neue Zeitrechnung anbrechen, blieb auf meiner Zunge haften. Und so in meine Gedankenwelt versunken, bekam ich kaum mit, wie vor uns ein großes, schwarzes Fahrzeug hielt.

Kapitel 6

Mit zittrigen Händen setzte sie das kalte Glas auf dem Tisch vor sich ab. Obwohl der scharfe Brandy in ihrer Kehle brannte, schaffte er es nicht die elende Kälte aus ihrem Körper zu vertreiben. Am Morgen war der Anruf gekommen.

»Wir haben es gefunden«, hatte der Beamte das Gespräch begonnen. Mit weichen Knien hatte sie sich den Telefonhörer an ihre Wange gepresst und war auf den Stuhl gesunken.

»Hallo, sind Sie noch dran? Das Wohnmobil wurde in Aachen abgeschleppt und in die Verwahrstelle gebracht.«

In Aachen? Sie konnte sich keinen Reim darauf machen.

»Nein, es muss zu Untersuchungszwecken noch einbehalten werden. Wir können nicht ausschließen, dass es mit einer Straftat in Verbindung steht.«

Straftat. Das Wort schallte in ihren Ohren nach.

»Nein, eine Urne haben wir nicht gefunden«, war das letzte was sie gehört hatte, ehe sie den Telefonhörer kraftlos in den Schoß fallen ließ. Ihre Gedanken rasten. Was hatten diese Schweine nur damit angestellt? Sie drehte das eiskalte Glas in ihrer Hand und hörte Stunde um Stunde die Kirchturmuhr bimmeln. Seit der Anruf sie erreicht hatte, hatte sie sich nicht mehr fortbewegt. Das Leben schien ihr einfach nicht mehr lebenswert. Doch. Es musste weitergehen. Heinz hätte es so von ihr gewollt. So stand sie widerwillig von ihrem Stuhl auf und schleppte sich mit schmerzenden Gelenken zur Arbeitsplatte. Lustlos griff sie sich einen Apfel und begann zu schälen. Mit flinken Fingern schnitt sie die Äpfel in zwei Hälften und ließ sie in die klirrende Metallschüssel fallen. Doch die Freude am

Backen war ihr vergangen. Routiniert beträufelte sie die Äpfel mit etwas Zitronensaft und überlegte gerade, ob sie heute eine Extraportion Zucker hinzugeben sollte, als es an der Tür klingelte.

Kapitel 21

Manchmal hat der gute Mann im Himmel schon einen komischen Humor. Zumindest, falls es diesen Mann überhaupt gibt, denn das bezweifelte ich in den großen bösen Momenten meines Lebens ziemlich. Aber irgendjemand muss im Herbst schließlich die Wolken rosa färben, damit die Engel Plätzchen backen können und die Bösen für ihre Untaten bestrafen. So funktioniert nun mal unser irdisches Denken, das uns verspricht, dass etwas Übersinnliches unser Verhalten sühnen und alles Gute belohnen wird. Und außerdem muss schließlich jemand über all die Toten wachen, die im Himmel auf uns hinabschauen. Doch so fragwürdig ich seine Vorgehensweise in vielerlei Hinsicht doch hielt, hätte ich ihm nie so eine sarkastische Ader auch nur im Traum zugetraut, wie er sie hier an den Tag legte.

Als wir uns aus dem Schlamm hochgehievt hatten und mit wehen Knochen auf das Fahrzeug zu wankten, malten sich immer deutlicher die Konturen des Wagens im schwachen Mondlicht ab. Dabei handelte sich nicht um ein normales Fahrzeug. Es war schwarz, flach und in die Länge gezogenen und im ersten Moment dachte ich, die armen Bettler würden nun mit einer großen Limousine abgeholt wurden, um fortan das Königreich zu regieren. Doch weit gefehlt: Vor uns zeichneten sich die Umrisse eines schwarzen, glänzenden Leichenwagens ab. Ich hatte mir immer gedacht, dass der Sensenmann nicht irgendwann in Kutte und mit schwarzer Kapuze an meine Tür klopfen und mir mitteilen würde, mein letztes Stündlein habe geschlagen. Doch dass Gevatter Tod nun gleich in einem Leichenwagen vorfuhr, hielt ich dann doch für ziemlich schwarzen Humor. Ich blieb wie versteinert stehen, während Julie bester Laune zum Beifahrerfenster hüpfte und mit dem Henker sprach. Während mir die Schweißperlen auf der eiskalten Stirn standen, winkte sie uns freudestrahlend heran: »Der nette Herr nimmt uns ein Stück mit.«

Das kann ich mir gut vorstellen, dachte ich bei mir und legte innerlich schon mal den Rückwärtsgang ein. Robin stolperte ihr entgegen, die Hintertür öffnete sich und offenbarte ein leuchtendes Portal, in das die beiden hineinstiegen. Ich schluckte und überlegte, ob man dem Tod nicht einfach entkommen könnte und machte einen zaghaften Schritt nach hinten. Mit einem Mal spürte ich einen schmerzhaften Stich in meinem Bein und hörte mich in die Stille hineinjaulen. So viel zum Thema *dem Tod entkommen*. Reflexartig griff ich an die Stelle und spürte dort das weiche Fell von des Sensenmannes Helfer. Dieser kleine Dreckshase, von dem ich dachte, er sei bei dem Unfall draufgegangen, hatte mir seine scharfen Nagetierzähne in die Wade gerammt. Ein dumpfes Pochen breitete sich aus, während das weiße Monster langsam auf das lichterfüllte Portal zu hüpfte. Vielleicht war jetzt der Weg zur Flucht frei? Ich blickte hinter mir in die einsame, kalte Finsternis des Waldes und sah Julie aus der Wärme des Lichtkegels herauswinkend nach mir rufen. Ich konnte sie doch nicht einfach dem Schicksal überlassen. Und mit dem Gedanken, dass jetzt auch alles egal war, sah ich mich plötzlich selber, wie in einem Film, dem kleinen Hasen in des Henkers Fahrzeug folgen. Bereit, dem personifizierten Tod ins Auge zu blicken.

Ich setzte mich auf einen der überraschend gut gepolsterten, beigen Sitzbezüge auf der Rückbank, während Julie quietschvergnügt nach vorne auf den Beifahrersitz kletterte. Ich schnallte mich an und langsam erloschen die Lichter des hinteren Fahrzeugteils, die mir eben noch eine so heimelige Atmosphäre vermittelt hatten. Das Fahrzeug setzte sich rollend in Bewegung und ein leises Klacken suggerierte, dass nun auch alle Türen verschlossen waren. Die Falle war zugeschnappt. Ich versuchte mich zu entspannen und die letzten Minuten zu genießen. In meinem Rücken befand sich hinter dem weichen Polster eine Metallwand mit einem kleinen Sichtfenster in den rückwärtigen Teil des Fahrzeugs. Allein bei dem Gedanken daran stieg mir der Geruch von Tod und Verwesung in die Nase und ich musste ein Würgen unterdrücken. Ich versuchte mir nichts anmerken zu lassen, denn vermutlich können Henker die Angst ihrer Opfer riechen. Und so versuchte ich an schöne Sachen wie Blumenwiesen, taufrische Berglandschaften und ein warmes Bett zu denken. Ich beruhigte mich langsam und fand es eigentlich sogar ganz angenehm, lautlos durch die Nacht zu rollen. Sollte er doch den Langhaarigen zuerst nehmen. Der hatte sich vermutlich schon neben mir in die Hosen gemacht. Ich überlegte, ob ich fragen sollte, wo wir hinfuhren, doch das kam mir in dem Moment nicht angemessen vor.

»Ruhig bleiben, Müller«, sprach ich mir immer wieder leise zu und schon bald bogen wir auf einen kleinen Feldweg ab.

Ich fragte mich, ob er uns im Wald verschachern wollte, schalt mich jedoch direkt selber einen Narren, da dies ja wohl unter der Würde eines Leichenwagen-Besitzers sei. Und ich sollte Recht behalten. Wir fuhren über eine schmale Brücke und landeten in einem Wendehammer mit einem großen Gebäude. Nebendran war ein Garagenhof angebaut, in dessen Einfahrt der Wagen geparkt wurde. Bewegungsmelder verrieten unsere Ankunft und über dem Eingang konnte ich die Aufschrift »Bestattungsinstitut« ausmachen. Plötzlich hatte ich einen dicken Kloß im Hals. »Au Scheiße.« Die Tür öffnete sich wie von Geisterhand, Julie und der Sensenmann waren bereits ausgestiegen, der Langhaarige drängte sich neben mich und schob mich vorsichtig nach draußen. Ich überlegte, ob es Zeit wurde, das nächste Fahrzeug zu klauen, allerdings wären zwei Lederjackenträger und ein Sensenmann, die mir auf der Spur wären, vermutlich nicht die beste Ausgangslage für ein ruhiges Leben. Und so zischte ich dem Langhaarigen ein »Ich geh ja schon« entgegen und kletterte langsam aus der Kabine heraus, streckte mich noch einmal und atmete die kühle Nachtluft ein. Ich folgte den anderen in das Gebäude und sah ein letztes Mal die wolkenverhangene Himmelsdecke über mir, die mir den Blick auf die Sterne verwehrte. Ich drückte den kalten Metalltürgriff der Altbau-Holztür nach unten und schob die schwere Holztür auf. Vor mir lag eine große, hell erleuchtete Eingangshalle mit einer geschwungenen Holztreppe, einem goldgerahmten Spiegel an der Wand und grauen Marmorfliesen auf dem Boden. Ich trat hinein und meine dumpfen Schritte hallten in dem leeren Eingangsbereich wider. Ich blickte zu der hohen, holzvertäfelten Decke, von der ein Kronleuchter baumelte und fühlte mich wie in einem verlassenen Geisterschloss. Überall zeichneten sich Spinnennetze in den Ecken und an den Lampen ab und vermittelten den Eindruck, dass hier schon länger niemand Hand angelegt hatte. Unten gab es vier Zimmer, die allesamt durch schwere Holztüren verriegelt waren. Langsam drehte ich mich in der großen Halle mit ausgestreckten Armen im Kreis.

»Oh Herr, bitte nimm den Langhaarigen zuerst« betete ich vor mich hin, während die Welt zu verschwimmen begann.

»Was tust du denn da unten?«, sprach ein Engel von der Empore herunter.

Und so sprang ich, dem Ruf folgend, immer zwei Stufen auf einmal nehmend, dem Himmel entgegen und ließ die kalte, leere Eingangshalle hinter mir.

Ich trat in ein großes Kaminzimmer ein. Unter meinen Füßen knarzte der alte Dielenholzboden. Ich schaute mich um. Mittig lag ein großer, abgewetzter, beiger Teppich mit dunkelroten Ornamenten, der fast den ganzen Boden bedeckte. Darauf stand ein quadratischer, dunkelbrauner Wohnzimmertisch, um den kreisförmig zwei olivfarbene Sofas und zwei Sessel platziert waren. Von der holzvertäfelten Decke baumelte auch hier ein runder Kronleuchter, auf dem zwölf elektrische Kerzen mit Lampenschirmen angeordnet waren. Das Herzstück des Raumes bildete der große, offene Kamin an der Wand, in dem ein warmes Feuer loderte. Das spärliche Licht fiel auf die Wand neben der Tür, die komplett von einem massiven Bücherregal bedeckt war, in dem stoffbezogene und mit goldener Schrift verzierte Bücher aufgereiht waren. Ich machte einen weiteren Schritt in den Raum hinein. Erkannte den Langhaarigen, der in einem Sessel am Feuer saß und erblickte Julie, die gegenüber des Sensenmanns ihren Platz eingenommen hatte.

»Ah, wie schön, dass Sie zu uns hochgekommen sind.«

Der Sensenmann lächelte mir mit langen, gelblichen Zähnen zu. Gruselig. Ich musterte ihn. Er war vermutlich Mitte Sechzig, hatte spärliche weiße Locken auf dem Kopf und tiefe Furchen um Augen und Mund. Der flackernde Lichtschein des Feuers warf tiefe Schatten auf seine faltige Haut. Er trug einen schwarzen Anzug mit weißem Hemd und schwarzer Krawatte und ich fand, dass er sich für einen Henker ziemlich herausgeputzt hatte. Zumindest deutete nichts auf eine Sense oder eine lange Kutte hin. Ich erwiderte nichts, ging jedoch in den Raum hinein und setzte mich argwöhnisch neben Julie. Überschlug im Kopf die wenigen Möglichkeiten, die ich hatte. Der Mann sprach mit seiner dunklen, aber sehr deutlichen Stimme weiter:

»Ich bekomme nur selten Besuch. Seit meine Frau mich verlassen hat, bin ich meistens alleine hier.« Er lächelte sanft, doch das konnte mich nicht trügen.

»Seit mich meine Frau *verlassen* hat« – vermutlich hatte er sie höchstpersönlich ins Jenseits verfrachtet. Der kleine weiße Hase hatte sich an sein Bein gekuschelt und er begann das Monster vorsichtig zu streicheln, das unter seinen Bewegungen friedlich döste. Satansbrut. Ich ließ meinen Blick zum Feuer gleiten, dessen Flammen wild durcheinander tanzten. Eine schwere Wanduhr tickte in die Stille hinein, bis man in weiter Ferne einen Teekessel pfeifen hörte. Schließlich stand der Mann mühsam mit Hilfe seiner rechten Hand vom Sofa auf und schleppte sich schlurfenden Schrittes aus dem Raum. Das war unsere Chance. Ich musste Julie und den anderen unbedingt warnen.

»Pssst Julie, wir müssen hier weg. Schnell!«, raunte ich ihr verschwörerisch zu.

Doch statt meiner Aufforderung augenblicklich zu folgen, antwortete sie mit Schweigen.

»Los, wir müssen uns beeilen!«, versuchte ich es erneut.

Sie tauschte einen besorgten Blick mit Robin, der ihr nur ein müdes Achselzucken schenkte. Im Raum nebenan hörte man den Henker mit etwas klirren. Vermutlich schärfte er gerade die Sense.

»Wir müssen hier raus. Los!«, bettelte ich und zog Julie an der Hand.

Robin nuschelte unter Kopfschütteln: »Verfolgungswahn oder was?« Doch davon ließ ich mich nicht ablenken. Wir hatten nicht mehr viel Zeit.

»Aber wir sind doch gerade erst gekommen. Wo sollen wir denn sonst hin?«, sagte sie und legte mir beschwichtigend die Hand auf die Schulter.

»Ganz egal, nur weg von hier«, sprach ich immer hektischer werdend. Uns blieb nicht mehr viel Zeit und die beiden rührten sich keinen Meter.

»Nein, ich möchte mich gerne noch aufwärmen«, sagte Julie und damit war für sie das Thema gegessen.

»Aber weißt du denn nicht, wer das ist?«, versuchte ich es noch ein letztes, klägliches Mal, als sich bereits wieder Schritte näherten.

Der Henker betrat den Raum mit einem Tablett, auf dem ein dampfender Teekessel mit einigen leeren Porzellan-Tassen stand. Langsam näherte er sich und stellte das Tablett mit zittrigen Fingern auf dem Tisch ab. Einige Plätzchen fielen bei dem Versuch von einem Teller herunter und etwas Tee lief an der Ausgussstelle der Kanne hinab. Erschöpft ließ er sich auf das Sofa plumpsen.

»Ah oh, die Hüfte eines alten Mannes«, sprach er mehr zu sich als zu uns und lächelte erneut dieses gespenstische Lächeln. Julie lächelte dankbar zurück.

»Darf ich?«, fragte sie und schenkte, ohne eine Antwort abzuwarten, den heißen Tee in die Tassen. Sie nahm sich einen Keks, biss beherzt hinein, sodass einige Krümel auf ihren Schoß fielen, und lehnte sich mit einem Strahlen und ihrer Tasse in der Hand erneut auf dem weichen Sofa zurück. Ich betrachtete die Situation weiterhin misstrauisch.

»Ich hatte einen langen Tag und heute Abend noch einen Auftrag von ganz oben, als ich euch begegnet bin. Aber erzählt doch mal, was hat euch denn hierhergeführt?« Schweigen. Als würde ich hier noch meine letzte Beichte ablegen!

Julie erzählte von einer Urlaubsreise in die wunderschönen Eifelwälder und einem VW-Bus, der leider den Geist aufgegeben hatte, berichtete von unserer verkorksten Mitfahrgelegenheit und dem Unfall, der folgte. Der Mann hörte zu und ab und zu gluckste er vor Vergnügen. Ich betrachtete ihn erneut. Er hatte offenbar beim Teekochen Blazer und Krawatte gegen eine olivfarbene Strickjacke eingetauscht, lehnte nun müde in den Sofakissen und wärmte seine dünnen, weißen Finger an der dampfenden Teetasse. Wie er dort so saß, wirkte er weniger mörderisch als viel mehr wie ein vom Leben gezeichneter, alter Mann. Seine dunklen Augen lächelten gutmütig, als er sah, wie ich ihn beobachtete und beinahe liebevoll sagte er dann:

»Nun trinkt doch. Der Tee wird kalt.«

Robin griff sich seine Tasse und obwohl sich mein Innerstes sträubte, nahm auch ich eine Tasse und versuchte, mir nichts anmerken zu lassen. Der Geruch von Zimt und Apfel stieg verführerisch in meine Nase und wurde sogleich durch lautes Magenknurren beantwortet.

»Oh, dann habt nach eurem langen Tag bestimmt Hunger. Ich selber brauche in meinem Alter ja nicht mehr so viel. Ich kann euch aber leider nur etwas Brot anbieten.« Er hievte sich erneut aus dem Sessel, ging in die Küche und begann, die Henkersmahlzeit vorzubereiten.

»Los, bitte, lasst uns gehen. Das ist mir nicht geheuer hier. Bitte!«, versuchte ich es wieder, doch statt die Flucht anzutreten, folgte Julie dem Alten in die Küche und suchte gemeinsam mit ihm Brot, Butter, Käse, Schinken und einen Rosinenweck zusammen, ehe sie schließlich gemeinsam wie eine Verbündete mit ihm in das Kaminzimmer zurückkehrte.

»Es ist schön, jemandem im Haus zu haben. In meinem Beruf fühlt es sich manchmal an, als wäre das Leben ein einsames Kontinuum. Und am Ende steht immer der Tod.«

Mein Mund fühlte sich plötzlich wie ausgetrocknet an. Damit war die Sache besiegelt. Julie schien nichts mitzubekommen zu haben und setzte sich auch noch neben ihn, als wäre es die normalste Sache der Welt. Er hatte sie offensichtlich um den Finger gewickelt und Julie hatte für alle sichtbar die Seiten gewechselt. Zorn flammte in mir auf. Ich musste uns retten, wenn der Langhaarige mal wieder nichts sagte und Julie bereits von dem Zaubertrank und dem Gesülze betäubt war. Und da Angriff manchmal die beste Verteidigung ist, setzte ich mein Pokerface auf, räusperte mich und sprach es geradeheraus an.

»Wir wissen ja eigentlich alle, warum wir hier sind. Ich wollte nur fragen, ob es diese Nacht noch passiert oder wir erst ein wenig auf die Folter gespannt werden.«

Verständnislose Blicke.

»Werden wir erst getötet oder direkt verbrannt?«, fuhr ich fort und sah dem Sensenmann direkt in die Augen. Der verstand offenbar noch immer nicht und schaute mich ausdruckslos an.

»Leichenwagen, Bestattungsinstitut, Henkersmahlzeit?«, half ich ihm auf die Sprünge. Langsam kam ich mir selber schon fast ein bisschen verrückt vor. Um seinen Mund zuckte es verräterisch.

Mit einem Mal prustete er los. Er lachte so sehr, dass sein Glucksen in dem hohen Raum widerhallte und schließlich den ganzen Raum einnahm. Immer, wenn er sich zu beruhigen versuchte, wurde er erneut von einem Lachanfall geschüttelt. Um Julies Mund spielte ein unverstandenes, aber angestecktes Lächeln. Schließlich schaffte der Mann es, sich zu beruhigen und einige Mal tief durchzuatmen.

»Junge, ich bin Bestatter und nicht der Tod persönlich«, presste er hervor und prustete dann wieder erneut los. Auch Julie konnte ihr Lachen nicht mehr zurückhalten und selbst Robin gab glucksende Geräusche von sich.

»Na, sind wir heute aber wieder lustig«, entfuhr es mir erbost. Offenbar hatten sich wieder alle gegen mich verschworen. Das lief ja wieder hervorragend. »Wenn das so ist, kann ich auch gehen!«, warf ich ihnen entgegen und sprang von meinem Sofa hoch. Strammen Schrittes ging ich aus dem Raum und war schon auf der Treppe angekommen, als Julie mir hinterherrief:

»Du Langweiler haust immer ab, wenn dir was Blödes passiert. Nun steh doch mal zu deinem Fehler. Es war doch einfach nur lustig.«.

Grummelnd setzte ich mich auf die Treppe, hörte die anderen immer noch Lachen und das Geschirr klappern. Ich biss mir auf die Lippe. Irgendwie hatte sie ja Recht. Zumindest ein bisschen. So viel Recht, wie eben ein anderer Mensch Recht haben kann. Weglaufen war wirklich nicht immer die beste Lösung. Mit hängendem Kopf schlurfte ich in das Kaminzimmer zurück, das mittlerweile durch das Feuer aufgewärmt und vom Teegeruch eingenommen worden war. Insgesamt herrschte eine liebevolle und familiäre Atmosphäre, wie dort alle um den Tisch saßen, Brot aßen und miteinander erzählten. Mein Magen zog sich zusammen, als ich an die Abende mit meiner eigenen Familie dachte. Damals war ich auch einfach weggelaufen, eingeengt von der Liebe meiner Eltern, die vielleicht Heilung gebracht hätte. Ich schob den Gedanken beiseite und setzte mich etwas kleinlaut dazu, nahm mir etwas Käse und versuchte im knirschenden Dielenboden zu versinken. Doch niemand sagte etwas Böses oder hegte einen Groll gegen mich.

Der Mann, der eigentlich Erwin hieß, erzählte einige lustige Anekdoten aus seinem Berufsleben und sogar Robin lächelte vor sich hin und schien die Stimmung überraschenderweise sehr zu genießen. Mit der Zeit wurde auch ich lockerer und vergaß schon fast unseren holprigen Start. Die Zeit verging wie im Flug. Erwin erzählte uns, dass er das Bestattungsinstitut seines Vaters und des Urgroßvaters weiterführte, aber die Firma bald schließen müsse. Er habe zwar noch einen Sohn, der wollte allerdings das Unternehmen nicht übernehmen und war stattdessen irgendwo im Süden Deutschlands sesshaft geworden, hatte dort mittlerweile Frau und Familie. Er kam nur selten zu Besuch. Erwins Miene verfinsterte sich, als er über seinen Nachkommen sprach. Scheinbar war auch hier das letzte Wort noch nicht gesprochen. Seine Frau hatte ihn vor einigen Jahren für eine jüngere Version verlassen und war seither nicht mehr zurückgekehrt. Sie hatte ihm vorgeworfen, selber schon fast eine Leiche zu sein und die Lebensfreude bereits begraben zu haben. Doch er hatte es nicht verhindern können. Er hatte immer seine Firma und nicht genug Rücklagen gehabt, um das zu tun, was er sich gewünscht hätte. Reisen, mal nach Spanien oder in die Karibik. Das wären seine großen Träume gewesen. Doch Träume finanzierten nicht das Leben und so wohnte er nun alleine in einem viel zu großen Haus, das einst seinen Eltern gehört hatte und das er nun noch die letzten Jahre führen würde, bis ihn die Kräfte ganz verließen.

»Ich habe mein ganzes Leben gearbeitet, wie es alle immer von mir erwartet haben. Habe mich für andere aufgeopfert. Das getan, was richtig war und werde es bis zur letzten Minute tun. Nur dafür, dass ich am Ende alleine in einem viel zu großen Haus sterben muss.« Als er endete, zog sich ein trauriger Schatten über sein Gesicht und man konnte die Vergänglichkeit förmlich greifen.

Der übrige Abend plätscherte vor sich hin. Die Augenlider wurden schwerer und die Gespräche träge. Niemand dachte mehr an Aufbruch und Abenteuer. Und so lud uns Erwin schließlich ein, die Nacht im Bestattungsinstitut zu verbringen. Julie wurde im ehemaligen Kinderzimmer untergebracht und Robin durfte im Gästezimmer schlafen. Ich selber bezog eines der Sofas im Kaminzimmer, was mir nicht ungelegen kam, denn hier war es warm und belebt. Die übrigen Zimmer waren eiskalt und rochen muffig von der Heizungsanlage, die viel zu lange nicht mehr in Betrieb gewesen war. Das Haus wirkte auf mich, als wäre es einfach vor Jahren vergessen worden und als hätte sich hier seitdem niemand mehr um etwas bemüht. Das Bad war im Stil der Siebziger Jahre und die Leitungen quietschten und gurgelten, als ich mir Wasser aufdrehen wollte, um mir das Gesicht zu benetzen. Staubwölkchen tummelten sich in allen Ecken und wurden von der warmen Luft der Heizungsschlitze durch den Raum befördert. Ich legte mich unter die dünnen Laken, die nach Lavendel und dem Muff vergangener Jahre rochen. Und schlief im Geist der alten Zeiten ein.

Als ich am nächsten Morgen erwachte, fühlte ich mich, als wäre eine Horde Kamele über mich geritten. Oder, um im Stil der heutigen Zeit zu bleiben: Als hätte mich ein Auto überfahren. Ich setzte mich langsam auf dem Sofa ab und spürte jeden einzelnen Muskel in meinem Körper. Mein Genick war merkwürdig verspannt und ich brauchte einige Minuten, um in die Gänge zu kommen. Im Haus herrschte schon großes Getümmel. Julie hatte es sich offenbar zur Aufgabe gemacht, das Haus auf Vordermann zu bringen und klimperte mit allerlei Putzutensilien durch die Landschaft. Robin war wie vom Erdboden verschluckt. Ich selber schlurfte nur in Unterwäsche in die Küche, nahm mir ein Stück von dem vertrockneten Rosinenbrot, dass trotz viel Gekaue nicht weniger im Mund wurde und schaute aus dem verdreckten Fenster, durch das man zum Hof hinausblickte. Der Parkplatz, auf dem Erwin den Leichenwagen gestern geparkt hatte, war schon wieder leer und außer Wald konnte man sonst nicht viel von der Umgebung erkennen. Ich entdeckte neben der Küchenzeile ein Telefon und hatte mit einem Mal das dringende Bedürfnis, mit meiner Familie zu sprechen. Beim dritten Klingeln nahm meine Mutter ab.

»Hallo Mama, ich bin's.«

»Hallo Jung, geht es dir gut? Wo bist du denn?« In ihrer Stimme schwang Besorgnis mit.

»Mir geht es gut. Wir reisen momentan durch die Eifel und es ist wirklich schön hier.« Ich biss mir auf die Zunge. Obwohl ich versuchte in meine Stimme viel Lebensfreude zu stecken, klang sie irgendwie hohl und unecht.

»Und es ist wirklich alles in Ordnung bei dir?«

»Ja Mama.«

»Hör mal ..., wenn du Probleme hast ... Papa und ich können dir doch helfen.«

»Nein Mama, danke, macht euch keine Sorgen.«

»In deinem Briefkasten war ein Schreiben von der Polizei. Du wurdest aufgefordert, eine Geldstrafe zu zahlen, das haben Papa und ich übernommen. Wo bist du denn da reingeraten? Ist ehrlich alles in Ordnung?«

»Ja, wirklich. Ich hatte nur vergessen, ein Zug-Ticket zu ziehen und konnte mich nicht ausweisen. Weiter nichts. Ehrlich.« Mittlerweile war ich einen Hauch genervt von der Fürsorge meiner Mutter. Sobald ich die Tür einen Spalt öffnete, packte sie sofort mit ihrer Mutter-Besorgnis-Klammer zu.

»Junge, wie oft habe ich dir gesagt, dass man ein Ticket ziehen soll. Das habe ich dir doch von klein auf erklärt. Weißt du das denn nicht mehr? Dein Chef hat auch bei uns angerufen. Er macht sich Sorgen. Du fehlst seit Tagen unentschuldigt. So kenne ich dich gar nicht. So haben wir dich nicht erzogen.«

Tadeln.

»Du weißt doch, dass es wichtig ist, einen guten Beruf zu haben. Und du hast es doch so weit geschafft. Du willst deine Arbeit doch nicht verlieren – oder willst du das? Ich habe deinem Chef schon gesagt, dass du im Moment so eine Phase ...«

»... Danke Mama. Ich kümmer mich drum. Ich muss jetzt wieder auflegen. Ich hab euch lieb.«

Stille.

Da war er wieder. Der Drang, alles richtig machen zu müssen. Perfekt sein zu müssen, in einer Welt, die nur aus Arbeit bestand. Pflichtbewusstsein, gesellschaftliche Normen erfüllen. Und all der Blödsinn, der am Ende doch nicht zählte – war es nicht das, was uns Erwin gestern zwischen den Zeilen gesagt hatte? Für meine Mutter mochte so ja vielleicht ein gutbürgerliches Leben funktionieren, aber war das Leben nicht zu wertvoll, um immer genau in der Spur zu bleiben? Um alles so zu planen, damit es nach außen hin richtig war? In meiner Wut war ich kurz davor, einfach alles hinzuschmeißen und zu kündigen. Doch natürlich brachte ich den Mut nicht auf, alles was ich mir aufgebaut hatte mit einem Fingerschnippen auszulöschen. Und so rief ich im Büro an, gab meine Personalnummer durch, die ich natürlich ganz vorbildlich seit dem ersten Tag auswendig kannte und erklärte, aufgrund unerwarteter Umstände bis auf Weiteres unbezahlten Urlaub nehmen zu müssen. Dann legte ich auf. Ich nahm mir einen Staubwedel aus dem Stapel von Putzsachen heraus, die Julie im ganzen Haus zusammengesucht hatte, und begann mir meinen Frust von der Seele zu putzen.

Kapitel 22

Als Erwin am Abend wiederkam, erkannte man das Haus kaum wieder. In stillschweigender Übereinkunft hatten wir gebohnert, gewienert und das Haus auf Vordermann gebracht. Hatten aufgeräumt und abgelaufene Vorräte ausgemistet. Irgendwie hatte das Putzen mir eine tiefe Befriedigung gegeben und ich war in eine Art Trance gefallen. Julie hatte zum Ende des Tages noch einige Wildblumen gepflückt und fast schon heimisch im Haus verteilt. Robin war mit Erwin auf der Arbeit gewesen und wirkte, als er wiederkam, wie ausgewechselt. Irgendwie lebendig. Auch wenn er nicht viel sprach, hatte er in seinen Augen dieses flackernde Feuer, dass man sonst nur hat, wenn man frisch verliebt ist.

Die nächsten Tage liefen ähnlich ab und es spielte sich so ein, dass Robin mit Erwin zur Arbeit fuhr und Julie und ich in dem Haus alleine zurückblieben. Wir taten genau das, was uns gerade einfiel zu tun. Niemand von uns wusste, wie der nächste Schritt laufen sollte und gleichzeitig gefiel uns die Blase der Ruhe, die wir gefunden hatten. Oder, um es besser auszudrücken: Die uns gefunden hatte. Ich fühlte mich frei. Seit ewiger Zeit zum ersten Mal. Keiner erwartete etwas und ich konnte genau das tun, woran ich Freude hatte. Ich blätterte in einigen der alten Schinken, die ich im Bücherregal fand und stöberte in den verworrenen Zeilen von Goethe und Brecht, putzte die Fenster, dass mir die braune Plörre nur so an den Armen hinablief und beobachtete vor allem Julie oft stundenlang, die mit einer solchen Hingabe das Unkraut vor dem Haus jätete, dass sie mich mit ihrer Ruhe und Freude schon beinahe ansteckte. Auch der Hase weidete fröhlich draußen und hatte den alten Nagetierkäfig eines Hamsters als sein Heim übernommen.

Bei einem meiner Erkundungsgänge um das Haus herum entdeckte ich an einem Nachmittag einige Eimer Farbe in der Garage und beschloss, die Fensterläden zu streichen, deren Farbe nur noch anhand einiger übrig gebliebener, trockener Reste auszumachen war. Auf einem Regalbrett fand ich Pinsel, eine Farbrolle und eine lackverschmierte Abtropfschale, die es für meine Zwecke tun würde. Mit etwas zerfleddertem Schmirgelpapier, das noch auf der von einer dicken Staubschicht bedeckten Werkbank lag, begann ich die letzten Farbreste abzureiben und den Untergrund für die erste Farbschicht vorzubereiten. Julie gesellte sich nach einer Weile zu mir und gemeinsam strichen wir in einem fröhlichen Blau das erste Fensterbrett.

»Wenn wir hiermit fertig sind, wie geht es dann eigentlich weiter?«, traute ich mich endlich das zu fragen, was in meinem Kopf immer dringlicher wurde.

»Dann streichen wir das nächste Fenster«, antwortete Julie und tunkte den Pinsel erneut in den Farbeimer.

»Nein, ich meine ...«

»Ich weiß, was du meinst. Aber manchmal sollte man es einfach wie die Blumen machen und wachsen. Das Wetter des nächsten Tages abwarten und schauen, wohin das Sonnenlicht den Kopf drehen wird.«

Damit strich sie weiter. Und ich tat es ihr gleich und versuchte, nicht weiter als bis zum nächsten Schritt zu denken. Robin machte sich in der Bestatterwelt jeden Tag besser. Ihm gefiel der geregelte Alltag, die Tatsache, mit seinen Klienten nicht sprechen zu müssen und der Umgang mit der Vergänglichkeit der Zeit. Auch die gediegene Garderobe tat ihm sichtlich gut und er wirkte in dem ausgedienten Anzug von Erwins Sohn sowie dem strengen Pferdeschwanz fast schon kompetent. Die Tage zogen ins Land und die Welt hätte so einfach sein können, wäre da nicht diese kleine, tickende Zeitbombe in Julies Rucksack, die ausgerechnet auch noch die Form einer Urne angenommen hatte.

Und so kam es, dass die Dinge schneller ihren Lauf nahmen, als ich es mir gewünscht hätte. Es war ein Abend wie jeder andere zu dieser Zeit. Robin und der Alte unterhielten sich leise über die neuesten Aufträge, während Julie uns eine gehörige Portion Grünzeug auf die Teller schaufelte, das sie über die Woche gemeinsam mit Erwin auf einem nahegelegen Markt gekauft hatte. Ich stocherte in meinem Grüngemüs mit Hühnerfüß herum, was natürlich nicht aus echten Hühnerfüßen bestand, dafür aber ungefähr so aussah, wie ich sie in Erinnerung hatte, als Erwin auf das Thema Urnen zu sprechen kam. Julie und ich wurden hellhörig, obwohl das Gespräch ohne jeden Belang für uns war. Doch trotzdem wurde in uns etwas wachgerüttelt, was die letzten Tage friedlich geschlummert hatte. Julie und ich wechselten einen vielsagenden Blick.

»Sag mal Erwin«, fragte ich so beiläufig, wie man es sagen kann, wenn man innerlich aufgezogen ist wie ein Flitzebogen, »wie ist das eigentlich mit Urnen? Wenn man mal versehentlich eine findet. Haben die eine bestimmte Seriennummer oder lässt sich nachverfolgen, wann oder wer dort drin beerdigt wurde?«

Ich stopfte mir direkt eine weitere Gabel unserer gesunden Mahlzeit in den Mund, um nicht übermäßig interessiert zu wirken und kaute gefühlt endlos darauf herum, während Erwin über eine Antwort grübelte.

»Nun, im Krematorium kommt die Asche in eine sogenannte Aschekapsel, die mit einer Seriennummer, den Lebensdaten des Verstorbenen und dem Namen des Krematoriums versehen wird. Aber ihr kennt in der Regel nur die Bestattungsurnen, in der der Verstorbene beigesetzt wird. Eine Art Überurne, weil die Aschekapsel den meisten zu schmucklos ist.«

Er aß weiter und grübelte scheinbar noch länger über die Frage nach.

»Aber Jungchen, eine Urne findet man doch nicht einfach. Eine Urne ist ein wichtiger Teil des Bestattungsprozesses und gehört nicht in sorglose Hände.«

Ich hörte kaum mehr zu und grübelte weiter. Eine Aschekapsel hatten wir definitiv nicht gefunden, sondern eine von diesen Überurnen. Ich nahm einen weiteren Bissen.

»Aber ist es denn auch ohne diese ... diese Kapsel möglich, herauszufinden, von wem die Asche stammt?«, schaltete Julie sich ein, die offenbar auch in Gedanken bei Waltraut war.

»Nun, normalerweise bekommt der Verstorbene vor der Einäscherung eine Identifikationsnummer, die auf einem Schamottstein, so einem Tonstein, eingetragen wird. Da steht auch die Nummer des Krematoriums drauf und die können dir dann vermutlich sagen, um wen es sich handelt.«

Julie und ich schauten uns erneut an. Wir überlegten fieberhaft, ob wir alles aus der Urne herausgefingert hatten, was sie beinhaltete, oder ob sich womöglich ein kleiner Stein vor uns verborgen gehalten haben könnte. Erwin versuchte weiter zu bohren, was es mit den Fragen auf sich hatte, doch Julie und ich ignorierten jede Anspielung und schlangen unser Grünzeug hastig herunter.

Der Abend zog sich wie Honig, den man vergeblich versucht, von einem Löffel herunterlaufen zu lassen, bis auch der letzte Rest verschwunden ist. Wir sahen Erwin und Robin zu, wie sie genüsslich ihr Essen zu Ende aßen und Erwin sich zu allem Überfluss auch noch einen Nachschlag nahm. Scharrten ungeduldig mit den Hufen, als gemeinsam das Geschirr abgeräumt wurde und in ellenlanger Prozedur auch noch gespült werden musste, denn so einen Schnickschnack wie eine neumodische Spülmaschine gab es in diesem Haushalt nicht. Nach schier endlos wirkenden Minuten verkündete Robin dann endlich, dass er sich nun bettfertig machen wollte, was gleichzeitig auch Julies und mein Startkommando war. Mit angezogener Handbremse stürmten wir aus dem Zimmer und wären in unserer unbekümmerten Eile dabei fast zusammen im Türrahmen stecken geblieben. Ich ließ Julie den Vortritt und hetzte sogleich hinter ihr her, gefolgt von den Blicken Erwins, der sich neugierig den Hals nach uns verrenkte. Junge Liebe musste so schön sein.

In Julies Zimmer herrschte noch immer »Klein-Jungen-Flair«. Das Bett, das auf dem mittlerweile ergrauten Teppichboden stand, war ein einfaches, neunzig Centimeter hohes Holzbett mit dazu passendem Schreibtisch und Schrank, die alle aus derselben Linie stammten und in einem dunkelbraunen Holzfarbton gefertigt waren. Den Schrank zierten einige Poster von Bands, die mit Klebestreifen befestigt waren, die sich, mittlerweile milchig weiß geworden, von dem Lack des Holzes lösten. Mir huschte ein Lächeln über die Lippen, als ich sah, dass es sich dabei um die gleichen Bands handelte, die auch ich in meiner Jugend gehört hatte. Wie klein doch die Welt war. Über dem Schreibtisch war ein Pinnbrett aufgehangen, an dem einige verblasste Postkarten aus München und Spanien befestigt waren. Daneben hingen selbstgemalte Bilder eines Kindes von einer dreiköpfigen Familie, die gemeinsam vor einem Haus stand und ein weiteres, das offenbar Jahre später gemalt worden war, auf denen nur Vater und Sohn mit traurigen Gesichtern in schwarzen und braunen Farbtönen zu sehen waren. Offenbar handelte es sich hier um die Werke von Erwins Sohn und man musste kein Psychiater sein, um die Bilder interpretieren zu können. Ich strich vorsichtig über das Papier und versuchte zu ergründen, welcher Kummer sich hier versteckt haben musste. Ich blickte aus dem Fenster, das zum Wald hinausschaute, und spürte die letzten Sonnenstrahlen auf meinem Gesicht. Das Zimmer hier war wesentlich heller als der Rest des Hauses. Wie so oft hatten auch hier Erwin und seine Frau alles getan, um ihrem Kind das Beste zu bieten. Ich hatte plötzlich einen merkwürdigen Kloß im Hals, räusperte mich und ließ den Blick weiter durch den Raum schweifen. An der Decke hing eine aus rotem Plastik gefertigte Lampe, die einen starken Kontrast zu dem sonst sehr hochwertig und gediegen eingerichteten Zimmer bildete. Ich betrachtete die gebastelten und halb zerrissenen Papier-Dinosaurier, die von der Lampe herunterbaumelten. Ich hatte schon lange kein Zimmer mehr gesehen, das so viel erzählte und gleichzeitig so wenig Persönlichkeit zeigte. Julie hockte währenddessen auf dem abgewetzten Teppichboden und kramte in ihrem Rucksack, den sie fein säuberlich unter dem Bett versteckt hatte. Sie nahm die Urne heraus und legte sie sorgsam neben sich. Außerdem hatte sie, ausgefuchst wie sie war, eine längliche Fleischplatte aus der Küche mitgenommen, die sie nun neben der Urne platzierte. Es folgte das Spiel, das wir bereits kannten. Vorsichtig versuchten wir alle Teile auszusieben und legten die Gegenstände auf den Teppichboden. Wir beförderten Ringe von ungeheurem Wert zutage, fanden kleine Kettchen und glitzernde Armbänder. Und auch wiederum den Internetstick, dessen Inhalt bisher vor uns verborgen geblieben war. Innerlich kribbelte es. Ich wusste zwar, dass es manchmal besser war, nicht zu viel zu wissen, aber meine Neugierde pulsierte immer lauter werdend in meinen Eingeweiden und schrie förmlich danach, gehört zu werden. Bevor ich noch tiefer in den Sog des Unbekannten rutschen konnte, löste ich Julie ab, die beim Wühlen in der Urne immer mutloser die Schultern hängen ließ, und suchte weiter. Ich fädelte meine Hand durch die Öffnung. Unter meinen Fingernägeln bildete sich schon beim Eintauchen eine feine Aschekruste und ich versuchte nicht daran zu denken, dass ich in den Überresten einer Toten wühlte. Ähnlich, wie wenn man Erbrochenes wegwischte, konzentrierte ich mich nur auf die Aufgabe an sich. Dachte an Nachmittage am Strand, an denen ich mir den feinen Sand zwischen den Finger zerrinnen ließ, während mein Bauch in der brütend warmen Sonne brutzelte. Ich strich mit den Fingern an den Außenwänden des Gefäßes entlang und spürte mit einem Mal an der unteren Kante des Bodens eine Unregelmäßigkeit. Fast nicht zu spüren, befand sich dort irgendein kleiner, rundlicher Gegenstand, der mir bisher nicht aufgefallen war. Ich versuchte ihn vorsichtig mit den Fingerkuppen zu bewegen und tatsächlich gelang es mir auch, ihn leicht nach links oder rechts zu schaukeln. Wie in einem Greifautomat versuchte ich, ihn mit Scherenfingern zu greifen, allerdings wand er sich wie ein Wurm in einem Angeleimer und entwischte mir mit jedem Mal, wenn ich schon fast glaubte, am Ziel angelangt zu sein. Uns blieb also nichts anderes übrig, als Waltraut erneut ans Tageslicht zu befördern und so schütteten wir die Asche vorsichtig auf die Fleischplatte. Ich griff erneut in den nun leeren Hohlraum und tastete vorsichtig die verkrusteten Wände ab. In der Ecke zeichneten sich die Umrisse eines schmalen Tonsteines, den ich endlich umgreifen und herausziehen konnte.

Es klopfte an der Tür. Erschrocken sahen Julie und ich uns an. In Windeseile nahm ich geistesgegenwärtig die Vase heraus, sammelte die glänzenden Schmuckteile vom Boden auf und ließ sie vorsichtig durch die schwarze runde Öffnung gleiten, während Julie engelsgleich trällerte

»Momentchen noch, ich mache sofort auf.«

Sie half mir, die letzten Schmuckstücke in der Vase verschwinden zu lassen, steckte den Stick gerade noch in ihre Hosentasche, als sich die Tür des Zimmers unter einem lauten Quietschen öffnete. Im selben Moment steckte Erwin, der von der Neugier geplagt wurde, schon den Kopf zur Tür hinein:

»Ich wollte nicht lange stören, ich wollte nur wegen dem Licht draußen fragen, weil es gleich dunkel wird und …«.

Weiter kam er nicht. Er schaute zu Julie und meiner Wenigkeit, die noch immer die Vase in der Hand hielt, bis sein Blick zu der geöffneten Urne und dem Ascheberg vor uns glitt.

»Da brat mir doch einer einen Storch.«, murmelte er und stieß die Tür noch einen Spalt weiter auf. Er schaute unschlüssig auf uns hinab. Wir konnten uns jede Ausrede sparen, denn schließlich hatten wir es hier mit einem Experten zu tun und so blieben wir einfach stumm dort sitzen. Die Stimmung war zum Zerreißen gespannt. Wir hatten eigentlich nichts Schlimmes getan und gleichzeitig auch so viel Dreck am Stecken, wie Asche vor uns lag. Und dazu keinen blassen Schimmer, wie wir Erwin die Situation am einfachsten erklären sollten. Sollten wir einfach etwas von einer Tante reden, der wir die letzte Ehre erweisen wollten? Doch Erwin war immer nett zu uns gewesen, hatte uns Unterschlupf gewährt und uns aufgenommen, ohne je etwas von uns zu fordern. Und so entschlossen wir uns, ohne auch nur ein Wort zu wechseln, dass wir ihm reinen Wein einschenken mussten. Kurz darauf saßen wir mit einer Fleischplatte voll Asche, einer leeren Urne und dampfendem Tee im Kaminzimmer, in das sich zu allem Überfluss auch noch Robin verirrte, der wie eine Fliege von dem surrenden Licht und dem zurückgekehrten Leben im Haus angelockt worden war und etwas verwirrt von der Situation schien. So erzählten wir die Geschichte der Urne und des Wohnmobils, von den Ganoven und der Flucht aus der Stadt, der spontanen Mitfahrgelegenheit, durch die wir im Wald gelandet waren. Davon, dass wir die Urne zu der Adresse im Fahrzeugbrief bringen wollten und der Schamottstein vielleicht ein weiterer Hinweis für unsere Weiterreise sei. Einzig den Schmuck verschwiegen wir geflissentlich – Erwin musste auf seine alten Tage schließlich nicht noch mehr Sorgen auf seinem alten Kreuz tragen, als er es eh schon tat.

Als wir geendet hatten, breitete sich Stille aus. Ich blickte auf das kleine Häufchen Asche, das wie der Tod persönlich vor uns lag und die Stimmung nicht gerade aufhellte. Endlich begann Erwin zu sprechen.

»Mensch Kinder, ein richtiges Abenteuer. Toll! Und? Habt ihr den Stein gefunden?«

Julie und ich blickten etwas irritiert drein und ich fragte mich, ob das die ersten Anzeichen für einen Herzinfarkt sein könnten. Doch obwohl das Licht nicht gerade vorteilhaft war, wirkte Erwin ziemlich quietschfidel und so fand ich als erster meine Stimme wieder. Ich gab Erwin der Stein, der vorsichtig mit seiner Hand darüberwischte und so ein paar eingravierte Nummern zum Vorschein brachte. Seine Miene hellte sich auf.

»Nun, das haben wir doch schnell.«

Im Eiltempo einer Schildkröte schleppte sich Erwin die Stufen runter und kam einige Minuten später mit einem dicken Ordner zurück. Er blätterte durch die Registerkarten und fand schließlich die Rubrik, die er suchte. Ich stellte mich hinter ihn, spürte, wie meine Hände zitterten. Ich versuchte sie zwischen meinen Beinen zur Ruhe zu bringen, während es in mir loderte, wie in einer Cola-Flasche, die man mit einem Pfefferminz-Mentos versehen hatte. In diesem Fall war es ein Schamottstein, denn dieser schien eine ähnliche Wirkung auf meine Wallungen zu haben. Das Ende war zum Greifen nah. Bald würden wir endlich mehr wissen. Konnten diese Geschichte, die wie Blei auf meinem Herzen lag, endlich abschließen. Im düsteren Schein der Lampe konnte ich auf dem gelblichen, dicken Papier Zahlencodes mit der dazugehörigen Adresse des Krematoriums erkennen. Erwin überflog die

Nummernfolge und blätterte weiter. Er prüfte erneut die Nummer und sah dann etwas verloren auf die Ziffern, die er vor sich hatte. Blätterte zum nächsten Blatt und schließlich ziellos vor und zurück. Ich wurde unruhig.

»Was ist denn nun?«, hörte ich mich etwas unwirsch fragen.

»Nun, es scheint, als wäre euer Krematorium in einem anderen Bezirk. Ich kann es nicht finden«. Innerlich fiel ich zusammen, doch Julie gab die Hoffnung nicht auf.

»Gibt es nicht sowas wie eine zentrale Datenbank? Ihr Deutschen habt es doch immer so mit euren Verzeichnissen und Anträgen.«

Erwins Miene hellte sich auf, als er sagte, dass es eine Internetseite gäbe, auf der man alle Zahlenfolgen einsehen könnte. Er selber kenne sich zwar mit diesem Internet nicht aus aber er habe einen Computer und die jungen Leute mit ihrer Technik könnten das Problem sicher auch lösen. So standen wir kurz darauf in einem der Zimmer im Erdgeschoss vor einem uralten Computer, auf dem vermutlich noch Tetris und Minesweeper in der Ursprungsversion installiert waren, in einem Raum, der kaum mehr genutzt wurde. Es wirkte wie ein früher mal sortiertes Büro, das jedoch seine Funktion vor langer Zeit aufgegeben haben musste. Ordner stapelten sich an den Wänden, die sorgsam nach Jahreszahlen sortiert und in denen alles vorbildlich eingeheftet war. Die Luft schmeckte abgestanden und es bildeten sich dichte Staubschichten auf den Oberflächen, die sich wie ein dichter Flaum ausgebreitet hatten. Im schwachen Licht einer Glühbirne ohne Fassung verliehen sie dem Raum eine düstere Monotonie. Wir standen um Robin herum, der auf einem olivgrünen, klapprigen Drehstuhl vor dem eingestaubten PC saß und konzentriert Anweisungen folgte. Blickten auf seine Finger, die über die Tastatur flogen, während Erwin aus irgendwelchen Unterlagen Passwörter und Internetseiten diktierte, die er sorgsam mitsamt allerlei Briefumschlägen in Register geordnet hatte. Ich spürte, wie mein Herz minütlich schneller schlug und starrte auf den Bildschirm, auf dem sich nur mit quälender Langsamkeit etwas tat. Von einer Internetverbindung war hier kaum die Rede und mich hätte es nicht gewundert, wenn der Router noch diese quälenden Singsang-Geräusche beim Verbinden hervorgebracht hätte. Doch das tat er nicht und so blieben wir in der Stille der Wartezeit haften. Endlich öffnete sich die gesuchte Homepage. Meine Hände waren schweißnass. Die Asche klebte mir an den Händen wie Teig, den man zu lange geknetet hatte, und scheuerte in den Zwischenräumen. Doch das spürte ich kaum. Ich hörte nur, wie Erwin Robin die eingravierte Krematoriums-Nummer diktierte, ehe wir erneut ins weiße Nichts des Bildschirms starrten. Endlich spuckte der Computer die Daten aus. Die Adresse eines Bestattungsinstituts in Koblenz blitzte auf. Doch da für Julie die deutschen Städte böhmische Dörfer waren, womit sie teilweise auch nicht ganz unrecht hatte, öffnete Robin kurzerhand ein Suchprogramm. Zumindest versuchte er es. Denn auch hier erschien ein Bild nach dem anderen auf dem weißen Bildschirm, bis die Seite schließlich geladen war und er den Namen des Krematoriums in die Suchmaske eingeben konnte. Wieder wurden die bunten Bilder durch einen weißen Bildschirm ersetzt, auf dem erneut nach und nach Wörter und Bilder sichtbar wurden. Ich stöhnte entnervt auf. Geduld war nicht gerade meine Stärke.

Als endlich alle Bilder erschienen waren und nun auch alle im Bilde waren, kehrte erneut Ruhe ein. Ich ließ mich gegen die kühle, staubüberzogene Scheibe sinken und dachte angestrengt nach. Jetzt wussten wir, woher die Asche stammte und theoretisch könnten wir sie einfach dort abliefern und an die Angehörigen schicken lassen. Oder was sie auch immer damit machen würden. Schließlich war ich kein Experte für Krematoriums-Angelegenheiten. Doch praktisch wüssten wir dann noch immer nicht, was es mit dem Wohnmobil, dem Schmuck und den beiden Typen auf sich hatte, die selber so eifrig versuchten, Herr der Urne zu werden. Ein dumpfes Pochen machte sich hinter meiner Schläfe breit und ich drückte mein Gesicht fester an das kalte Glas, das meine beginnenden Kopfschmerzen zu lindern schien.

»Aber das ist doch ganz fantastisch«, hörte man Erwin mit einem Mal sagen. »Eine Reise, das klingt doch wirklich famos. Ich fange gleich an zu packen.«

»Du kommst mit?« fragte ich barsch mit hochgezogener Augenbraue und hatte im selben Moment ein schlechtes Gewissen, dass ich so hart reagiert hatte.

»Aber natürlich. Hier passiert doch sowieso nichts«, erwiderte Erwin und damit war die Sache besiegelt.

Am nächsten Tag machten wir uns abfahrbereit und Erwin packte bestimmt zehnmal seinen Koffer neu. Er war furchtbar aufgeregt, nun endlich einmal fortzukommen und konnte sich kaum entscheiden, was er mitnehmen sollte, was die Kofferraumgröße des Leichenwagens nicht besser machte, denn wo viel Platz ist, da kann man auch viel hineinräumen. Die Zeit zog ins Land. Ich stiefelte ungeduldig auf und ab. Als es endlich losging, wären die wenigen Kilometer bis an unser Ziel vermutlich schnell abgefrühstückt gewesen. Doch die Welt wäre eine andere, wenn der Konjunktiv nicht gewesen wäre.

Zunächst folgten wir der Landstraße aus dem Nationalpark hinaus. Doch leider war der Name »Eifel« Programm: Gefühlte Ewigkeiten krochen wir hinter Traktoren und traktorähnlichen Fahrzeuggeschwindigkeiten her. Ich stöhnte auf. Als wir endlich die Bundesstraße erreichten, folgten wir auf der vollkommen überfüllten Straße der Fahrzeugkolonne, die im Rhythmus der wild wechselnden Verkehrsgeschwindigkeitsschilder fuhr. Hätte jemand zu Hupen begonnen, hätte man vielleicht sogar den Eindruck gehabt, sich inmitten eines Autokorsos zu befinden. Doch das tat niemand. Ebenso wenig wie auf der Waldstraße zu überholen. Doch damit nicht genug, mussten wir den einen oder anderen Stopp einlegen. Denn Erwin war so aufgeregt, dass er alle paar Kilometer einen Rastplatz ansteuern musste, um eben das zu tun, was man auf Rastplätzen so tut. Und da ein Leichenwagen nicht immer und überall eine Parkbucht findet, legten wir gefühlt noch einmal die gleiche Anzahl an Kilometern auf den hiesigen Parkplätzen zurück, wodurch sich unsere Fahrzeit quasi verdoppelte. Wenn nicht sogar verdreifachte. Denn wenn einer mit den Toilettengängen anfängt, machen die anderen gleich mit. Sicher ist immer sicherer. Ich schaute aus dem Fenster und betrachtete die sich verändernde Landschaft: Aus Wald wurde Feld und aus Hügeln wurde Tal. Die Wildheit des Waldes klärte sich stetig auf und der Blick konnte über weite Hügelwälder schweifen. So sehr ich als Kind die Tage auf dem Land gehasst hatte, so sehr hatte ich die letzten Tage in der Einsamkeit der Natur genossen. Weder die Zeit noch die äußere Welt spielten eine Rolle. Stattdessen lebte man für den Augenblick und konnte so sein, wie es sich für den Moment richtig anfühlte. Ich wurde fast etwas wehmütig, als wir der Natur den Rücken zukehrten und auf die A61 in Richtung Koblenz auffuhren, auf der sich leider durch eine großräumige Baustelle ein immenser Stau gebildet hatte. Auch die zweite Baustelle trug nicht zur raschen Auflösung des Verkehrschaos bei. Und so kam es schließlich, dass uns, statt des roten Teppichs im Krematorium, ein rotes »Geschlossen«-Schild präsentiert wurde. Der Ofen war aus. Im wahrsten Sinne des Wortes. Und wir mal wieder gestrandet. Doch ich stellte langsam fest, dass Stranden auch eine schöne Sache sein kann. So wurden wir alsbald auf dem roten Teppich eines unbekannten Hotels begrüßt, das uns mit Vergnügen öffnete, als wir an der Tür rüttelten. Die Urne ließen wir im Wagen, doch die Vase mitsamt Inhalt wollte ich sicherheitshalber mitnehmen. Man kann nie wissen, welche Verrückten sich an einem Leichenwagen vergehen. Nach großem Hallo und ewig langem Herumgesülze musste meine Wenigkeit – oder anders gesagt »Der verrückte Vasenhengst aus der Zeitung« – noch für ein Selfie herhalten, auf dem ich sichtlich genervt meine liebe Mühe hatte, die Vase bei diesem beknackten Bild so zu halten, dass keinesfalls eine unbedachte Kamerahaltung den Inhalt offenbaren würde. Gleichzeitig fragte ich mich, was diese Menschen mit ihren tausenden Selfies eigentlich anfangen würden und ob ich nun auf irgendeinem x-beliebigen Social-media-Profil zwischen Rührei mit Speck und Strandfotos landen würde. Doch der Gedanke verschwand so schnell, wie er gekommen war, denn im Hinterkopf hatte ich heute noch etwas vor. Der Langhaarige teilte sich mit Erwin ein Zimmer und ich mir eines mit Julie. Und mir kam der kleine Zwischenstopp eigentlich ganz gelegen. Denn mir brannte seit einiger Zeit etwas gewaltig in der Hose.

Kapitel 23

Als wir endlich die Tür hinter uns geschlossen hatten, ließ ich mich aufs Bett fallen und schaute Julie erwartungsvoll an. Die bedachte mich keines Blickes und ging ins Bad. So hatte ich endlich freie Bahn. Ungeduldig wühlte ich in meiner Hose und konnte kaum erwarten ihn rauszuholen. Im ersten Moment bekam ich leichte Panik, denn ich fühlte dort nicht das, was ich erwartet hatte. Statt einem harten Knubbel fühlte sich alles weich an. Irgendwie leer, ausgenommen der Flusen vergangener Zeiten. Doch nach einigen hektischen »Scheiße, scheiße, scheiße«-Flüchen zwang ich mich zur Ruhe. Tastete weiter. Und spürte, dass er sich in der anderen Hosentasche befand.

»Oh Baby, endlich bist du mein«, flüsterte ich zärtlich.

»Sprichst du mit mir?«

Ich erschrak als Julie mir antwortete und mir wurde bewusst, dass ich vorsichtiger sein musste. Ich streifte ein letztes Mal mit meiner Hand über seine glatte Oberfläche, befühlte beinahe zärtlich mit meiner Fingerkuppe die unregelmäßige Einkerbung an dessen Oberseite und ließ ihn schließlich in meine Tasche zurückgleiten. Julie durfte nichts von meinem Plan erfahren. Noch nicht. Denn das würde sie unter Umständen nur gefährden. Gemeinsam aßen wir im spärlich eingerichteten Speisesaal etwas, das »Fleisch auf Fleisch« hieß und seinem Namen alle Ehre machte. Ich rutschte ungeduldig auf meinem Stuhl herum. Ähnlich, wie bei einem Pickel, den man alle paar Minuten abtastet, um zu spüren, ob er noch da ist, streichelte ich mir in regelmäßigen Abständen über die kleine Ausbeulung in meiner Hose und verhielt mich wahrscheinlich so unauffällig, wie ein pinkes

Kamel mit Rollschuhen. Erwin bestand auf einen letzten Schlummertrunk und ich hasste Robin für jeden kleinen Schluck, den er nahm und der das Glas einfach nicht leerer werden ließ. Dann war es endlich Zeit, zu Bett zu gehen. Ich verabschiedete mich von den anderen mit der Begründung, nur mal eben zu Hause durchzuklingeln und verschwand in der dunklen Nische der stickigen Eingangshalle. Schweißperlen standen auf meiner Stirn und ich fächelte mir die abgestandene Luft zu, bis endlich der Moment gekommen war. Voller Genugtuung packte ich ihn aus, hielt ihn wie eine Trophäe vor mich und konnte ihn mit einem befriedigenden Seufzen endlich reinstecken.

Mit einem leisen Plingen erschien die Meldung »Datenträger erkannt« auf dem Hintergrundbildschirm des Hotelcomputers und ich ließ mit zitternden Fingern den weißen Mauszeiger zum Datenträgersymbol wandern. Vor lauter Aufregung verklickte ich mich ein ums andere Mal und ich hatte meine liebe Mühe, Pop-Up Fenster und Infomeldungen zu schließen, bis ich das Symbol endlich wieder zu Gesicht bekam. Ich atmete noch einmal tief durch und öffnete schließlich das kleine Geheimnis, das mir so lange in der Tasche, auf meinem Herzen, in meinen Gedanken gelegen hatte. Doch was ich sah, gefiel mir nicht. Denn ich sah kaum etwas, außer einem einzelnen Wort, das mich innerlich zusammensacken ließ.

»Passwort.«

Ich ließ den Kopf in den Nacken fallen und spürte die Welt über mir zusammenbrechen.

Es gibt diese Menschen, die jede Gelegenheit als eine neue Chance sehen. Die beschwingt durchs Leben gehen und einfach zupacken, wo zugepackt werden muss. Doch wie ich schon oft feststellen musste, gehörte ich nicht zu dieser Art Menschen. Ich war ein Planmensch, schon immer gewesen. Ein Mensch, der alles bis ins Kleinste Wenn und Aber durchdacht hat, für jede Eventualität gewappnet ist. Und für den die Welt in Stücke zerfällt, wenn eine unvorhergesehene Situation eintritt, für die man bisher noch keine Lösung parat hat. Egal, wie oft ich mit dieser Art Situation konfrontiert wurde, ich geriet jedes Mal wieder ins Stolpern. Nun saß ich hier und mir wurde wieder einmal mehr bewusst, dass das Leben sich nicht immer planen lässt und meist seine eigene Melodie spielt. Denn besagtes Passwort war mir nicht bekannt.

Unverrichteter Dinge stieg ich in den Aufzug und lag bald missmutig neben Julie. Durch die Vorhänge drang das fahle Licht einer Straßenlaterne und tauchte das Zimmer in einen zarten Gelbton. Ich legte mich auf die Seite und drehte mein Gesicht zu Julie, die ruhig atmete. Ich beobachtete erneut ihr schmales Gesicht mit der kleinen Nase und den zarten Wangenknochen. Ihre Haut schimmerte im Laternenlicht, was den Eindruck einer Porzellanpuppe nur noch verstärkte. Ich lauschte ihren Atembewegungen, die auch in mir eine Art tiefe Ruhe auslösten. Ich spürte, wie Gedanken kamen und schob sie einfach beiseite. Nahm im Hintergrund das Summen des Fernsehgerätes wahr und hörte gelegentlich eine Wasserleitung rauschen. Ich war ganz im Reinen mit mir und daher umso überraschter, als ich mich plötzlich dabei erwischte, wie ich Julie sanft anstupste. Es brauchte einige Anläufe, bis sich ihre Lider öffneten und sie mir tief in die Augen blickte. Wir lagen einfach nur da und schauten uns an. Die Zeit schien still zu stehen. Wir musterten uns gegenseitig und keiner verlor ein Wort. Ich streichelte ihr sanft über die Wange, ließ meinen Fingern über ihre herzförmigen Lippen wandern. Ich wollte ihr nah sein. Wollte bei ihr sein. Doch keiner traute sich, den nächsten Schritt zu gehen. So lagen wir da, bis die Straßenlaternen ausgingen und der Mond an. Es war einer dieser magischen Nächte, in denen niemand etwas sagt und man sich doch verbunden fühlt.

Als ich im Morgengrauen aufwachte, schlief Julie noch. Ich drehte mich auf den Rücken und mein Nacken fühlte sich merkwürdig verdreht an. Vorsichtig bewegte ich meinen Kopf nach rechts und links und stellte mich dabei offensichtlich so blöd an, dass ich Julie aufweckte. Sie nuschelte etwas vor sich hin, ehe sie müde blinzelte und die dünne Hoteldecke enger um sich wickelte.

»Du, Julie?«, begann ich in die Dunkelheit hineinzusprechen. »Ich wollte gestern Abend nicht telefonieren, ich wollte nachgucken was auf dem Stick aus der Urne ist.«

Keine Reaktion. Ich wartete noch einen Moment und überlegte, weiterzusprechen, doch scheinbar war sie einfach wieder eingeschlafen. Da schaffte ich es endlich, nach Ewigkeiten zum ersten Mal, mich mit einem persönlichen Problem jemandem anzuvertrauen und dann das. Ich wusste schon, warum ich ein Einzelgänger war und meine Probleme lieber für mich behielt. Andere waren mir meist doch keine Hilfe. Leise drehte ich mich auf die andere Seite und fühlte mich in dem bestätigt, was ich über all die Jahre hinweg gelernt hatte. Und war überrascht, als Julie mit einem Mal aus dem Nichts heraus fragte: »Nun sag schon, was war drauf?«

Ich drehte mich um. Sie hatte sich im Dämmerlicht aufgestützt und wirkte nun hellwach. Ich drehte mich zu ihr.

»Ich weiß es nicht, ist passwortgeschützt.« In meiner Stimme schwang der dumpfe Ton der Niedergeschlagenheit mit. Zunächst hörte ich sie traurig aufseufzen, doch kurz darauf sagte sie etwas freudiger:

»Vielleicht kann uns Robin helfen. Der macht doch sowas mit Computern.« Und mit einem Mal war auch ich hellwach. Auf Samtpfötchen schlichen wir zu Robins Zimmer. Wir wussten nicht, wie gut alte Männer schliefen, doch wir mussten es darauf ankommen lassen und klopften sachte an die Tür. Als Erwin uns kurz darauf freudestrahlend öffnete, hatten wir zumindest gelernt, dass alte Leute nachtaktive Wesen sind. Und dazu meist gestreifte Schlafanzüge mit weißen Badelatschen tragen, die sie nicht unbedingt bestmöglich kleiden. Wir betraten das Zimmer, beziehungsweise eher einen Pumakäfig, wenn man dem Geruch Glauben schenken konnte, während Erwin bereits bester Laune auf seinem frisch gemachten Bett saß.

»Na Kinder, ihr seid aber früh auf. Sollen wir direkt los?«

Ich schaute auf die grünliche Anzeige des Fernsehgerätes, die eine dicke Fünf vorne zeigte. Alte Leute hatten eindeutig einen anderen Rhythmus. Einige Stunden und tassenweise bestialisch schmeckenden Kräutertee später, scharten wir uns um Robin und den Computer. Mit Ausnahme von Erwin, der für das Frühstücksbuffet und besonders den Part mit den roten Bohnen und dem Speck mehr Interesse zeigte als für diesen »Computerkram«, den er mehr was für die jungen Leute hielt. Robin saß vor der Passwortanzeige, verschränkte die Finger ineinander und drehte die Handflächen so nach außen, dass ein lautes Krachen zu hören war. Er legte den Kopf nach rechts und links und setzte sich aufrecht hin. »So Kinners, dann wollen wir mal.«

Mit angehaltenem Atmen beobachtete ich, wie Robin bedächtig wie ein Klavierkünstler seine Hände auf die Computertastatur legte, und machte mich darauf gefasst, gleich Codes und Algorithmen aufflackern zu sehen, die jedem James Bond Film alle Ehre machen würden. Doch stattdessen tippte der Langhaarige wie eine alte Dame auf einem Wählscheibenautomat mit dem Zeigefinger die Ziffern 000 und 0 ein. Falsches Passwort. Danach versuchte er es mit 1111, 2222 bis er schließlich bei 9999 ankam. In mir brodelte es. Wollte uns dieser Vollhorst hier eigentlich verschaukeln?

Das hätte ich wohl auch gekonnt und wir hatten bestimmt keine Zeit, hier zehntausend Kombinationen auszuprobieren, denn zufälligerweise wusste ich mit meinen Kombinatorik-Kenntnissen aus der zehnten Klasse noch genau, dass es exakt diese Anzahl an Möglichkeiten gab. Er zuckte die Schultern und versuchte es mit 9876 und ich war kurz davor zu explodieren, als erneut die Aufschrift »falsches Passwort« aufflackerte. »Weißt du überhaupt, was du da tust?« entfuhr es mir und ich biss mir auf die Zunge, um nicht laut loszubrüllen. Stattdessen verschränkte ich entnervt meine Hände auf dem Kopf ineinander und drehte mich weg, um mir nicht länger diese Schmach zu bieten. Wenn so ein Programmierer arbeitete, wollte ich besser nicht wissen, wie wenig diese Hotline-Menschen konnten, die jedes Mal als erstes die Frage stellten, ob das Gerät bereits eingeschaltet sei und der Stecker richtig in der Dose stecke. Ich tigerte auf und ab. Der Plan, uns an Robin zu wenden, war also gescheitert. Welch Überraschung. Nun hatten wir noch die Möglichkeit, den Stick in fremde Hände zu geben oder ihn einfach ungesehen der Polizei zu übergeben und uns dabei möglicherweise bis auf die Unterhose zu blamieren. Julie rupfte mich am Ärmel und ich entzog mich ihrem Griff. Ich musste mir nun wirklich nicht wieder anhören, wie unfair ich gewesen war, wo doch jeder nur sein Bestes gab. Julie musste doch irgendwann mal einsehen, dass das manchmal eben einfach nicht genug war. Man musste der Beste sein. Punkt. So war das nun mal im Leben. Ich stiefelte weiter im Kreis und bekam deshalb nur am Rande mit, wie Robin aufstand und sagte:

»So, da habt ihr den Inhalt. Ich werde mir jetzt noch einen Sud aufsetzen.«

Ich ging weiter und vollführte plötzlich eine Pirouette. Ich war mir nicht sicher, ob Robin wirklich gesagt, was ich zu hören gemeint hatte, aber mit einem Mal war meine volle Aufmerksamkeit wieder auf den Computer gerichtet. Dort hatte sich auf dem Bildschirm ein weißer Ordner geöffnet, der einige Videos enthielt. Mit aufgerissenen Augen sah ich Julie an. Die zuckte nur ihre Schultern und flüsterte verschwörerisch: »Eins, zwei, drei, vier.« Das Leben konnte doch so einfach sein.

Ich setzte mich auf den vorgewärmten Stuhl und öffnete nacheinander die Dateien. Offenbar handelte es sich um Überwachungskamerabilder eines pompös wirkenden Anwesens, die circa zwei Monate zuvor aufgenommen worden waren. Die Videos waren Schwarz-Weiß-Aufnahmen und zeigten vier verschiedene Einstellungen: Den Eingangsbereich, eine Tür, die vermutlich nach hinten hinausging, eine Garagenzufahrt und einen einladenden Flurbereich mit großer, geschwungener Treppe. Ich kniff die Augen zusammen. Irgendwas Besonderes musste in den Aufnahmen versteckt sein. Warum sollte man den Stick sonst in einer Urne verstecken, als wäre es die Kirsche auf dem Sahnehäufchen höchstpersönlich. So begann ich, mir das erste Video mit der Garagenzufahrt anzuschauen, doch es passierte zunächst nichts. Nach den ersten zwei Minuten begann ich mich bereits zu langweilen und ich stöhnte auf, als ich auf der Anzeige sah, dass die Aufnahme ganze sechs Stunden andauerte. Ich massierte mir die Schläfen und schüttelte innerlich den Kopf. Wo war ich da nur wieder hineingeraten. Julie beugte sich über mich und ich atmete ihren weichen, warmen Geruch ein. Und zum ersten Mal im Leben hatte ich das Gefühl, etwas nicht alleine durchstehen zu müssen. Vorsichtig spulte ich vor, doch dabei übersprang ich so viel Zeit, dass ich direkt zum Ende des Videos kam. Also versuchte ich es erneut. Langsam zogen Bilder an mir vorbei. Ich starrte konzentriert auf den Bildschirm, bis er vor meinen Augen zu flimmern begann, blinzelte und konzentrierte mich weiter auf die gleichbleibende Szenerie. Die Minuten vergingen. Doch da! Mit einem Mal tat sich etwas. Ich sah plötzlich ein Auto auf einem der Bilder. Ich schob den Regler nochmal einige Sekunden zurück und ließ das Video in Originalzeit ablaufen. Man sah, wie sich das weiße, große Doppelgaragentor automatisch öffnete, kurz darauf ein schwarzer SUV mit verspiegelten Scheiben herausfuhr und sich das Tor daraufhin wieder schloss. Ich schaute Julie an, die genau so wenig damit anzufangen wusste wie ich. Doch immerhin hatten wir etwas gefunden. Wir nahmen uns das nächste Video vor und schauten uns die Bilder der Eingangstür an. Zu sehen waren eine weiße Eingangstür mit sechs Milchglas-Kassettenscheiben und zwei großen Blumentöpfen, die rechts und links der Türe auf einem grauen Podest standen. Auf dem Boden befand sich eine grau-melierte Fußmatte, auf der in geschwungenen Lettern »Willkommen« stand. Wieder schob ich so langsam wie ich konnte den Regler nach rechts und es spiegelte sich sekündlich das gleiche Bild ab. Wir schauten so lange, bis meine Augen vor Konzentration brannten und ich Kopfschmerzen bekam. Hier war eindeutig nichts zu holen. Ich lehnte mich auf dem quietschenden Bürostuhl zurück und hielt mir meine Hände vor die geschlossenen Augen, bis ich nur noch Schwärze sah. Gerade, als wir uns an das nächste Video geben wollten, schob sich Erwins Kopf zwischen uns.

»Na, was guckt ihr euch da an? Schmuddelfilme?«

Mit einem wissenden Blick grinste er in Richtung des Bildschirms und reckte den Kopf noch ein Stück weiter vor. Wie ein Kind, das gerade beim Kekse stehlen erwischt wurde, schloss ich blitzschnell das Browserfenster und begann vor mich hinzustammeln.

»Schon gut, Junge. Geht mich ja auch nichts an. Ich wollte euch eigentlich nur erzählen, dass wir wohl länger bleiben müssen ...«

Er eröffnete uns, dass er gerade versucht hatte, jemanden im Krematorium zu erreichen und er dort nur mit dem Anrufbeantworter hatte sprechen können.

»Öffnungszeiten Montag bis Freitag. Kann man sich sowas vorstellen? Als hätte der Tod am Wochenende Urlaub. Faules Pack hier. Als ich noch jünger war ...«

Er sprach noch eine Zeit weiter und sonnte sich in seinen »Früher war alles besser«-Erinnerungen, doch ich hatte schon längst abgeschaltet. Mir war nicht bewusst gewesen, welchen Wochentag wir hatten und überhaupt hatte ich jedes Zeitgefühl verloren. Ich ließ den Blick zu dem kleinen Uhrzeitenfeld unten rechts auf dem Bildschirm wandern und war überrascht, wie viel Zeit bereits vergangen war. Gerade noch rechtzeitig schaltete ich meine Ohren wieder ein, um das Ende des Monologs zu hören:

»... aber vielleicht wollt ihr eine Runde mit uns in den Ort spazieren gehen?«

Was Erwin als Ort bezeichnete, war vielmehr die Altstadt von Koblenz, einer Universitäts- und Großstadt in Rheinland-Pfalz. Nicht umsonst wird Koblenz auch als Tor zum Oberen Mittelrheintal bezeichnet und lebt vom Wahrzeichen des Deutschen Eckes, in dem Mosel und Rhein zusammenfließen. Doch egal wie man es nannte, ein wenig frische Luft konnte nur guttun. Als wir unsere Jacken holten, fiel mein Blick auf die mit Schmuck gefüllte Vase, die einladend auf dem Tisch der kleinen Sofa-Ecke unseres Zimmers stand. So konnte sie unmöglich dort stehen bleiben. Ich überlegte, ob ich sie mitnehmen sollte, doch andererseits wäre sie hier vermutlich sicherer aufgehoben. Ich schaute zu dem kleinen Wandschrank und ließ meinen Blick weiter zum Bett wandern. Mir gefiel keine der Optionen, doch irgendeine Möglichkeit musste ich finden. Julie stand fertig angezogen in der Tür und auch die anderen warteten unten bereits ungeduldig.

Ich nahm die Vase und drehte mich unschlüssig auf dem grauen Teppichboden. Julie verschwand kurz im Flur und kam nur wenige Augenblicke später mit einem kleinen Strauß Trockenblumen zurück, die zur Zierde auf einem Beistelltisch im Flur gelegen hatten. Sie drapierte diese in der Vase und stellte sie erneut auf das Tischchen. Und es wirkte so still und schön, als hätten sie schon immer dort gestanden.

Kapitel 7

Sie trocknete sich die feuchten Hände an einem ebenso feuchten Küchentuch ab und wankte durch die schmale Diele zur Haustür. Wer mochte um die Uhrzeit noch bei ihr klingeln? Ob die Polizei womöglich doch das Wohnmobil brachte? Sie befestigte das kleine Metallkettchen an der Innenseite der Tür, wodurch sie die Tür nur einen Spalt breit öffnen konnte. Weit genug, um nicht einfach überrumpelt werden zu können. Mit festem Griff drückte sie die Klinke nach unten und öffnete die Eingangstür soweit es die kleine Metallkette zuließ. Und sie schaute gegen ein schwarzes Nichts. Eine große, schwarze Silhouette türmte sich vor ihr auf, die fast den gesamten Türrahmen einzunehmen schien. Mühsam löste sie den Blick von der harten Brust und den breiten Schultern und ließ ihn nach oben wandern. Sie schaute dem Mann direkt in die dunklen Augen, die in seinem massigen Gesicht wie kleine, düstere Perlen hervorblitzten.

»Ja bitte?«, sagte sie im Brustton der Überzeugung und bemerkte insgeheim den hohlen Unterton in ihrer Stimme.

»Frau Strohmann«, antwortete der Mann mit einem hörbar osteuropäischen Akzent. Es klang nicht wie eine Frage, sondern mehr wie eine Feststellung.

Eine nachdenkliche Falte bildete sich über ihrer Stirn. Kannte sie den Mann? Vielleicht war es wieder mal ein Vertreter, der ihr die nächste Generation Töpfe zu einem Super-Spar-Preis anbieten wollte. Heinz hatte sich öfter die neuesten Geräte vorführen lassen und nicht selten das eine oder andere Exemplar gekauft. Meist war es kurz darauf defekt in ihrer Garage gelandet. Sie grübelte. Womöglich war er auch einer aus dem Zirkus, der nun um Spenden für die Tiere bat.

Hatte sie nicht zuletzt wieder einen Flyer zu einem vergünstigten Ticket im Briefkasten gefunden?

»Frau Strohmann!«, bellte die Stimme nun deutlicher und riss sie aus ihren Gedanken.

»Danke nein, ich kaufe nichts!«, blaffte sie nun zurück und wollte dem Mann die Tür vor der Nase zuwerfen. Doch die prallte gegen einen harten Lederschuh, der sich zwischen Wand und Tür geklemmt hatte. Sie schluckte erneut.

»Bitte, ich weiß etwas zu ihrer Urne«, sagte der Mann, dessen Stimme durch den schmalen Spalt dumpf zu ihr hereinwehte. Sie überlegte, ob sie die Polizei informieren sollte, besann sich dann jedoch an die Worte des Beamten: »Alles hätt sing Zick, et kütt wie et kütt.« Vermutlich würden die sie wieder als altes, verwittertes Tantchen sehen und sie wieder Mal vertrösten. Aber nicht mit ihr. Sie straffte ihren kurzen Hals und trat erneut an den schmalen Spalt.

»Die Urne?«, fragte sie nun ein wenig hoffnungsvoller.

»Ja, Sie suchen bestimmt danach. Lassen Sie mich rein, ich erkläre Ihnen.«

Mit dem Gefühl, nichts mehr verlieren zu können, entriegelte sie die Tür, die sogleich aufgestoßen wurde. Der schwere Mann trat in den schmalen Flur und ging schnurgerade in die Küche, dicht gefolgt von einem zweiten Mann von ähnlichem Kaliber.

»Mein lieber Heer Gesangsverein«, dachte sie und blickte auf die kleinen Zweige, die von den Sohlen auf ihren alten Teppich gefallen waren. Und schloss, um die bittere Kälte draußen zu lassen, die grün getünchte Wohnungstür, die gegen die mit Jacken gesäumte Wand gepoltert war.

Mit gestraffter Brust folgte sie den Männern in das Herz des Hauses.

Kapitel 24

Wir mussten einige Meter gehen, bis wir die beschauliche Fußgängerzone erreichten. Wir waren in einem etwas verlebteren Stadtteil mit dem treffenden Namen Goldgrube untergekommen und so gab es hier nur wenige Häuser und noch weniger Geschäfte zu entdecken. Doch das störte uns nicht. Die Stadt war an diesem Samstagabend wie leergefegt und nur eine einzige Radfahrerin, die ihren Hund Gassi führte, passierte unseren Weg. Es herrschte eine innige Ruhe. Die Sonne stand bereits tief am Himmel und verfärbte die Wolken zu einer orangefarbenen Wattedecke, die sich schützend über uns legte. Die Mehrfamilienhäuser, die auf beiden Seiten der Fahrbahn angeordnet waren, wurden von dem gelblichen Licht angestrahlt und nachdem ich den ganzen Tag auf Schwarz-weiß-Bilder gestarrt hatte, fühlte ich mich, als wäre ich in einen Farbtopf gefallen. Um meine Nasenspitze wehte ein kühler Luftzug, der meinen Kopf frei zu pusten schien und gleichzeitig auch die quälenden Kopfschmerzen vertrieb, die ich von dem ständigen Zusammenkneifen der Augen bekommen hatte. Ich schaute mir die zum Teil sehr alten Wohnbauten an und überlegte, was die Fassaden wohl schon alles gesehen haben mussten. Dabei schaute mir aus dem Augenwinkel ein Typ entgegen, der mir eigentlich vertraut war und mittlerweile doch trotzdem so verändert wirkte. Ich konnte nicht anders, als stehen zu bleiben.

Im ersten Moment hätte ich mich vermutlich selber nicht erkannt, wenn ich meine Entwicklung nicht miterlebt hätte. Meine Haare waren ein gutes Stück gewachsen, vom Winde verweht, und hatten fast schon etwas von einem animalischen, schwedischen Holzfäller. Den Eindruck unterstützte der flauschige

Bart um mein Kinn, den ich mir die letzten Wochen hatte wachsen lassen. Das glatt rasierte Pokerface mit dem aalglatten Typen war verschwunden. Statt maßgeschneidertem Anzug und Slim-fit-Hemden trug ich einfache Jeanshosen mit Karohemd und weißem Baumwollshirt. Kleidung, die ich mir von Erwins Sohn unwissentlich ausgeliehen hatte und die doch so viel besser war, als all das andere Zeug, was ich zuvor auf der Reise getragen hatte. Dazu meine Laufschuhe, die mittlerweile mein ständiger Begleiter geworden waren. Doch den größten Unterschied bildete mein Gesicht. Der sorgenvolle, gehetzte Blick war verschwunden, die Augenringe von ihrem Schwarz befreit. Stattdessen strahlten meine Augen voller Abenteuerlust und Freude und meine Miene war von den Emotionen der letzten Tage gezeichnet. Und es gab noch einen großen Unterschied, der mir erst auf den zweiten Blick auffiel. Denn im Sonnenlicht um mich herum sah ich das, was ich nie gehabt hatte: Menschen, die mich umringten, die mit mir lachten und bei denen ich mich nicht verstellen musste. Ich wusste nicht, wie Glück aussah, ob man es anfassen oder schmecken konnte. Aber so, wie es mir das leere Schaufenster zeigte, sah es wie auf all den bunten Postkarten-Motiven aus. Ich war glücklich. Trotz all meiner Sorgen und Probleme. Vielleicht sogar zum ersten Mal in meinem Leben. In meinem Kopf pflanzte sich die Idee ein – oder vielleicht war es auch nur ein Quäntchen Hoffnung – dass es im Leben vielleicht doch, und auch nur möglicherweise, ausreichte ein Otto Normalmensch zu sein. Man muss kein Buch geschrieben haben oder die große Karriere machen, um glücklich zu sein. Allein der kleine Augenblick zählt. Der, in dem man spürt, es wert zu sein, das Leben zu genießen. Und genau diesen Moment spürte ich hier, in einer kleinen Gasse am Rande des Wahnsinns.

Während ich mich selber musterte, waren die anderen schon weitergegangen. Erwin hatte sehr zu seiner Begeisterung einen Bestatter gefunden, der Särge ausgestellt und der, wie es sich in seinen Augen auch gehörte, noch geöffnet hatte. Und so stieg Erwin die beiden Stufen zum Geschäft hoch, betrat unter Klingeln den Laden und wurde überraschenderweise von Robin begleitet, der ihm interessiert gefolgt war. Die beiden unterhielten sich angeregt mit dem ebenfalls etwas in die Jahre gekommenen Betreiber, streichelten liebevoll die Sargoberflächen und waren augenblicklich in ihre Unterhaltung vertieft. Julie war mit mir draußen geblieben. Sie lehnte sich an eine bunte Litfaßsäule und ich stellte mich neben sie. Vielleicht war es Zufall, vielleicht der Zauber des Moments. Aber wie aus Reflex legte ich meine Hand auf die Julies, die sie mit einem leisen Lächeln gewähren ließ. Ich genoss den Moment, die Ruhe, die Friedlichkeit.

Der übrige Tag verging wie im Flug. Es fühlte sich alles leichter als an anderen Tagen an. Ich lachte mit den anderen, gewöhnte mich daran, dass Robin aus jeder Ecke der Welt irgendein Restaurant hervorkramte, das noch grüner als grün war, und fand sogar Gefallen an jeglicher Art von Körnern, die nach nicht viel schmeckten aber sich doch ganz wohl in meinem Körper fühlten. Und damit meinte ich nicht nur an jede noch so kleine Zahnlücke, die sie zu zieren gedachten. Ich beobachtete Robin, der zwischen fernöstlichen Bambusblattvasen und Biobaumwollgardinen aus ökologischen Kartoffeln mit der Umgebung verschmolz. Salı, wie er zwar in sich gekehrt wirkte aber doch ganz bei sich war. Obwohl er ein komischer Kauz war, wenig sprach und in merkwürdigen Kreisen verkehrte, war er doch ein guter Kerl. Er hatte mir bereits dreimal geholfen ohne Fragen zu stellen und obwohl ich ihn hart angegangen war, hatte er nie eine Miene verzogen. Vielleicht gab es in der Kopfwelt eben doch mehr als Schubladendenken und Gemischtwarenstapel. Vielleicht musste ich nur ein paar Kleiderstangen besorgen, auf denen ich die bunte Vielfalt des Lebens nach Farben sortieren konnte. Und mir vor allem ein Beispiel an seiner Gelassenheit nehmen. Manchmal sind weniger Worte eben doch mehr.

Nachdem wir auch die Sami-Becher geleert hatten und auch das letzte Kraut gerupft war, verschwanden wir auf unsere Hotelzimmer. Doch irgendwie machte sich das Gefühl breit, dass etwas nicht stimmte. Im ersten Moment konnte ich nicht einordnen, woran es lag. Die Putzfrau hatte das Zimmer gereinigt, die Betten waren aufgedeckt. Und auch das komische Hasentier war noch da, das in der kurzen Zeit den halben Boden erneut vollgeköttelt hatte, um seine Ausscheidungen gleich wieder aufzufressen. Die Natur schuf schon merkwürdige Wesen. Aber so sehr die Welt in Ordnung schien, so sehr heftete sich auch die Vorahnung fest, dass etwas verändert war. Ich streifte den Gedanken zusammen mit meinem Paar Laufschuhe ab und versuchte mich dazu durchzuringen, mich nicht wieder wegen einem vagen Gefühl verrückt zu machen. Setzte mich in den Stuhl und probierte es mit Gelassenheit – Einatmen, Ausatmen und etwas Hakuna Matata. Doch ich fand nicht zur Ruhe, konnte nicht einordnen, was mich umtrieb. Ich tigerte auf und ab und beobachtete, wie ich in Dagobert-Duck-Manier langsam, aber sicher ein halbrundes oval in dem Teppich hinterließ, in dem ich beständig meine Runden drehte. Da traf es mich wie der Schlag. Ich schaute hinüber in die kleine Sitzecke: Sie war weg. Mir wurde heiß und kalt zugleich. Schweiß bildete sich auf meiner Stirn, während ich zu zittern begann. Panisch rannte ich von Ecke zu Ecke. Blickte unter das Bett und sah im Schrank nach. Doch die Vase war wie vom Erdboden verschluckt. Eben hatten wir sie noch auf den Tisch gestellt. Wo konnte sie nur sein? Ich drehte mich im Zimmer und das Zimmer sich in doppelter Geschwindigkeit zurück. Mir wurde schwindelig. Bittere Galle stieg gemischt mit Kräutergemenge auf. Ich schluckte sie hinunter und versuchte mich zu beruhigen. Abzuschalten. Ich musste sachlich bleiben und überlegte, welche Möglichkeiten blieben. Mir kam der Gedanke, dass Julie sie vielleicht mit ins Bad genommen hatte und so öffnete ich die Türe, ohne anzuklopfen. Aus dem Bad stob mir eine Dampfwolke entgegen, die nach Wärme und frischer Frühlingssonne duftete. Julie stand unter der Dusche und obwohl ich ihre weichen Konturen hinter der beschlagenen Fensterfront sah, hatte ich doch kaum einen Blick für die Szenerie übrig. Ich scannte das Waschbecken ab, dann schließlich den Boden. Und ein bisschen vielleicht auch die Wand der Duschkabine, natürlich rein aus sachdienlichen Zwecken. Doch so sehr mich der Anblick auch verzückte, brachte er mir doch nicht die Vase zurück. Sie war eindeutig nicht hier. Nicht im Bad und auch nicht im Zimmer. Mit einem letzten Blick durch den Raum und zu der Dusche rannte ich auf meinen Socken schlitternd aus dem Zimmer heraus und in Windeseile durchs Treppenhaus. Wenn jemand etwas wissen konnte, dann war es die Putzfrau. So schnell ich konnte, tippelte ich die schmalen Stiegen nach unten. Rutschte mit dem Fußballen schmerzhaft über die Kante einer Stufe und konnte mich im letzten Moment mit einer Hand am Geländer abfangen. Mein Körper hatte sich merkwürdig verdreht, als ich zwei Stufen tiefer zum Stehen gekommen war und eine Schmerzwelle durchzuckte meinen Körper. Ich musste eindeutig ruhiger werden, wenn ich das hier überleben wollte. So schaltete ich äußerlich einen Gang zurück, stieg Stufe für Stufe hinab, während sich in meinem Kopf Armageddon abspielte.

Mit der Ruhe eines Cowboys, der sich auf dem Weg zu einem Duell befindet, stieß ich die untere Tür des Treppenhauses auf, wischte mir die verschwitzten Handflächen ab und fixierte den Mann an der Rezeption. Mit meiner Beute im Visier näherte ich mich dem Tresen und hörte in meinem Kopf die Sporen klingen. Begleitet von »Spiel mir das Lied vom Tod« und klickenden Patronenhülsen. Ein Staubknäuel rollte über den Boden und selbst der einsame Mann an der Bar hielt in seiner Bewegung inne. »Dieses Hotel ist nicht groß genug für uns beide«, war das letzte, was ich dachte, als ich in wenigen Schritten an der Rezeption angekommen war. Und fast hätte ich auch genau das ausgesprochen, wäre nicht im letzten Moment die Realität zu mir zurückgekehrt. Und so fragte ich fast schon verlegen nach der Putzfrau, die mein Zimmer gereinigt hatte.

Der Rezeptionist, der von meinem inneren Kinofilm nicht den Hauch einer Ahnung hatte, schaute hingegen gelangweilt auf die Uhr und antwortete, dass die Dame bereits Feierabend hätte, ob es ein Problem gäbe. Irritiert kaute ich auf meiner Zunge herum, während ich überlegte, was ich nun darauf antworten sollte.

»Ich vermisse etwas aus meinem Zimmer und würde gerne mit der Putzfrau sprechen.«

Nun war es an dem Rezeptionisten, seine Waffen zu zücken und Haltung anzunehmen. Er musterte mich strategisch unter seinen buschigen Augenbrauen. Man hätte eine Stecknadel fallen hören, wenn wir uns in einer Änderungsschneiderei befunden hätten, in der gerade ein Kleid abgesteckt wurde. Doch da dies nicht der Fall war, herrschte eine angespannte Stille.

»Ihre Zimmernummer?«, fragte der Rezeptionist, ohne mich aus den Augen zu lassen. Mit Nachdruck nannte ich jede einzelne Zahl, die er in seinen Computer eingab, ohne den Blick abzuwenden.

»Das wird sich bestimmt schnell klären«, sagte er mir mit einem Lächeln, das nicht in seinen Augen ankam.

Diebstahl war ein schwerwiegender Verdacht und etwas, das den Ruf des Hotels für immer vernichten konnte. Und so sehr ich mich dafür hasste, den Mann in diese missliche Lage zu bringen, wollte ich doch einfach nur meine ehrlich erstandene Vase haben, in der sich die sauber geklaute Beute verbarg.

»Darf ich fragen, was fehlt?« Seine Stimme war zum Zerschneiden gespannt.

»Meine Vase«, antwortete ich und ich kam nicht umhin, mich erneut wie ein Kleinkind zu fühlen, dem man sein Sandförmchen genommen hatte. Irritiert schaute der Mann auf, ehe sich sein Mund zu einem schiefen Grinsen verzog. Obwohl er ernst bleiben wollte, merkte man doch, dass die Anspannung von ihm abgefallen war.

»Ihre Vase?«

»Ja, meine Vase.«

Mit jedem Satz wurde sein Grinsen breiter, was wiederum mich immer wütender werden ließ. Ich war bestohlen worden, beraubt, und nun wurde ich auch noch dafür belächelt.

»Die Vase ist von unschätzbarem Wert für mich«, steuerte ich nach und fand, dass meine Beschreibung überaus treffend war.

»So, so, verstehe«, sagte er mit einem süffisanten Grinsen und schoss noch hinterher: »Dort kann man ja allerlei Dinge reinstecken.«

Fahnenstangen-Ende. Am liebsten hätte ich ihm meine Faust ins Gesicht »reingesteckt«, doch stattdessen versuchte ich, mich nicht provozieren zu lassen. Dachte an Robin, der einfach ruhig bleiben und versuchen würde, nicht auf die Anspielungen einzugehen. Es funktionierte. Der Rezeptionist räusperte sich und wurde wieder ernster.

»Nun, die diensthabende Putzfrau hat bereits Feierabend. Ich kann ihr eine Nachricht hinterlassen« Stille. Ich rührte mich nicht und verharrte einfach auf meiner Position. Der Mann räusperte sich erneut und begann, sich sichtlich unwohl zu fühlen. Er kratzte sich am Hals und krempelte sich die Ärmel seines perfekt gebügelten Hemdes hoch.

»Ich bin mir sicher, dass es sich nur um ein Missverständnis handelt«, rechtfertigte er sich erneut und begann, in Ordnern und Kalendern zu blättern. Ich verzog keine Miene, stand nur da und wartete. War geduldig, wie noch nie in meinem Leben zuvor. Er wurde merklich nervöser, als er merkte, dass ich nicht wegging. Grinste unsicher.

»Nun, ich kann ja mal versuchen, ob ich sie noch erreiche.« Er verschwand in einen kleinen Nebenraum und ich konnte sehen, wie er hektisch gestikulierend auf das Telefon einredete, während ich einfach nur dastand. Und wartete.

Eine halbe Stunde später erschien eine impulsive, gedrungene Frau in einem schlichten, schwarzen Pullover mit weißer Strickjacke und einer ausgebeulten Jeans im Türrahmen. Sie mochte vielleicht Anfang Fünfzig sein und hatte ihre silbrig-grauen Haare mit einer Spange zurückgesteckt. Mit einem unverkennbar ostdeutschen Akzent kam sie laut schimpfend und mit festem Schritt auf uns zu und fuchtelte mit den Armen in der Luft, als würde sie gerade höchstpersönlich die Fliege des roten Pferdes verjagen. Man musste wirklich kein Menschenkenner sein, um zu sehen, dass das eine harte Nuss werden würde und die gute Frau Haare auf den Zähnen hatte. So schluckte ich nicht nur einmal, als sie endlich neben mir zum Stehen kam und direkt damit begann, den Rezeptionisten eine Nummer kleiner zu machen.

»Sag' mal, was fällt dir dein? Mich vom Geburtstag meiner Tochter zu holen. Glaubst es.« Als der Mann sein Begehr vortragen wollte, wurde er direkt unterbrochen.

»Und dann zu der späten Stunde. Feierabend! Ende aus – basta«, sie tippte unentwegt mit dem Finger auf ihre Armbanduhr und blickte ihn scharf an.

»Ich ...«, begann der Rezeptionist.

»Ich. Genau das richtige Wort. Meinst, du wärst was Besseres. Mit der Putze kann man es ja machen!«

»Aber du ...«

»Ja, jetzt bin wieder ich alles schuld. So sieht es aus. Für einen Hungerlohn racker ich mich ab und wofür?«

Sie butterte den Kerl herunter und er hätte mir vielleicht sogar etwas leidgetan, wäre er nicht eben noch derart überheblich gewesen und er sich jegliche Sympathie damit verspielt hätte. So schaute ich mir beinahe belustigt das Schauspiel an und vergaß fast, dass die werte Dame und ich zwar auf derselben Seite des Tresens standen, jedoch sonst eher gegensätzliche Position eingenommen hatten. Ich dachte an Julie, die mit ihrem Witz und Charme jeden hatte gewinnen können und versuchte es ihr gleichzutun. Lautstark räusperte ich mich und stellte mich vor.

»Wenn ich kurz unterbrechen dürfte?«

»Und wer ist der Clown hier?«, total erhitzt zeigte sie auf mich, während sie weiterhin den Mann hinter dem Tisch anschaute.

»Oh Verzeihung, wie unhöflich von mir – Müller-Schmitt mein Name. Das ist doch wirklich das letzte, dass Sie zu so später Stunde noch aufgescheucht werden. Sie sollten sich direkt an die Gewerkschaft wenden.«

Sie schaute mich an, skeptisch, jedoch ohne gleich wieder loszuwettern. Der Rezeptionist erhob die Stimme, doch ich brachte ihn mit einer Handbewegung zum Schweigen.

»Eine Frau wie Sie sollte man lieber mit einem schönen Essen oder einem warmen Bad verwöhnen, statt sie in später Nacht allein noch in der Landschaft herumfahren zu lassen.«

Mit einem Zwinkern sah ich sie an. Sie schaute weiterhin skeptisch und wurde etwas verlegen.

»Nun ja, einen Mann hab' ich nicht direkt.«

»Das kann doch nicht sein, dass eine Frau wie Sie noch auf dem Markt ist!«

Mit roten Wangen strich sie sich eine Strähne hinter die Ohren.

»Wie alt ist denn ihre Tochter geworden? Das muss ja beinahe eine Teenager-Schwangerschaft gewesen sein«, fuhr ich fort und kam mir wie der größte Vollhorst in persona vor.

»Ach nein, Sie Schlingel. Siebzehn ist sie geworden und heute wollte sie ganz groß feiern.«

Langsam taute die Schnee-Schüppe etwas auf und wurde zu einem etwas pflegeleichteren Hexenbesen. Wie eine Spinne spannte ich zunächst ein großes, weiches Netz des Verständnisses auf und hüllte sie dann in meinen Smalltalk-Floskeln ein, nur um im richtigen Moment zuzuschlagen. Den Mann hinter der Rezeption blendete ich komplett aus und war ganz auf meinen Plan fokussiert. Und so raspelte ich Süßholz und heuchelte Verständnis, das sie wiederum dankbar annahm. Als sie endlich so weichgekocht war, mir das Du anzubieten, wurde es langsam Zeit, Tacheles zu reden.

»Ach, Doreen, ich muss dir etwas gestehen. Ich bin nicht ganz unschuldig, dass du jetzt noch hier herfahren musstest. Ich vermisse etwas ganz wichtiges und der grobschlächtige Typ meinte, dass du die Einzige wärst, die mir helfen könnte. Du bist meine letzte Rettung. Und nur deshalb habe ich eingewilligt, dich anzurufen. Hätte ich gewusst, …« mit viel Honig zog ich die Schleimspur weiter. Und sie folgte ihr.

»Nun, nein, ich kann wirklich warten. Ich sehe doch, wie hart du schuftest. Fahr nur nach Hause«, sagte ich weiter in bester »Aber-nicht-doch«-Manier.

Und nun hatte ich sie. Sie fragte, was ich denn suchen würde, denn es würde sich wirklich niemand besser als sie auskennen und so sagte ich, ich würde eine ganz besondere Vase mit einigen Trockenblumen darin vermissen. Und nun war es an ihr, erneut zu erröten und auf den Boden zu sehen.Ich folgte ihr mit dem Leichenwagen über mehrspurige Bundesstraßen aus der Stadt hinaus und musste fast ein wenig Grinsen, als ich kurz darauf in einem muffigen Kellerraum stand und diese Vase von unschätzbarem Wert zwischen Partyhütchen und Konfetti, Kartoffelsalat und Würstchen auf dem Buffet stand. Sie sollte der Bude »etwas Glamour« verleihen und zusammen mit den Hotelservietten, die daneben lagen, hatte sie scheinbar einen ganz guten Job gemacht. Als ich sie mir endlich vom Tisch klaubte, war ich so erleichtert, dass man vermutlich eine ganze Steinlawine vom Herzen hätte fallen hören. Und da ich schon einmal hier war, gönnte ich mir ein Stück »Kalten Hund«, trank den einen oder anderen Vodka mit Doreen und fuhr dann mit einigen zusätzlichen Umdrehungen und meiner geliebten Vase zurück ins Hotel. Kuschelte mich an die schlafende Julie, die sich so weich und schön anfühlte, dass mir nun eigentlich gar nicht mehr nach schlafen war.

Kapitel 25

Den nächsten Tag wollten Erwin und Robin nutzen, um den Ortsfriedhof zu besuchen und da Julie und ich andere Leichen begraben hatten, teilten wir uns auf. Nachdem sich die beiden verabschiedet hatten, nahmen Julie und ich uns nach einem ausgiebigen Frühstück den Stick vor. Zähneknirschend gab ich die Ziffern Eins, Zwei, Drei und Vier ein und konnte nun live miterleben, wie sich das Fenster öffnete. Wie am Tag zuvor, galt es nun, die beiden übrigen Videos langsam vorzuscrollen, um dem Rätsel des Sticks endlich auf den Grund zu gehen. Ich öffnete die nächste Datei und mit ihr einen Film zu einem weiteren Stillleben.

Man sah die Hintertür des Anwesens, ein Podest mit einer Fußmatte davor und einen kleinen Blumenkübel rechts neben dem Türrahmen. Das schwarz-weiße Flimmern des Bildschirms bereitete mir bereits nach den ersten Sekunden Kopfzerbrechen, doch ich wollte nun endlich Licht ins Dunkel bringen. Und so saßen wir da, scheinbar bewegungslos, und starrten auf ein Bild, das noch viel bewegungsloser wirkte. Um etwas Action ins Spiel zu bringen, sahen wir, dass einmal kurz der Bewegungsmelder ausgelöst und das Bild etwas heller wurde. Doch kurz darauf ging es auch schon wieder aus und es trat der gewohnte Trott ein. Ich spulte vor, um zu sehen, ob überhaupt etwas passieren würde. Und siehe da, das Bild war mit einem Mal schwarz. Die Kamera musste also entweder einen Defekt oder jemand sie abgeschaltet haben. Wir spulten zum Ausgangspunkt zurück und sahen nun genauer hin. Mit einem Mal sah man unten rechts im Bild eine schwarze Wölbung. Ein mit einer schwarzen Mütze maskierter Kopf trat auf die Bühne. Die Person klopfte gegen die Linse und schmierte etwas darauf,

um das Bild zu verdeckten. Ab dem Zeitpunkt lief zwar die Uhrzeitenangabe der Kamera weiter, doch das Bild blieb bis zum Ende der Aufnahme trübschwarz wie Bodensehkaffee mit Kondensmilch. Meine innere Detektivstimme meldete sich. Irgendwas musste an der Tür passiert sein, das niemand mitbekommen sollte. Wir notierten uns den Zeitpunkt und unsere detektivischen Spürnasen meldeten sich. Nur fünf Minuten, nachdem das Auto die Garage verlassen hatte, war der Mützenträger an der Hintertür gewesen. Da musste es doch einen Zusammenhang geben.
»Bereit für den letzten Film?«
Julie nickte. Leben kam in die Bude, zumindest in die Flimmerkiste. Denn das Bild des letzten Videos glich einem Kinofilm, bei dem man im entscheidenden Moment Popcorn durch die Gegend wirft. Oder, je nach Schreckhaftigkeit, das Popcorn im Hals stecken bleibt.
Es war der Flurbereich des Hauses abgebildet. Wie in einem bewegten Stillleben ging eine zurechtgemachte, junge Frau, die Jacke und Mütze zusammensuchte, von links nach rechts und band sich die Schuhe zu. Kurz darauf kam auch ein kleiner Junge, der vielleicht sechs oder sieben Jahre alt war, ins Bild und lief hinter der Frau her. Es sah so aus, als machten sie sich bereit, um irgendwo hinzugehen. Da tauchte ein Mann in einem Anzug auf der Treppe auf. Er hielt sein Smartphone ans Ohr und beobachtete die beiden, während er wild gestikulierte und auf seine sicherlich sehr teure Armbanduhr blickte. Die Frau schaute ihn an. Als er aufgelegt hatte, sprachen die beiden miteinander und die Situation wurde immer lauter. Man sah, dass sie sich anschrien. Sie zeigten abwechselnd zur Tür. Die Frau hielt dem Jungen die Ohren zu, während der Mann hin und her tigerte. Sie bewarf ihn mit ihrem feinen Seidenschal, der mitten in der Flugbahn stoppte und wie ein Schleier, der al-

les unter sich begräbt, zwischen den beiden ausbreitete. Sie verließ mit dem Jungen das Zimmer, während der Mann unnachgiebig mit seinem Arm durch die Luft wedelte. Dann stieg er die Treppe hoch und verließ den Raum in die entgegengesetzte Richtung. Ich stoppte das Bild. Verglich wie in einem Polizeifilm die Tatzeiten miteinander und konnte feststellen, dass nur wenige Augenblicke später das Auto die Garage verlassen hatte. Vermutlich mit Frau und Kind darin. Wir ließen das Flurvideo weiter in Originalzeit ablaufen und die erste Zeit tat sich so wenig im Bild wie auf einem Segelschiff, das im Windschatten segelte. Oder es zumindest versuchte. Denn es herrschte regelrechte Flaute. Doch plötzlich erschienen zwei schwarze Gestalten im Flur, die mit weit in die Stirn gezogenen Mützen gekleidet waren und dazu beide eine Lederjacke trugen, die mir sehr bekannt vorkam. Verdächtig bekannt. Mich fröstelte es. Ich brauchte nicht genauer hinzusehen, um das zu erkennen, was mir auf den ersten Blick klar gewesen war. Ich erkannte sie anhand ihres Ganges, ihres Auftretens, der gefährlichen Aura, die von ihnen ausging. Es waren die beiden Lederjackentypen. Die Ganoven, die mich um mein Leben bringen wollten. Unfähig mich zu bewegen, starrte ich auf den Monitor und klammerte mich mit der einen Hand an der Sitzfläche des Stuhles fest. Hier lag also das Geheimnis begraben.

Die beiden kramten in einer Kommode und während der eine die Treppe hochging, versuchte der andere unter ein Wandbild zu linsen, um geheime Vermögensversteckmöglichkeiten aufzutun. Der zweite Verbrecher folgte dem anderen auf der geschwungenen Holztreppe hinauf. Es kehrte Ruhe im Bild ein. Ich merkte, dass ich die ganze Zeit die Luft angehalten hatte und versuchte, auszuatmen. Doch die Anspannung war zu groß und ich befürchtete zusammenzusacken, wie ein Schlauchboot ohne Luft, wenn ich ein bisschen den Druck abließe. So saß ich da und blickte auf die Aufnahme, die Schwarz auf Weiß aufgezeichnet hatte, was Worte nicht hätten besser formulieren können. Zwar konnte man auf dem Video den Einbruch nicht erkennen, doch wenn man das Video der Polizei zukommen lassen würde, könnten sie es sicherlich mit den Einbrüchen der letzten Wochen in Verbindung bringen. Ich schaute zu Julie hoch, die gebannt auf den Bildschirm schaute. Es ging weiter. Einer der beiden stürmte mit einer Schmuckschatulle die Treppe hinunter, woraufhin der Zweite ihm mit einer Geldbörse folgte. Mit raumgreifenden Schritten durchqueren sie die Eingangshalle, verschwanden aus dem Bild in Richtung Garage. Doch aus dem Nichts tauchte noch jemand Weiteres auf. Mir gefror das Blut in den Adern. Wie in einem Kinofilm versuchte ich, der Person auf der Leinwand lautlos etwas zuzurufen, doch sie konnte mich nicht hören. Ich konnte nicht mehr stillsitzen, begann auf dem Stuhl zu wippeln. Auf der Treppe sah man plötzlich den Anzugträger, der müde seine Augen rieb. Er streckte sich und schaute etwas hilflos durch den leeren Flur. Ich wollte ihm sagen, dass er schnell wieder nach oben gehen und die Polizei rufen solle, doch der Mann hörte mich nicht und schritt in Engelsgeduld die Treppe herunter. Mit einem Mal standen die beiden Lederjackenträger erneut im Flur. Auch sie hatten den Mann entdeckt. Beide zückten ihre Waffen und der Anzugträger erstarrte. Mit der gezogenen Pistole gingen die beiden in Richtung Tür und für einen kurzen Moment schien sich die Situation zu entspannen. Doch mit einem Mal rief ihnen der Hausbesitzer etwas hinterher. Eine Diskussion entbrannte. Der Hausbesitzer gestikulierte, zeigte ihnen seine leeren Hosentaschen. Wie eine Schlange, deren Opfer längst in der Falle saß, schlängelten sich die beiden mit gierigen Zungen dem Mann entgegen. Man spürte die Angst, sah die wachsende Verzweiflung in seinem Gesicht. Die Beine zitterten hinter der Brüstung, während er in die Mündung einer Pistole blickte. Es war schrecklich das Video anzusehen. Am liebsten hätte ich es einfach ausgeschaltet, doch eine geschehene Situation ließ sich nicht verändern. Plötzlich deutete der Mann mit einem letzten Fünkchen Hoffnung in den Augen zu uns. Die beiden Lederjackenträger fixierten mich mit einem eiskalten Blick. Fast hätte ich laut aufgeschrien, ehe ich bemerkte, dass sie nur in die Kamera schauten. Schweißperlen bildeten sich auf meiner Stirn. Kurz herrschte Stille und ich dachte zunächst, das Bild sei eingefroren. Doch dann löste sich ein Schuss. Der Mann fiel geräuschlos zu Boden, bettete sich auf den zarten Seidenschal, auf dem sich eine schwarze Lache ausbreitete, die wie ein pulsierender Geysir zwischen den Augen des Mannes austrat. Seine Augen waren weit aufgerissen. Der Mann war tot. Ich starrte in seine nun leblosen Augen und konnte nicht fassen, was gerade passiert war. Meine Finger waren eiskalt. Ich war nicht dazu fähig, irgendetwas zu tun und so stierte ich weiter mit einem hohlen Blick auf die Szenerie, die ich eigentlich nicht weiter ansehen wollte. Die beiden Mörder liefen, offenbar selber in Panik geraten, ziellos durch den Raum, verschwanden, bis kurz darauf alle Aufnahmen endeten. Aus die Maus.

Ich starrte auf den Bildschirm, auf dem das Video schon vor Ewigkeiten gestoppt hatte und konnte mich nicht dazu durchringen, das Fenster zu schließen. Auf der Treppe lag der Anzugträger, der wenige Momente zuvor noch mit Frau und Kind gesprochen hatte. Mir wurde schlecht. Von hinten näherte sich eine zitternde Hand, die das Video schloss und den Stick herauszog. Wie in Zeitlupe blickte ich zu Julie, die kreidebleich neben mir saß. Sie hatte entsetzt die Augen aufgerissen und umklammerte den Stick mit einer Kraft, die ihre Knöchel weiß verfärbten. Wir saßen noch eine

Weile da, starrten auf den Bildschirm, auf dem sich nun nur noch das Emblem des Hotels abbildete und waren unfähig, das Gesehene in Worte zu fassen.

Der weitere Tag verschwamm schemenhaft vor meinen Augen. Ich bewegte mich wie eine Marionette in einem Puppentheater, für dessen Rolle ich mich nie beworben hatte, und spulte mechanisch die Bewegungen ab. Robin und Erwin kamen bester Laune zurück ins Hotel und wunderten sich über die bedrückte Stimmung. Ich erinnere mich noch daran, dass wir uns wie Zombies bewegten, fremdgesteuert und leblos, während um uns das normale Leben tobte. Dass ich mich beim Essen zwang, meine Gabel zum Mund zu bewegen, ohne auch nur einen Bissen hinunterzuschlucken. Und an den Zeitpunkt, als ich endlich zurück auf dem Zimmer war, mir das kochend heiße Wasser der Dusche über den Körper lief, das meine Haut krebsrot verfärbte. Doch so sehr ich mich auch abkochte, so wenig Wärme drang zu mir durch. Innerlich war ich wie erstarrt. Als würde sich die Angst wie ein eiskaltes Schwert an meine pulsierende Seele heften. Als die Nacht hereinbrach und ich meine Decke umklammerte, rückte Julie in der Dunkelheit näher heran. Ohne ein Wort zu sprechen, umschloss ich ihre schmale Taille und drückte sie an mich. Spürte ihren warmen, beruhigenden Herzschlag an meinem Bauch und ihren feuchten Atem an meinem Hals. Vorsichtig fuhr ich mit meinem Finger über ihre weiche Haut, nahm ihre Wärme wahr. Sie drückte sich an mich und als ich ihren Geruch einatmete, erwachte in mir langsam das Leben. Und ich vergaß alles um mich herum, als wir im Takt der Leidenschaft eins wurden.

Die Stunden vergingen, bis mich endlich ein unruhiger Schlaf übermannte, ich mich dem Gefühl hingab, tiefer und immer tiefer zu fallen. Als ich schweißüberströmt erwachte, dämmerte es bereits. Julie saß neben mir in eine Decke gehüllt und strich mir die Haare aus dem Gesicht, die sich an meiner nassen Stirn festgeheftet hatten. Ich schmiegte meine Wange in ihre warme Handinnenfläche, die sanft an der Seite meines Gesichts hinabgewandert war.

»Du hattest einen Alptraum«, sagte sie mit belegter Stimme, die so rau klang wie die eines Seefahrers, der seit Wochen keine Menschenseele zu Gesicht bekommen hatte. Wortlos verklang der Satz im Halbdunkeln. Ich wollte nicht die Sicherheit gefährden, die sie mir schenkte und so hüllte ich mich in Schweigen und schob die Realität beiseite. Zumindest so lange, bis die Sonne vollständig aufgegangen war und der Tagesbeginn unausweichlich schien. Und die eiskalten Klauen der Realität bald nach uns zu greifen versuchten. Als ich es nicht mehr länger aufschieben konnte, öffnete ich den Mund und schaffte es endlich, tonlos zu fragen:

»Was tun wir jetzt ... Du weißt schon, mit den Videos?«, schob ich rasch hinterher, als ich es kurz lüstern hinter ihren Augen aufblitzen sah. Fröstelnd rieb sie sich über den Oberarm und es machte den Anschein, als wäre die Temperatur im Zimmer soeben um einige Grade gefallen. Sie entfernte sich einige Zentimeter von mir und das genügte, um zu zeigen, dass der Moment vorüber war. Unsicher blickte sie mich von unten an und als ich mein Gesicht auf ihres legen wollte, zog sie sich sanft zurück. Ich verstand. Ich ging ins Bad, wusch mich und zermarterte mir das Hirn, wie der nächste Schritt aussehen könnte.

Das Frühstück verlief schweigend. Zumindest von meiner Seite aus, denn Erwin und überraschenderweise auch Robin waren das blühende Leben. Sein teilnahmsloser Blick war in den letzten Tagen immer anteiliger geworden und er schien sich sichtlich wohlzufühlen. Erwin hatte bereits im Krematorium angerufen und war nun Feuer und Flamme, der Asche ins Auge zu blicken. Ich kaute lustlos auf einigen trockenen Haferflocken herum und hatte das Gefühl, schon genug in Schutt und Asche gelegt zu haben. Meine Motivation war ziemlich auf dem Nullpunkt angekommen. Als ich ein letztes Mal aufs Zimmer ging, um erneut die wenigen Habseligkeiten zusammenzusuchen und weiterzureisen, kam Julie mit einem leeren Blatt und einem fensterlosen Briefumschlag herein. Sie setzte sich an den Tisch mit der Vase und strich gedankenverloren über die leblosen Blütenblätter. Ich beobachtete sie dabei und näherte mich ihr, wie einem verhuschten Reh auf einer Lichtung. Sie beachtete mich nicht, sondern starrte ins Leere und kaute sich auf der Lippe herum, die so warm und weich gewesen waren, dass ich mich nie von ihnen lösen wollte.

»Darf ich fragen, was du da tust?«, versuchte ich es zaghaft und setzte mich auf die Armlehne neben sie.

Sie schaute mich an, als würde sie mich erst jetzt registrieren und ging zielstrebig zu ihrem Rucksack. Müde ließ ich den Kopf in den Nacken sinken und gerade, als ich einen inneren Monolog über die Wunderwelt »Frau« beginnen wollte, kam sie mit einem geblümten Tuch, wie sie zuhauf im Wohnmobil gelagert waren, in der Hand zurück und setzte sich dicht in den Sessel neben mich. Vorsichtig und ohne etwas zu berühren, entfernte sie Millimeter für Millimeter das Tuch, sodass ich den Inhalt erkennen konnte. Mein Herz machte einen kurzen Galoppsprung, ehe er in seinem gewohnten Rhythmus weiter trabte. Julie hatte zwei der gefälschten Ausweise mitgenommen und mich stierte das ausdruckslose Gesicht eines Mörders an. Ich wollte meinen Finger nach ihm ausstrecken, ihm meinen wulstigen Daumen ins Gesicht reiben und die Fratze endgültig verdecken. Doch Julie zog blitzschnell das Tuch weg.

»Vielleicht gibt es noch Fingerabdrücke«, sagte sie auf meinen verdutzten Blick hin und betrachtete die Dokumente, als würden sie jeden Augenblick zu sprechen beginnen.

Nach einem Moment der Stille ließ sie schließlich die beiden Ausweise in den Briefumschlag gleiten, zusammen mit dem Stick, den sie sicher in ihrer Hosentasche aufbewahrt hatte. Ich begann, zu verstehen. Julie erklärte mir, dass sie die Sachen nicht länger bei sich tragen wollte. Der Stick fühle sich in ihrer Tasche an wie eine tickende Zeitbombe an, die jeden Moment in die Luft gehen könnte und sich wie ein schwarzer Schatten über sie legte. Und so sehr sie auch versuchte, ihn zu ignorieren, schien er doch wie ein Atomreaktor düstere Wellen der Angst zu verbreiten. Ihr Plan war es, alles zusammen in einen Briefumschlag zu stecken, zusammen mit einem kleinen Hinweis, was sie auf dem Stick finden würden. Ich musterte sie. Generell war der Plan eine nette Idee, aber wie schafften wir es, den Briefumschlag an die Polizei zu senden, ohne unsere Identität preiszugeben? Würde man einen solch ominösen Briefumschlag überhaupt ernst nehmen oder würde er ungeachtet in den Tiefen der Polizeiarbeit verschwinden? Ich stutzte. Doch da ich für den Moment keine bessere Idee hatte, grübelte ich mit Julie über korrekte Formulierung und sinnvolle Satzzeichen. Wir beschränkten uns auf wenige kurzgehaltene Sätze, die wir in Großbuchstaben auf das Blatt schrieben:

Die beiden Männer auf den Ausweisen sind Verbrecher und haben einen Mord begangen. Auf dem Stick sind Überwachungskamerabilder, die das belegen.

Zwar nicht Pulitzerpreis-verdächtig, aber zumindest kurz und bündig. Darunter hatte Julie die genaue Minutenangabe der Videoaufnahme geschrieben und wir falteten den Zettel zusammen, steckten ihn in den Briefumschlag und wickelten diesen in den Stoffbezug, den wir sorgfältig im vorderen Reißverschlussfach des Rucksacks verstauten. Abfahrt. Ich streichelte Julie über den Arm und sie schenkte mir ein Lächeln, das ich noch viel mehr zu schätzen gewusst hätte, wenn mir in dem Moment bewusst gewesen wäre, dass es das letzte für eine lange Weile war. Doch so öffnete ich voller Glückseligkeit die Tür zum Flur, in der Hoffnung, nun würde alles auf ein Ende zulaufen.

Kapitel 26

Ich war bereits zum Wagen gegangen und hatte unser spärliches Gepäck inklusive eines Hasen und einer Blumenvase auf der Rückbank verstaut, als Julie strammen Schrittes auf mich zukam. Sie donnerte mir einen schmalen, langen Gegenstand vor den Bauch, den ich im letzten Moment noch zu fassen bekam und setzte sich selber wortlos auf den Beifahrersitz. Ich stutzte und blickte an mir hinab. Sie hatte mir eine Vodkaflasche mitgebracht, an dessen Hals ein kleiner Zettel baumelte.

»Was im Keller passiert, bleibt auch im Keller« - *Lieber Günther, danke für die schöne Nacht. Melde dich gerne, wenn du nochmal in der Nähe bist.*
Doreen

Darunter stand eine Telefonnummer, die ich ohne einen weiteren Gedanken daran zu verschwenden in meine Tasche steckte. Ich grinste still in mich hinein und freute mich über die liebe Geste. Dann blickte ich auf und sah im letzten Moment Julies Kopf zurückschnellen, der nun stur geradeaus schaute und mich keines weiteren Blickes würdigte. Das Lachen blieb mir im Halse stecken. Was in diesen Frauenköpfen vor sich ging, konnte man ja nie so sicher sagen. Aber möglicherweise hatte sie die Sache, die eigentlich gar keine Sache war, sondern eher sachdienlichen Zwecken diente, reichlich verkehrt aufgefasst. Doch gerade, als ich beginnen wollte, ihr sachlich zu erklären, dass die sachdienliche Sache, die aber nicht die Sache war, von der sie dachte, dass sie eine große Sache war, setzten sich die anderen beiden dazu und Erwin ließ gut gelaunt den Motor summen. So starteten wir den Tag mit einer Gewitterwolke des Schweigens in einem Leichenwagen und machten uns auf den Weg zum Krematorium. Willkommen auf dem Weg in die Hölle – Teil zwei.

Eigentlich dauerte die Fahrt nur wenige Minuten. Doch wenn man ungeduldig auf etwas wartet oder etwas auf dem Herzen hat, wird jede Sekunde zur Zerreißprobe. Ich schaukelte mich im Sitz von einer auf die andere Seite und trommelte ungeduldig auf den Fensterrahmen ein. Robin bedachte mich kurz mit einem Blick von der Seite, wendete sich dann jedoch ab und sah dann doch lieber zur Sonnenscheinseite heraus, die nicht von der Stimmung eines noch jungen Griesgrams verhangen war, der die Welt schon länger nicht mehr verstand. Vielleicht dachte er, ich sei nur ein wenig aufgeregt, weil wir ins Krematorium fuhren. Dass mir das so gerade ziemlich an meinen vier Buchstaben vorbeiging, die in meiner Sprache mindestens fünf verdient hätten, konnte er schließlich auch nicht wissen. Und so gab ich weiter das HB-Männchen, das man vorsorglich angeschnallt hatte, bis der Leichenwagen endlich auf den Parkplatz des modernen und freundlich aussehenden Krematoriums einbog. Ein wenig loser Kies zerbarst unter dem Gewicht des Leichenwagens und sprang geräuschvoll zur Seite. Ich war der erste, der ausgestiegen war und tippelte nun von einem Fuß auf den anderen, während die anderen sich noch sortierten und sich zunächst Robin und dann Erwin an meine Seite gesellten. Schließlich stieg Julie mit der Urne aus und ging schnurgerade an mir vorbei auf das Gebäude zu. Und obwohl ich versuchte, mit ihr zu sprechen und dabei wie ein Clown auf einem Einrad um sie umhertänzelte, schaute sie durch mich hindurch, als wäre ich nur ein Lufthauch, der nicht greifbar an einem vorbeizieht. Nun stand ich also wieder am Anfang. Einem Anfang, der sich wie ein Ende anfühlte und der doch jede Hoffnung im Keim erstickt hatte. Die Vergangenheit zeichnet eben ohne Radiergummi und lässt sich nur mit viel Glück und bunten Farben übermalen.

Voller Unbehagen stand ich in dem Raum, in der sich feste Materie in Staub verwandelte und Lebensgeschichten in Asche zerfielen. Zumindest in einem Vorraum davon, denn ich sah weder einen großen Brennofen, noch andere Dinge, die auf Tod und Vergänglichkeit hindeuteten. Stattdessen stand direkt gegenüber der Tür ein großer, einladend wirkender Besprechungstisch aus Holz, der mit Kerzen und Blumen geschmückt war. Die Wände waren mit stilvollen schwarz-weißen Bildern dekoriert und geschmackvollen Gestecken in hohen Vasen drapiert. In meinen Hosen machte sich langsam aber sicher eine ganze Ameisenkolonie zu schaffen und so begann ich, mir geschäftig wirkend die Bilder anzusehen. Plötzlich öffnete sich die Tür hinter dem Besprechungszimmer. Ein junger Mann in schwarzem Anzug betrat den Raum und begrüßte uns mit festem Händedruck. Wir nahmen Platz. Ich setzte mich neben Julie, der das jedoch gleichgültig zu sein schien, und der Mann bot uns Kaffee oder Tee an, den wir dankend ablehnten. Im Vorfeld hatten wir besprochen, dass Erwin das Gespräch führen sollte, denn ein Bestatter mit einer zufällig in die Hände gefallenen Urne erregte meist weniger Aufmerksamkeit als fremde Menschen mit einem noch fremderen Menschen, der sich in einer Urne befand. Im Tonfall eines Menschen, der erklärt, er vermisse seine Brille, die er soeben noch in der Hand hielt, erläuterte Erwin, dass er sich nicht mehr sicher war, wer der Besitzer der Urne sei.

»Heutzutage wächst einem ja alles über den Kopf. Der ganze Papierkram, dieses Internet und dazu noch die ganzen Formulare, damit alles seine Richtigkeit hat. Ich bin ja nun mal auch nicht mehr der Jüngste.«

Ohne weitere Erklärungen übergab er kurzerhand den Schamottstein, den der Jüngere an sich nahm und der mit dem Daumen über die eingravierte, aschebenetzte Nummer strich. Er runzelte die Stirn. Irgendwas an der Geschichte missfiel dem jungen Mann. Doch Erwin redete unbefangen weiter.

»Der Markt ist heutzutage ja sozusagen von Leichen übersäht. In jeder Ecke taucht eine auf. Hier ‚ne Leiche, dort ‚ne Leiche, überall ‚ne ...« Das »Mäh mäh« verkniff er sich im letzten Moment. Der Jüngere hatte sein Pokerface aufgesetzt, wie er es in seinem Beruf wahrscheinlich tagtäglich nutzte, stand auf und meinte, dass er in der Datenbank kurz nachschauen müsse. Zusammen mit Erwins Ausweis – »Der Form halber«. Er verließ den Raum und wir blieben schweigend zurück. Denn für den Moment waren alle Worte gesprochen und jedes weitere hätte uns vermutlich nur böse Fallen gestellt, aus denen wir uns wieder hinausbuddeln hätten müssen. So hing jeder von uns seinen eigenen Gedanken nach, die mal freundlicher und mal feindseliger waren und letztendlich doch alle ganz klein wirkten, in einem Raum, der so viele Kapitel beendet hatte.

Nach einer Weile kam der Mann zurück und hielt den Stein mitsamt eines Datenblattes in der Hand. Er habe die Nummer des Verstorbenen ausfindig gemacht und da ich vor meinem geistigen Auge bereits das Wort Waltraut aufgemalt hatte, war ich zunächst irritiert, als der Mund des Mannes einen ganz anderen Namen formte. So irritiert, dass ich den Namen nicht hörte und deshalb einfach versuchte, die Reaktion der anderen zu kopieren. Verständnisvoll, einvernehmlich nickend und vor allem eben so, wie man sich verhielt, wenn man nicht auffliegen wollte. Erwin wollte nach dem Stein greifen, doch der Jüngere zog ihn zurück und verschränkte die Arme vor dem Bauch. Erwin hatte nicht den vertrauenerweckendsten Eindruck gemacht und als der Jüngere nun erklärte, dass er die Urne nur an den rechtmäßigen Besitzer aushändigen dürfe, wunderte mich das kaum. Stattdessen bat er im Gegenzug Julie, ihm die Asche nun zu übergeben, da sie schließlich keine Angehörige oder die eingetragene Besitzerin sei. Nun war es an Julie, die Urne vor ihm zurückzuziehen und ihn misstrauisch zu mustern. Doch es half nichts. Um die Situation zu entschärfen, log Erwin ins Blaue hinein, dass man ihm doch die Urne übergeben habe und über den Aufenthaltsort Bescheid wisse. Eben diese Art Blödsinn, die man vor sich her faselt, ehe das Kind in den Brunnen gefallen ist. Und da der Jüngere engagiert war und vermutlich selber keine Lust hatte, eine verschollene und wiedergefundene Urne zu verwahren, griff er sogleich zum Telefon und rief den rechtmäßigen Besitzer an. Wir beobachteten ihn, wie er die Nummer eintippte und malten Kreuzchen unter dem Tisch. Es tutete in der Leitung. Und wieder. Wir wussten nicht, worauf wir hoffen sollten, und so starrten wir alle gebannt auf den Hörer, während sich vor mir bereits das Loch auftat, in dem wir in wenigen Sekunden versinken würden. Mit einem Mal nahm jemand ab. Es meldete sich eine Person am anderen Ende der Leitung, die offenbar sehr überrascht schien, dass ein Anruf sie erreichte.

»Guten Tag, ist dort Frau Strohmann am Apparat? Hier spricht ...«, weiter hörte ich nicht zu. Strohmann. War das nicht Waltrauts Nachname gewesen? Ich stutzte. Die Frau am Telefon war hörbar begeistert, mit jemandem reden zu können und erzählte sogleich von ihrem heutigen Friseurtermin und ihrem dürftigen Mittagessen, das sie sich zubereitet hatte, was zu ihren Zwecken ja dienlich sei, aber ein richtiges Steak auch eine feine Sache wäre. Der junge Bestatter kam kaum zu Wort und sobald er den Mund öffnete, hörte man es auf der Gegenseite aufgeregt schnattern. Als sich endlich eine Lücke auftat, rief der Mann in purer Verzweiflung ins Telefon.

»Ihr Mann ist hier. Also wir haben ihn gefunden.«

Stille. Gefolgt von Geschnatter, dass es sich um eine Verwechslung handeln müsse und ihr Mann längst tot sei.

»Nein, nein, ich meine die Urne. Mit der Asche ihres Mannes, Heinz Strohmann!« Schweißtropfen standen auf seiner Stirn.

Aufgeregtes Murmeln. Ich verstand irgendwas mit das sei ja großartig und seit er weg wäre, sei sie ja furchtbar einsam gewesen.

»Ein gewisser Bestatter Meisels hat sie zu uns gebracht. Sollen wir die Urne hier aufbewahren, bis Sie die Möglichkeit haben, sie abzuholen?«

Abholen? Das war zu viel für die Dame. Sie hatte am nächsten Morgen noch einen Arzttermin und am Mittwoch sei immer Markttreiben in der Stadt. Also, sie wisse nun wirklich nicht. Gäbe es nicht noch eine andere Möglichkeit? Erwin flüsterte dem Jüngeren zu, dass wir bereit wären, die Asche zu ihr zu bringen, der den Vorschlag, mittlerweile vollkommen fertig mit den Nerven, übernahm, was Frau Strohmann mit einem entzückten Ausruf bejahte. Ob denn der Besuch Apfelkuchen mögen würde?

Mit einem verschmitzten Grinsen und einer Urne samt Datenblatt verließen wir das Krematorium und der Himmel kam mir selten so einladend blau vor. Die Stimmung im Wagen war ausgelassen, wenn man von der kleinen Gletscherspalte absah, die sich zwischen Julie und mir gebildet hatte. Doch da ich mir vorgenommen hatte, die Welt nicht immer im düsteren Schatten meiner unausgesprochenen Sorgen zu betrachten, nutzte ich die Öffnung, um meine Gedankengänge darin zu versenken. Und lauschte Erwin, der in Dauerschleife die Situation wiedergab, die wir zwar alle miterlebt hatten, die sich bei ihm jedoch so lebendig anhörte, dass mich die Euphorie direkt noch einmal packte. Siege sollte man feiern wie sie fallen und wir hatten den Hauptgewinn abgestaubt. Zumindest hoffte ich das, denn insgeheim fragte ich mich, ob es nicht leichter gewesen wäre, Waltraut, deren Name eigentlich Heinz war und der selig in der Urne lag, einfach im Krematorium zu hinterlassen. Doch nun konnten wir die leibhaftige Waltraut kennenlernen und manchmal musste man im Leben einfach nur darauf vertrauen, dass alles einen Sinn ergibt, auch wenn die Sinnlosigkeit sinniger zu sein scheint.

Kapitel 27 / *Kapitel 8*

Im Stillen freute ich mich, der Geschäftigkeit der Stadt mit ihrem zweispurigen Fahrbahnstress bald den Rücken zuwenden zu können und wieder zurück in die Stille der Eifel zu sinken. Schon bald wurden wir von den sanften Hügeln der Vulkaneifel umschlossen und ich tauchte in meine Gedanken ab, während uns Erwin von den beiden mittelalterlichen Burgruinen erzählte und vom traumhaften Lieserpfad, der durch den verwunschenen Wald führte. Wir erreichen den Ort und ich erfreue mich an der gemütlichen Wohngegend und den gepflegten Gärten. Wir gingen auf ein schmuckes Einfamilienhaus der Sechzigerjahre mit Spitzdach und grünen Fensterläden zu, in dem die Welt noch in Ordnung war und uns der verführerische Geruch von Apfelkuchen entgegenwehte. Wir schickten Erwin vor, der mit stolzgeschwellter Brust mitsamt der Urne auf die Türschwelle trat, deren Pforte sich wie von Geisterhand öffnete, noch bevor er die Klingel hatte betätigen können. Eine rundliche Frau mit roséfarbenen Wangen und hochgesteckten grauen Haaren öffnete die grün getünchte Eingangstür. Ein Augenblick, der einem Sonnenaufgang gleichkam. In ihren Augen strahlte eine aufrichtige Herzenswärme und ohne ein Wort zu verlieren, folgten wir ihr in eine kleine Blumenoase, in der sie mit ihren geblümten Kleidern fast mit der Tapete verschmolz. Unschlüssig standen wir in einer schmalen Wohnküche und sahen uns um. Der Tisch war bereits mit goldenen Sammeltassen mit Blumenornamenten eingedeckt, die Filterkaffeemaschine gurgelte sanft vor sich hin und der Duft von Zimt und gebratenen Äpfeln umhüllte mich. Der Dielenboden, auf den irgendwann im Laufe der Jahre billiger PVC-Boden geklebt worden war, knarzte bei jeder Bewegung und mischte sich mit dem Ächzen der alten

Holzbank, auf der Julie und Robin Platz nahmen. Ich rührte mich nicht und ließ den Raum auf mich wirken. Auf den ersten Blick machte alles einen ziemlich überladenen Eindruck und auch auf den zweiten Blick wurde es nicht besser. Doch je genauer ich mir die einzelnen Gegenstände ansah, desto mehr Details entdeckte ich in dem Wirrwarr aus Farben, Formen und Materialien. An der orange-gemusterten Tapete hingen aus roter Wolle gehäkelte Fotorahmen als eine Art Familienstammbaum angeordnet, nebst einem großflächigen Fotokalender mit Urlaubsdestinationen, der wiederum von persönlichen Urlaubsbildern umringt war. Neben der kleinen Sitzecke fand sich eine große Glas-Vitrine aus Eichenholz, in der diverse Gläser und Schalen Platz gefunden hatten. In den Holzriemen steckten Postkarten und vergilbte Einladungskarten zu längst vergangenen Festivitäten. Die Küchenzeile schimmerte in einer zitronengelben Sperrholzoptik, deren Verspieltheit in starkem Kontrast zu den modernen Elektrogeräten stand, die die Arbeitsfläche säumten. Zwischendrin fanden sich allerlei kleine Porzellanfigürchen, Blumenkübel und mit Kugelschreiber beschriebene Notizzettel. Als ich mich langsam im Raum drehte und der grau-blaue Boden mit dem gelb der Vorhänge verschwamm, huschte ein flüchtiges Grinsen über mein Gesicht: Wenn man das Haus von Waltraut gesehen hatte, bedurfte es eindeutig keinem Fahrzeugbrief mehr, der bescheinigte, dass das Wohnmobil ihres gewesen war. Lächelnd setzte ich mich auf einen mit rotem Samt bekleideten Holzstuhl, dessen Rückenlehne ein dumpfes Knarzen von sich gab. Dabei fiel mein Auge auf eine Stelle, an der jegliches Sonnenlicht fehlte: Auf der Fensterbank stand in einem dunklen Holzrahmen ein schwarz-weißes Portrait von einem lächelnden Mann, der seine Hand zum Gruß erhoben hatte. Das Bild war von einer weißen Rose und einer Kerze flankiert, deren Licht bereits erloschen war. Erloschen wie ein Leben, das die letzten Atemzüge gegeben hatte.

Ich betrachtete das wettergegerbte Gesicht und die Augen, die so viel ausstrahlten und doch stumm bleiben. Ohne den Mann je gekannt zu haben, war ich mir sicher, dass er ein herzlich ehrlicher Mensch gewesen war, der alles gegeben hatte, um seiner Familie ein schönes Leben zu bereiten. Und als ich seinen Namen gedanklich flüstern wollte, musste ich bittere Tränen herunter blinzeln, die mit jedem Atemzug beharrlicher aufstiegen.

Waltraut servierte uns heißen Filterkaffee, zusammen mit frisch geschlagener Sahne und noch warmem Apfelkuchen, wie ich ihn sonst nur aus der Werbung kannte. Erwin rückte ihr, ganz der alten Schule nach, den Stuhl zurecht und Waltrauts roséfarbene Wangen glühten noch ein Stück mehr auf. Sie tat jedem von uns ein Stück auf und ich überlegte, wie viele wohl jeder bekommen dürfte, ohne allzu gefräßig zu wirken. Auch Erwin lobte Waltrauts Kuchen in höchsten Tönen, was sie nicht nur reichlich verlegen machte, sondern auch sichtlich charmant fand. Wir übten Smalltalk. Oder, um es besser auszudrücken: Waltraut übte Smalltalk. Die Dame hatte scheinbar länger keinen Besuch gehabt und so erzählte sie über das Wetter, den Garten und ihre liebsten Apfelkuchenrezepte. Sehr zur Freude Erwins, der das alles höchst interessant fand und eifrig nickte. So kam es, dass die beiden bei meinem zweiten Stück Kuchen bereits beim »Du« angekommen waren und bei meinem dritten Erwin Waltraut noch einen zusätzlichen Schlag Sahne auf den Teller tat, damit »An das Mädchen was drankäme«. Waltraut giggelte wie ein Schulmädchen und bekleckerte mit der Sahne prompt die bunte Blümchenbluse, der Erwin sogleich mit einem Taschentuch zur Hilfe eilte, wodurch Waltraut nur noch lauter giggelte. Und da ich nicht mehr wusste, wohin ich blicken sollte, legte ich mir noch ein viertes Stück Kuchen auf den Teller und schob die Rosinen etwas peinlich berührt von einer Ecke zur nächsten. Als der Kaffee leer war und mein Stück Kuchen langsam einem Schlachthof glich, sah Waltraut überrascht auf, weil sie Zeit und Raum vergessen hatte. Als die Teller schließlich abgeräumt waren, meine Kuchenreste entsorgt waren und die Tassen eingeweicht waren, konnten wir endlich zum Wesentlichen kommen: Zum Eierlikör. Denn den tischte Waltraut nun begeistert auf und freute sich darüber, dass sie endlich jemanden zum Anstoßen gefunden hatte. Und da man mit einem Bein bekanntlich schlecht steht, wurde sogleich der nächste eingeschenkt, der dann auch fix getrunken war. So verlief der Nachmittag doch wesentlich feuchter und fröhlicher als gedacht und die kleinen Staubkörnchen waren bald vergessen. Zumindest so lange, bis Waltraut sich erschöpft zurücklehnte und mit der Schürze ihre Lachtränchen aus dem Augenwinkel wischte.

»Ach Kinder, schön, dass ,er da seid. Wisst ihr, eine alte Jungfer wie ich bekommt so selten Besuch. Meine Enkel lassen sich kaum blicken und auch meine Kinder sind nur am Arbeiten. Würden die beiden Männer nicht regelmäßig vorbeischauen, würde ich an manchen Tagen keine Menschenseele sehen.«

Sie seufzte hörbar auf. Erwin tätschelte ihr verständnisvoll die Hand und Julie schickte ihr einen liebenswerten Blick.

»Aber wie habt ihr denn meinen Heinz eigentlich in die Hände gekriegt?«, fragte sie nach einer kurzen Unterbrechung und sah fragend in die Runde.

Ich verschluckte mich an meinem letzten Schluck Eierlikör und bekam einen Hustenanfall, der sich gewaschen hatte. Oder auch nicht gewaschen hatte, denn in meinem Rachen brannte ein Höllenfeuer. Ich sog ein paar Mal scharf die Luft ein und hoffte, dass der frische Wind das Feuer löschte. Doch wie im echten Leben, zündete der kleine Feuerteufel bei jedem Atemzug erst richtig durch und so hatte ich meine liebe Mühe, die Sprache wiederzufinden, um den vielen fragenden Augenpaaren zu antworten, die mich interessiert musterten.

»Also«, krächzte ich und wurde von einer erneuten Hustenwelle geschüttelt. »Das war so.«

»Bis sich unser Casanova hier ausgekotzt hat«, Julie fixierte mich mit einem feindseligen Blick und sagte dann liebevoller in Richtung Waltraut, »wie wäre es denn, wenn du uns erst einmal erzählst, wie du … Heinz … also die Urne verloren hast?«

Ganz erpicht darauf, endlich wieder selber sprechen zu dürfen, begann Waltraut aufgeregt zu erzählen.

»Also der Heinz, der liebte es immer zu reisen. Der ist schon als er klein war immer mit seinen Eltern weggefahren. Und, als wir dann geheiratet hatten, …« Sie erzählte uns von gemeinsamen Sommerurlauben und Campingtrips. Von dem ersten eigenen Wohnwagen, mit dem sie immer zur Ostsee gefahren waren und den vielen Sonnenuntergängen, die sie dort gemeinsam gesehen hatten. Von lustigen Pannen und gemütlichen Rotweinabenden. Ich spürte eine Sehnsucht aufsteigen, wie ich sie lange nicht mehr gespürt hatte. Nach dem Laissez-faire des Lebens, Abenden am Meer und der Liebe des Augenblicks. Ich sah Bilder von See und Strand, Bergen und Tälern aufkommen. Blicke in Kinderlächeln und Freudentaumeln. Vor meinen Augen tanzten die Bilder, die Waltraut uns in die Ohren legte und Gedanken, die nur mir gehörten. Waltraut berichtete, wie sehr Heinz es geliebt hatte, den Wohnwagen zu packen und letzte Vorbereitungen zu treffen. Von seinem schelmischen Lausbubenlächeln, in dem sie immer den kleinen Jungen sah. Dann wurde ihre Stimme schwer:

»Als dann die Kinder alt genug waren, das Haus abbezahlt war und sich Heinz endlich zur Ruhe setzen konnte, wollte er sich seinen Traum erfüllen. Wir haben ein Wohnmobil gekauft und wollten die Welt entdecken. Doch eine Woche später entdeckte man den Tumor bei ihm.«

Sie sprach nicht weiter und vor ihren Augen konnte man die dunklen Schatten vorbeiziehen sehen, mit denen sie gekämpft hatte. Erwin nahm ihre Hand in seine und sie lächelte dankbar. Sie brauchte eine Weile, bis sie sich gesammelt hatte.

»Als wir wussten, dass es zu Ende gehen würde, versprach ich ihm noch, dass ich das alles für uns erleben würde. Ich sagte, ich fahre mit ihm um die Welt und zeige ihm all die Dinge, die er nicht mehr sehen konnte.« Ihre Stimme brach. Sie setzte einige Male an und schaffte es schließlich, weiterzusprechen.

»Doch ich traute mich nicht. Es war alles gepackt. Er, also die Urne, war im Wohnmobil verstaut und jeden Tag nahm ich mir vor, aufzubrechen. Doch ich schaffte es nicht. Ich wusste nicht wohin und alleine hatte ich keine Freude mehr daran.« Sie stockte. Ihre Augen füllten sich mit Tränen und der Mund verzog sich zu einer zitternden Grimasse, unter der sie jedes Wort nur mit viel Kraft hervorpressen konnte. »Und als ich dann, wie jeden Morgen, wieder bereit war, nun aber endlich loszufahren, war das Wohnmobil plötzlich weg. Geklaut. Und Heinz auch.«

Sie stand auf, goss sich ein Glas Wasser am Hahn ein. An ihren zitternden Fingern erkannte man, dass es eine Flucht aus der Trauer war. Manchmal ist es leichter, etwas zu tun, als zu beobachten, dass etwas mit einem getan wird. Und so klammerte sie sich an die Spüle, führte das Glas zum Mund, ohne einen Schluck zu trinken und setzte es wieder auf der Arbeitsplatte ab. Beschämt, sie in eine solche Situation gebracht zu haben, senkte ich den Blick und schaute erneut auf das Foto, das lange Zeit das einzige gewesen war, das Waltraut noch blieb.

Eine lange Weile hörte man nur noch das Ticken einer Kuckucksuhr, die beständig im Takt der Zeit lief. Draußen brach alsbald die Dämmerung an und eine schneidende Schwere senkte sich über uns, die jedes weitersprechen erschwerte. Doch eine Frage beschäftigte mich noch, die ich ihr stellen musste. Ich atmete einige Male tief durch: »Und weiß man, wer das Wohnmobil gestohlen hat?«

Dankbar, dass sie nicht weiter über Heinz sprechen musste, antwortete Waltraut nun gefasster: »Nein, die Polizei hat alles aufgenommen und sagte, dass es sein könnte, dass es in andere Ermittlungen verwickelt sei. Oder so ähnlich. Dies Polizeijeschwafel han' ich noch ens nie richtisch verstommisch.« Obwohl sie sich bemühte Hochdeutsch zu sprechen, fiel sie bei den letzten Worten aus lauter Wut in den typischen Eifeldialekt.

»Zeit für ein Eierlikörchen. Das Leben muss ja weitergehen.« Ich nickte still.

Nun war es an mir, die Hosen herunterzulassen und ich erzählte erneut die Geschichte, die mir mittlerweile so in Mark und Bein übergegangen war, die sich fast anfühlte, als wäre sie nur für mich bestimmt gewesen. Das eine oder andere Detail behielt ich für mich; schließlich wollte ich die Geduld unserer Gastgeberin nicht zusätzlich reizen. Und letztendlich war es ja auch kaum entscheidend, ob sich in der Urne Schmuck befunden hatte oder aber ein Computerstick, auf dem im wahrsten Sinne des Wortes ein Mordsvideo aufgezeichnet war. Eigentlich erzählte ich wirklich nur das Nötigste und doch war ich erschrocken, wie viel ich erlebt hatte. Waltraut hörte aufmerksam zu, goss sich zwei, drei Eierlikörchen ein und grunzte das eine ums andere Mal missbilligend auf. Als ich an der Stelle angekommen war, in der wir aus der Zeitung erfahren hatten, dass das Wohnmobil an einem Sammelplatz gelandet war, schrie sie mit einem Mal empört auf. Sie verstand nicht, warum sie nicht schon längst informiert worden war, wenn wir uns doch auch ihre Adresse notiert hatten und auch wir tauschten fragende Blicke aus. Julie war die erste, die sich aus der Ohnmacht befreite und versprach Waltraut, ihr gleich den Artikel aus der Zeitung mit den Polizeidaten zu geben, der noch in den Untiefen ihres Rucksacks verstaut sein müsse. Ich erzählte weiter. Von der

Begegnung mit Robin und der Schießerei, dem Unfall, der Zeit bei Erwin und endete bei dem kurzen Abstecher ins Krematorium, in dem die Reise fast gescheitert wäre. Ein abruptes Ende gefunden hätte.

Als ich meine Erzählung abschloss, fing Waltraut mit einem Mal erneut zu giggeln an und zuerst dachte ich, dass sie vielleicht ein Gläschen zu viel getrunken hatte, was zwar sehr wahrscheinlich auch der Fall, aber nicht der ausschlaggebende Punkt war. Ihr Lachen wurde immer lauter und schließlich stimmten wir mit ein, weil wir kaum anders konnten, als uns anstecken zu lassen. Wir lachten so laut und die Welt stand für einen Moment ganz still da. Doch als ihr Lachen verklang und die Ruhe zurückkehrte, prasselte auch die Surrealität der Situation auf uns ein. Waltraut atmete einige Male hörbar ein und aus. Die Anspannung war von ihr abgefallen

»Ach Kinder, das ist wirklich schön. Als Heinz noch lebte, interessierte sich niemand für ihn. Und nun ist er mit euch durch die halbe Welt gereist, hat neue Freunde gefunden und selbst Unbekannte erkundigen sich jeden Tag, ob die Urne gefunden wurde. All das, was er nicht mehr erleben konnte und vor dem ich so große Angst hatte, habt ihr ihm geschenkt.«

Ein dankbares Lächeln bildete sich auf ihrem Gesicht und Erwin nutzte die Gelegenheit, um ihr erneut die Hand zu tätscheln. Robin, Julie und ich lächelten verlegen und blickten zu Boden. Und fast wäre ich vor Stolz dahingeschmolzen, hätte sich nicht diese eine Unstimmigkeit in mein Gehör gefressen, die ich nicht zu greifen bekam. Doch mir blieb keine Zeit weiter darüber nachzugrübeln. Erwin und Waltraut verfielen zurück in ihre Teenager-Liebeleien und Julie verabschiedete sich aus der Situation mit dem kurzen Hinweis, nur eben den Zeitungsbericht aus dem Rucksack holen zu wollen. Ich betrachtete verlegen meine Schnürsenkel und Robin war in seine kleine Welt abgedriftet, bis ein markerschütternder Schrei uns aus unseren Gedanken riss.

Kapitel 28

Ich war der erste, der von seinem Stuhl aufgesprungen war, und rannte zur Eingangstür. Stieß dabei ein scharfkantiges Metalltischchen um, das sich tief in mein Fleisch bohrte. Doch dafür hatte ich keinen Blick. In wenigen Schritten hetzte ich zur Eingangstür, gefolgt von Robin, der sich in einer Mischung aus Bank und Tischbeinen verfangen hatte. Wir liefen hintereinander her und prallten fast mit Julie zusammen, die uns mit weit aufgerissenen Augen in der Tür entgegenkam. Sie rang nach Luft und zeigte wortlos nach draußen. In ihrer Hand baumelte der Rucksack mit der Vase und auf der Schulter balancierte sie das weiße Kaninchen, das mich todeslustig anblinzelte. Ich drückte mich an ihr vorbei und sah aus der geöffneten Tür hinaus. Zunächst wirkte alles friedlich. Die Vögel zwitscherten und kein Wölkchen kreuzte den Himmel. Ein Käuzchen schrie. Auf der Straße sah man weit und breit keine Menschenseele. Und gerade, als ich Julie fragen wollte, welche Laus ihr über die Leber gelaufen war, sah ich es: Jemand hatte die Reifen des Leichenwagens aufgestochen. Ich musterte das Auto genauer und sah, dass eines der Fenster eingeschlagen war. Mein Herz pochte. Ohne etwas zu sagen, drückte ich Robin hinter mir zurück ins Haus hinein. Verschloss die Tür und ließ mich kraftlos an ihr hinabgleiten. Mein Arm kribbelte. Schweiß lief mir an den Schläfen hinab. Irgendwas oder irgendwer musste dort draußen sein. Und hatte nach etwas gesucht, was er im Auto vermutete. Vielleicht eine Leiche? Ich runzelte die Stirn und dann fiel es mir wie Schuppen von den Augen: Sie hatten mich gefunden. Uns gefunden. Und nach der Urne gesucht, die sie für immer hinter schwedische Gardinen bringen würde. Plötzlich wirkte es im schmalen Flur heiß und eng. Ich bekam keine Luft mehr und versuchte mir mein T-Shirt vom Leib zu reißen.

Ich hechelte, um das letzte bisschen Sauerstoff in meine Lunge zu pumpen, die sich plötzlich so klein wie ein Luftballon anfühlte, aus dem man jedes bisschen Luft herausgepresst hatte. Mein Sichtfeld verschwamm und der schwarze Kreis in meinen Augenwinkeln zog sich immer dichter zu.

Plötzlich fuhr ein stechender Schmerz durch meine linke Wange. Noch einmal. Ich blickte auf und sah Julie in bunten Farben vor mir knien. Sie setzte zu einer erneuten Ohrfeige an. Ich blinzelte einige Male. Fast hätte ich sie in meiner beginnenden Ohnmacht allein gelassen. Nur einmal wollte ich stark sein und durfte keine Angst vor der Welt dort draußen haben. Und so richtete ich mich auf und zwang mich zur Ruhe.

Nach einer Zeit begannen wir leise die Rollläden herunterzulassen und ich spürte, wie mein Herz fast in der Brust explodierte, als mein Blick durch den Garten huschte, der so friedlich dalag, als könnte ihn kein Wässerchen trüben. Ich hatte Angst – Todesangst. Doch ich musste jetzt ruhig bleiben. Ein bisschen so sein wie Robin. Wir duckten uns unter Scheiben hindurch und schlichen in die Küche, die nach hinten hinausführte. Sprachen kein Wort, obwohl uns so vieles durch den Kopf ging, das ausgesprochen werden wollte. Draußen war die Nacht über den Tag gefallen und hatte die Lichter des Tages ausradiert. Dunkelheit, die uns hier drinnen zur leuchtenden Zielscheibe machte.

Erwin und Waltraut saßen in friedlicher Ruhe am Tisch und drehten ihre leeren Gläser in den Händen, vermutlich in dem Gedanken, die jungen Leute hätten heutzutage merkwürdige Vorlieben. Erst als Waltraut uns ein Abendessen zubereiten wollte, was wir mit einem choralen »Nein« quittierten, merkten die beiden, dass etwas nicht stimmte. Mit ächzenden Knochen ließen sie sich zu uns auf den Boden herab und ich wusste endlich, welcher Gedanke in meinem Hinterkopf festgesessen hatte:

»Waltraut, du sagtest, dass sich noch zwei Männer für die Urne interessieren Was waren das für Menschen?«

Zunächst wusste Waltraut nicht, wovon ich sprach. Doch dann sah man sichtlich eine Glühbirne über ihrem Kopf aufflackern.

»Ja, das ist richtig. Seit einigen Tagen kommen hier immer zwei Männer zur Mittagszeit vorbei. Nicht sehr gesprächig. Aber freundlich. Sie fragen immer, ob die Urne bei mir angekommen ist. Und sie mögen wirklich gerne meinen Apfelkuchen.«

»Kannst du beschreiben, wie sie aussehen?«

Etwas irritiert blickte sie mich an und spannte dann ihre Arme weit auf.

»So zwei große Kolosse mit ,ner Plät. So schwere Kerle, die immer in dunkle Lederjacken gezwängt sind.«

Mehr brauchte sie nicht zu sagen. Ich hörte das Ticken der Uhr, das mit jedem Schlag lauter wurde, bedrohlicher wirkte. Wir spielten auf Zeit, mussten hier weg, solange es noch möglich war. Ich betrachtete den Hasen, der fröhlich durch die Küche hoppelte und seine Köttel hinterließ, als wäre alles in bester Ordnung, und wünschte mir innigst, bald ebenso frei wieder über Felder hüpfen zu können. Ich massierte mir die Schläfen, ging unsere Möglichkeiten durch und merkte dabei nicht, wie ich laut mitsprach. Umso verwunderter war ich, als Waltraut mir plötzlich auf meine Gedanken antwortete.

»Ich hab ein Auto. Also eigentlich gehört es meinem Untermieter aber ich darf damit jede Woche auf den Markt fahren.«

Sie erklärte uns, vor wenigen Monaten habe sich ein junger Mann, der Soldat und daher kaum zu Hause war, im Ort erkundigt, ob er irgendwo sein Bett unterstellen könne. Und da sie ja sowieso alleine wäre und er eigentlich nur eine Adresse für seine Post brauchte, hatte er kurzerhand die kleine Scheune gemietet, die vielmehr eine größere Garage war, in der Heinz immer gewerkelt hatte. In diese passte gerade so das übergroße Bett mitsamt einer kleinen Kommode, vor der sich fein säuberlich seine Klamottenstapel stapelten. Doch ihm genügte sein kleiner Unterschlupf und das Auto parkte normalerweise in dem kleinen Hof zum Feld auf der Rückseite hin.

Es keimte so etwas wie ein Hoffnungsschimmer auf. Wir konnten fliehen, mit einem richtigen Fahrzeug. Aufgeregt teilte ich den anderen die Nachricht mit.

»Wir müssen jetzt sofort los. Die beiden Kerle haben uns gefunden und wir müssen schnellstmöglich hier weg.«

»Weg? Ne, jetzt fangt ihr auch schon so an wie mein Heinz. Hier habe ich meinen Apfelkuchen und meine Küche. Ich bin zu alt für so einen Kram.«

Nun war es Julie, die sich einschaltete. Mit hektischem Tonfall erklärte sie:

»Waltraut, die beiden Kerle, das sind Mörder. Die machen uns alle kalt, wenn sie uns erwischen.«

»M-ö-r-d-e-r?«, Waltraut schluckte. Die Farbe war aus ihrem Gesicht verschwunden, die Augen vor Entsetzen aufgerissen. »Aber …«

Sie klammerte sich an der Stuhllehne fest, als Julie weitersprach.

»Waltraut, wir müssen nun wirklich hier weg. Und du auch. Bitte!«

Flehentlich sah sie Waltraut in die Augen. Ein Blick, nah und fern, der jedes weitere Wort überflüssig machte. Ein kurzer Moment des Zögerns. Und schließlich war Waltraut bereit – in ein neues Leben aufzubrechen.

Obwohl ich meine Dringlichkeit nicht besser hätte ausdrücken können, brauchte Waltraut gefühlte Ewigkeiten bis sie bereit war. Nach der Aufregung musste sie zunächst nochmal »wohin« und als sie dann schließlich etliche Lagen Stoff runter und wieder hochgezogen hatte, konnten wir endlich los. Wir schlichen derweil im Haus umher, um überall Licht zu machen, damit die Lederjackenträger nicht einordnen konnten, wo wir uns befanden. Mit Sack und Pack und Urne versammelten wir uns schließlich im kleinen Flur. Auf meinen stummen Protest hin, nicht schon wieder die Urne mitschleppen zu wollen, schüttelte Waltraut nur vehement den Kopf.

»Ohne Heinz – ohne mich«, sagte Waltraut in einem Tonfall, der keine Widerrede zuließ. Ihre Wangen glühten vor Aufregung. Heinz durfte hier nicht zurückbleiben, so viel stand fest. Mit einem entnervten Aufstöhnen nickte ich nur stumm, denn ein Urnenausflug mehr oder weniger würde den Braten nun auch nicht mehr fett machen. Wir waren bereit zum Flüchten und ich machte mich auf den Weg zur Hintertür aus der Küche heraus. Doch überraschenderweise winkte uns Waltraut mit dem Finger auf dem Mund heran und lotste uns die Treppe hinab in einen Kartoffelkeller, wie ihn früher jeder im Haus hatte. Nacheinander schlichen wir die schmalen Stiegen hinab. Die Wände waren uneben und es roch nach modriger Erde und Feuchtigkeit. Wir tasteten uns in der Dunkelheit und ohne den Lichtkegel einer Taschenlampe vorsichtig voran, um den Angreifern möglichst keinen Hinweis auf unseren Verbleib zu geben. Waltraut folgte einem Flurverlauf bis in eine Waschküche, die man im Laufe der Jahre ausgebaut hatte. Hier war etwas mehr Platz und mich umhüllte sofort der frische Geruch von Frühjahrsbrise, den ich in diesen stinkigen Zeiten besonders zu schätzen wusste. Ich schlich weiter. Verfing mich in der Dunkelheit in den Fängen einer Wäscheleine, die man quer durch den Raum gespannt hatte. Ich grummelte leise vor mich hin und schaute mich in der Dunkelheit noch einmal um. Meine Augen hatten sich an die Schwärze gewöhnt und das helle Mondlicht tat sein Übriges, um dem Raum Konturen zu schenken. Ich scannte den Boden genau ab, in dem Wissen, bei meinem Talent und mit meinen zwei linken Füßen womöglich sonst in den nächsten Abwasserschacht im Boden zu stürzen. Doch der Boden zeigte keine Auffälligkeiten. Stattdessen konnte ich im Schummerlicht erahnen, dass neben Waschmaschine und Trockner, die man aufeinandergestellt hatte, eine zusätzliche Gefriertruhe lagerte und allerlei Putzutensilien wie Schrubber und Co. aufbewahrt wurden. Ich schaute zu unserem kleinen, bunt gemischten Grüppchen, das Waltraut bereits in eine kleine Ecke gefolgt war, in dem sich eine Tür verborgen hielt. Ich stellte mich dazu und beobachtete, wie Waltraut vorsichtig den Schlüssel drehte und die Tür mit einem leisen Quietschen aufdrückte, das sich im Schatten der Nacht kreischend laut anhörte. Mir stellten sich die Nackenhaare auf und ich rieb mir die Arme, als könnte ich dadurch den Schauer abwenden, der über meinen Körper lief. Waltraut drückte noch einmal fester gegen die Tür, doch sie verharrte in ihrer Position und ließ sich keinen Millimeter weiter öffnen. Vor uns klaffte eine Lücke von vielleicht dreißig Zentimetern, die uns aus den Fängen des Hauses befreien würde. Mit einem Kopfnicken bedeutete sie uns, durch die schmale Öffnung nach draußen zu gehen. Erwin fädelte sich zuerst hindurch und schließlich folgten Julie und Robin, die mit ihrer zierlichen Figur keine Probleme hatten, das Nadelöhr zu passieren. Nun war Waltraut an der Reihe. Sie zog ihren rundlichen Bauch ein und presste sich seitlich durch die Tür. Zumindest versuchte sie es. Denn das Kind steckte fest. Die Panik stand ihr ins Gesicht geschrieben und so nahm ich all meine Kraft zusammen und drückte mich gegen die weichen Massen ihres puddingumwölbten Körpers. Doch so sehr ich auch versuchte mehr Kraft auszuüben, hatte ich das Gefühl, die Masse verteile sich wie Teig um einen Löffel und verpuffte schließlich im Nichts. Die anderen zogen und pressten im Gleichtakt, jedoch ohne Erfolg. Ich änderte meine Taktik und stemmte mich mit meinem Gewicht gegen die Tür. Plötzlich hörte ich ein Poltern oben im Haus. Jemand machte sich am Zugang zum Erdgeschoss zu schaffen. Mit letzter Kraft warf ich mich erneut gegen die Tür, die sich davon jedoch nicht beeindrucken ließ und sich keinen Deut weiterbewegte. Resigniert ließ ich meine Stirn gegen das kalte Metall sinken. Ich saß fest. Wir saßen hier fest. Waltraut und ich. Wie eine Sanduhr, die sich langsam leerte, konnten wir nun nur noch auf das sichere Ende hoffen. Auf ein letztes Zerrinnen der feinen Körnchen warten, die das Leben für immer auslöschen würden. Die Geräusche von oben wurden deutlicher. Ich hörte feste Schritte in dem Zimmer über mir, die durch die schlecht gedämmte Decke wie Kanonenschüsse in meinem Kopf widerhallten. Stumm deutete ich Waltraut mit dem Finger nach oben, die verstand und den anderen das Signal still weitergab. Schweißtropfen bildeten sich auf meiner Stirn. In meinem Hals spürte ich mein Herz im Takt klopfen. Doch statt meine Kräfte schwinden zu sehen, merkte ich, wie ich mit jedem Schlag sicherer wurde. Ich wollte Leben, wollte meine neu gewonnene Freiheit nicht wieder aufgeben. Ich ballte meine Hände zu Fäusten und in meinem Gesicht zeichnete sich der Kampfeswille eines Stieres ab, der die Arena betritt. Ich ging zwei oder drei Schritte zurück, nahm Anlauf und prallte mit meinem ganzen Sein gegen die Tür, die plötzlich nachgab. Nicht viel, doch das reichte aus, damit Waltraut ihren großen Vorbau durch die Öffnung hieven konnte. Der Adler war gelandet.

Die Schritte über meinem Kopf wurden lauter, als die Männer die Holztreppe nach oben stiefelten. Es würde nicht mehr lange dauern, bis auch sie die Kellertüre entdecken würden. Schnell schlüpfte ich durch den Türspalt in die Dunkelheit und atmete die kühle Nachtluft ein, die nach Weite und Freiheit schmeckte.

Mit Schmetterlingen im Bauch huschte ich im Schutze der Nacht bis zu einem Carport, in dem ein schicker Mercedes stand. Wir schlichen zu den Türen und Waltraut fingerte ewig lange an dem kleinen Drücker herum, bis endlich die Verriegelung aufsprang. Das Auto war durch die davorstehende Garage etwas vom Haus abgeschirmt, als gehöre es zum Nachbargrundstück, doch das war natürlich kein Freifahrtschein und die Hummeln im Hintern summten stetig lauter. Kaum, dass wir saßen, rollte das Fahrzeug aus der Einfahrt heraus und ich scannte das Gebäude ab, hinter dessen beleuchteten Gardinen schwarze Schatten eilig umherliefen. Gegenstände flogen durch den Raum. Wir bogen auf die Straße ab und meine Augen hefteten sich an die Kulisse, bis das Haus immer kleiner wurde und schließlich in der Nacht verschwand, während wir in Schrittgeschwindigkeit durch das Wohngebiet eierten.

Zwischen Männern und Frauen gibt es bekanntlich Unterschiede – Große und Kleine, Alte und Junge. Im Körperbau, in der Denkweise, in der Art Humor. In der Herangehensweise und der Prioritätensetzung. Manch einer würde sogar sagen, dass Frauen und Männer von verschiedenen Planeten abstammen. Doch um sich von allen Vorurteilen zu lösen, kann man auch einfach festhalten, dass wir alle Menschen sind, die bestimmte Sachen gut und andere weniger gut können. So auch Waltraut. Apfelkuchenbacken gehörte definitiv zu ihren Stärken. Autofahren eher weniger. Und obwohl sie keinen Hut trug, verhielt sie sich doch genauso wie mit eben jenen Autos, bei denen man schließlich bei einem riskanten Überholmanöver endlich erkennt, dass der Greis, der das Fahrzeug steuert, eigentlich schon längst tot sein müsste. Oder zumindest nicht auf dem Fahrersitz sitzen sollte. Doch was sie alle gemein haben, und das ist das Entscheidende, ist der Hut. Denn Fahrer mit Hut fahren ebenso wie Fahrer, die das Fahren zu Zeiten gelernt haben, in denen Hüte noch modern waren. Und die Autos so gebaut waren, dass man trotz mannshohen Kopfaufbauten noch etwas sehen konnte. Und so wäre ich nun am liebsten auch an Waltraut vorbeigerauscht, die während des Lenkens fast ins Lenkrad biss, während sie das Gaspedal jedoch höchstens mit ihrem Zehennagel streichelte. Meine inneren Hummeln summten und brummten fröhlich weiter und in mir keimte der tiefe Wunsch auf, selber auf irgendetwas zu beißen, um die innere Anspannung ein Stück weit zu lösen. In meinem nächsten Leben würde ich auf jeden Fall meine Autos mit Kauknochen ausstatten, um für den Fall der Fälle gewappnet zu sein. Doch da ich hoffentlich noch eine Zeit in meinem jetzigen währte, blieb mir nur meine Unterlippe, die ich so lange malträtierte, bis sich der Geschmack von Eisen in meinen Mund ergoss. Im Sekundentakt kontrollierte ich die Heckscheibe auf Verfolger, doch glücklicherweise war die Flucht unbemerkt geblieben. Dachte ich zumindest.

Kapitel 29

Ich wusste nicht, wie lange wir gefahren waren und was noch viel entscheidender war, wie weit wir von dem Haus entfernt waren. Irgendwann hatte ich das Gefühl für Zeit und Raum verloren und beschäftigte mich damit, mein Gedankenchaos ein Stück weit zu sortieren. Die Schritte der beiden Einbrecher hallten noch immer hohl in meinem Kopf wider. Mein Blick ging auf die Straße. Die Schilder waren trotz mangelnder Lichtgeschwindigkeit im schwachen Scheinwerferlicht unleserlich geblieben und ich gab mich einfach der Situation hin wie ein Kind, das unwissend und vertrauensvoll in seinem Gurt verharrt. Als die Nacht über uns hineinbrach, passierten wir das Stadtschild von Trier. Trotz der Uhrzeit waren wir bald im dichten Stadtverkehr, bis wir schließlich inmitten der Stadt auf den Parkplatz einer Hotelkette fuhren. Waltraut parkte das Fahrzeug umständlich ein und in meinen Kopf zeigte sich ein stilles Lächeln, da hier auch bequem ein LKW Platz gefunden hätte. Durch einen Nebeneingang gelangten wir in die Hotellobby, buchten drei Zimmer für die Nacht, wovon eines für Waltraut und Erwin bestimmt war, die errötete, als sie die Zimmerkarte entgegennahm. Da wir drei uns nicht einig sein konnten, wer allein schlafen musste, blieb einer der Räume ungenutzt und wir saßen zu dritt in Decken eingewickelt auf dem weichen Hotelteppichboden und starrten in die Anonymität des Zimmers hinein, ohne etwas von dem aufzunehmen, was vor uns lag. Ich tauschte einen Blick mit Julie und spürte, dass die Verzweiflung jeden Kummer vernichtet, jede Skepsis genommen hatte. Trauer verbindet. Und Angst noch mehr. Ich war zwar alleine in *meiner* Welt aber das hier war *unsere* Welt. Ein selbst geschaffener Chaosplanet, den wir alle gemeinsam besiedelten.

Wir saßen eine ganze Weile da. Hörten gelegentlich vereinzelte Schritte auf dem Flur und das Rauschen der Heizung. Wir sonnten uns in der Ruhe, die uns wie eine Kraftoase nach den Schauermärchen der letzten Tage einhüllte. Als ich aus dem Nachbarzimmer Waltrauts vertrautes Kichern hörte, wurde ich unruhig. Jeder sollte so lieben wie er es für richtig hielt, doch anhören musste ich mir das beim besten Willen nicht. Ich räusperte mich und sagte das Erste, was mir in den Sinn kam:

»Doreen ist die Putzfrau, die die Vase gestohlen hatte. Ich wollte es so machen wie du und hab ihr Honig ums Maul geschmiert, um sie zurückzubekommen.«

Jedes Wort wurde beim Verlassen meines Mundes eine Spur leiser, sodass ich die letzten Worte nur noch flüsterte. Julie schüttelte nur stumm den Kopf. Und doch sah man in ihrem Gesicht ein Stück der Anspannung weichen, die seit dem frühen Morgen auf ihr gelegen hatte. Damit schlossen wir ein weiteres Kapitel in einem Buch ab, das eigentlich noch ohne Inhalt vor uns lag. Die Stille kehrte zurück und ich musterte meine beiden Weggefährten, denen die Hilflosigkeit ins Gesicht geschrieben war. Ihre Augen spiegelten das, was in meinem Kopf vor sich ging und so bedurfte es keiner weiteren Worte. Keinem »Wie geht es dir?«, der hohlsten Floskel, seit es Schokolade gibt. Das Leben und die Emotion sind so mannigfaltig, dass man sich eigentlich verbiegen müsste, um allumfassend auszudrücken, wie das werte Befinden ist. Stattdessen gibt man meist nur ein Stimmungsbild ab, das den anderen zufrieden stellt. Oder aber das Gespräch in eine bestimmte Richtung lenkt. Doch hier wollte niemand etwas lenken, schönreden oder in einfache Worte fassen. Jeder von uns wollte nur begreifen – verarbeiten. Ich ließ die Gedanken kommen und gehen wie Wolkenschatten, die an einem warmen Sommertag über die taufrischen Wiesen zogen. Düster und kalt nahmen sie Besitz von mir, wurden von einer kurzen Welle der Wärme durchströmt, bis sich der nächste Schattenteppich lang und zehrend über mir ausbreitete. Frierend wartete ich auf die nächsten Strahlen, die überraschenderweise von Robin ausgesprochen wurden, der nach mir als erster seine Stimme wiederfand.

»Sollen wir uns eine Pizza bestellen?«

Später saßen wir um die fettigen Kartons herum, zogen heißen Käse in fädige Sehnen, die wir uns mit wenigen Bissen einverleibten. An diesem Abend dachte keiner von uns an Bio oder Öko, sondern wir verhielten uns wie Betrunkene, die im fettigen Genuss nach Genugtuung suchten. Die völlige Leere gierig zu stopfen versuchten. Mit jedem Stück kehrte eine Wärme in uns zurück, die die kalten Fesseln durchschnitt. Löste Ketten, die Besitz von uns ergriffen hatten und jede Glückseligkeit verbannten. Kugelrund und mit einem seligen Lächeln im Gesicht dämmerte ich weg und ließ mich von der Müdigkeit übermannen. Im Morgengrauen wachte ich auf dem Boden in eine Decke gehüllt auf und brauchte eine Sekunde, um mich zu orientieren. Julie war irgendwann ins Bett gegangen und Robin lag wie ein Seestern auf dem Boden neben mir ausgebreitet. Es war noch früh am Morgen. Es war die Ruhe vor dem Sturm.

Von der Straße drangen die fernen Geräusche der nahen Geschäftigkeit an mein Ohr, die morgendlichen Arbeiten von Stadtreinigung und Müllabfuhr. Ich ging ins Bad und musste Grinsen, als ich an die Wand schaute und dort die üblichen auf dem Kopf stehenden Seifen- und Shampoospender sah. Manchmal ist es nicht schlecht, wenn das Leben mal auf dem Kopf steht – denn oft kommt mehr dabei heraus. Das Frühstück bestellten wir auf unser Zimmer, zu dem uns Erwin und Waltraut Gesellschaft leisteten. Waltraut sah mit ihren offenen Haaren und den glühenden Wangen gleich zehn Jahre jünger aus und auch Erwin tat eine Frau an seiner Seite sichtlich gut. Die beiden strahlten sich an, als wenn es kein Morgen gäbe und es war schade, dass ihre Liebe keinen leichteren Anfang gefunden hatte. Wir aßen Toast, Ei und gegrillten Speck, Croissants und Gebäck, als wäre es unsere Henkersmahlzeit und ich schob die Fragen auf, die sich stetig mehr in den Vordergrund drängten. Doch bevor ich dazu kam, die Stimmung zu sprengen, hatte Robin die Grazie eines Elefanten, der einen Porzellanladen betreten hatte und brachte den Stein ins Rollen.

»Wenn das hier vorbei ist, möchte ich gerne nochmal neu anfangen«, begann er seinen kurzen Monolog, der immerhin mehr als zehn Worte am Stück enthielt.

Er erzählte uns, dass ihm in der Zeit mit Erwin einiges durch den Kopf gegangen sei und er sich in der Rolle des Bestatters sehr wohl gefühlt habe.

»Meistens muss man nicht viel sprechen, weil die Leute mit sich beschäftigt sind, und den Toten ist es egal, wie man aussieht. Und außerdem habe ich gelernt, dass nicht Routine gefährlich ist, sondern das süße Nichtstun, das einen Tag für Tag in einem Strudel der Nutzlosigkeit mitreißt.« Erwin pflichtete ihm bei und freute sich, einen zwar nicht leiblichen, dafür aber einen leibhaftigen Nachfolger gefunden zu haben. Auch er hatte Zukunftspläne geschmiedet.

»Waltraut und ich wollen bald auf Reisen gehen. Wir wollen endlich die Träume erfüllen, die jeder von uns schon lange in sich hegt«, sagte Erwin.

»Heinz kommt auch mit«, fügte Waltraut freudestrahlend hinzu. »Also, wenn das alles vorbei ist.«

Ich wusste weder, was ich in den nächsten Jahren, geschweige denn in den nächsten fünf Minuten tun sollte und deshalb biss ich lustlos in mein Croissant, das mit einem Mal wie trockenes Papier schmeckte.

»Wir müssen jetzt gleich erstmal die Polizei verständigen, wegen meinem Haus.«

»Und meinem Wagen«, ergänzte Erwin.

»Und dann möchte ich für Heinz etwas richtig Schönes kaufen gehen. Eine neue Urne, damit er mit uns auf Reisen gehen kann. Vielleicht was mit Blumen«, überlegte Waltraut weiter, für die der Abend eine Art Sprungbrett in eine neue Blütenwelt gewesen war. Eine Art Befreiungsschlag aus ihrem selbstgeschaffenen Dornröschenpalast. Und weil mir selbst nichts Besseres einfiel, als irgendwie weiterzumachen, nickte ich die fröhlichen Familienausflugspläne ab, noch nicht wissend, wie abenteuerlich das Ganze enden würde. Waltraut telefonierte mit der Polizei. Lange. So lange, dass ich im Zimmer umherstiefelte, weil ich nicht wusste, wie ich sonst die innere Unruhe besänftigten sollte. Meinen inneren Ameisenhaufen zähmen, in dem jede Ameise in eine andere Richtung lief mit dem dringlichsten Ziel, mich in den Wahnsinn zu treiben. Sie wiederholte den Tathergang bereits zum dritten Mal. In ihrer gewohnt quirligen Art erklärte sie, dass sie niemand anderen schicken könne, der sagen könnte, ob etwas gestohlen worden war. Und nein, sie hätte Todesangst gehabt und wäre überhaupt nicht auf die Idee gekommen, die Polizei eher zu verständigen. Erwin schaltete sich ein und gab seinen Teil der Geschichte zu Protokoll. Nein, die Urne sei ihm zugetragen worden und er hatte den Auftrag bekommen, sie Waltraut zukommen zu lassen. Er wüsste auch nicht, warum jemand sich an dem Wagen und schließlich an dem Haus zu schaffen gemacht hatte. Stocken. Nein, er wusste nicht, woher sie stammte. Das könne ja mal bei den vielen Beerdigungen und dem Gedächtnis eines Siebträgers passieren. Es rührte mich ein wenig, wie sich die beiden um Kopf und Kragen redeten, um uns wie ihre Löwenjungen zu schützen. Sie gaben erneut ihre personenbezogenen Daten durch, bis sich Waltraut trällernd verabschiedete.

»Sujet ävver noch«, schüttelte Waltraut den Kopf.

»Wir müssen aufs nächste Revier fahren. Sie brauchen noch unsere Ausweise und möchten sich Heinz genauer ansehen.«

Wie in einem Tetris-Spiel versuchte ich die Gedanken ineinander zu puzzeln. Das war meine Chance, alles aufzuklären. Ich könnte den Schmuck mitsamt dem Stick in der Urne verstecken, sodass sie bei der Untersuchung rein zufällig ans Tageslicht befördert werden würden. Allerdings hätte ich die Lederjackenträger dadurch womöglich erst richtig wild gemacht und könnte drei Kreuzchen hinter meinem Namen setzen. Würden wir Waltraut mit dem Stick samt Hinweisen ausstatten, wäre klar, dass wir sie ans Messer lieferten, da die Polizei natürlich mit allen Mitteln versuchen würde, herauszufinden, wer den Inhalt des Sticks bereits gesehen hatte. Die Hintergrundmusik wurde stetig lauter, während sich die Klötzchen langsam aber sicher bis zur Decke stapelten. Das Wasser reichte mir bis zum Hals und ich war mir nicht sicher, wie lange ich auf dem unebenen Boden noch stehen konnte, ohne unterzugehen. Waltraut fing an zu drängeln und ich konnte nicht länger den Beschäftigten geben. Ich war mir sicher, dass ich eine Möglichkeit übersehen hatte. Doch ich musste handeln, jetzt sofort. So stiefelten Julie, Robin und ich etwas missmutig dem verliebten Paar hinterher, das bereits am Ende des Flures auf gepackten Taschen saß. Woher die ständige Ungeduld älterer Menschen kam, wollte mir nicht so richtig in den Kopf gehen, aber aus irgendeinem unerfindlichen Grund drängte sich ein Ohrwurm von »The Final Countdown« in meinen Gehörgang.

Ich musste Zeit gewinnen, um Ruhe zu finden. Wollte nachdenken und Schlüsse ziehen. Ich begann zu trödeln und versuchte umständlich, meinen Schuh zuzubinden. Drückte auf die falsche Taste des Aufzugs und stand unnötig lange in der automatischen Tür, deren Automatismus nur dann auslöste, wenn sich der

Türschwellensteher entschlossen hatte, mitzufahren. Oder auszusteigen. Doch da genau dort der Hase im Pfeffer begraben lag, tanzte ich vor der Lichtschranke umher, als wäre es der letzte Solo-Part des sterbenden Schwans. Doch je mehr ich trödelte, desto mehr Zunder gab ich in die Situation. Waltrauts Ungeduld glich mittlerweile dem einer hungrigen Rentnerin an einem All-Inklusive Buffet und ich wartete nur auf den Moment, in der sie mir ihre nicht vorhandene Handtasche überbraten würde. Mitsamt dem geblümten Regenschirm, der glücklicherweise zu Hause neben der Haustür stand. Fieberhaft dachte ich weiter nach und folgte den anderen in Entchenmarschgeschwindigkeit zum Parkplatz.

Das Auto stand erfreulicherweise noch so da, wie wir es verlassen hatten und ich ließ mich neben Robin auf die Rückbank fallen, während zu allem Überfluss nun Erwin das Auto etwas zügiger steuerte. Auf der Straße herrschte die Betriebsamkeit eines Bienenschwarms und wir fädelten uns vorsichtig in deren Reihen ein. Ich beobachtete das Treiben um mich herum und suchte einen Anker, der mir helfen würde, eine Lösung zu finden. Betrachtete die Autos, die um uns kreisten und war doch so in meine Gedanken vertieft, dass ich nicht mitbekam, wie uns ein silberner Transit mit einem bunten Fliesenleger-Emblem in sicherem Abstand folgte.

Trier gilt als älteste Stadt Deutschlands, die bereits durch die Römer gegründet wurde. Die Schönheit der Stadt spiegeln dabei nicht nur die vielen gut erhaltenen römischen Baudenkmale wider, sondern auch die Weinhänge, die auf der anderen Seite der Mosel der Kulisse eine gemütliche Atmosphäre liefern. Doch davon bekam ich leider wieder nur viel zu wenig mit. Bis zur nächstgelegenen Polizeiwache konnte es nicht mehr weit sein und ich beschloss, dass Improvisation die neue Planung war.

»Heute ist so ein schöner Tag. Sollen wir nicht den ersten Morgen in Freiheit mit etwas anderem starten, als von vornherein auf der Polizeistation zu versauern? Heute wird da doch sowieso nichts mehr passieren«, ergänzte ich sicherheitshalber, als ich merkte, dass die anderen mir nur mit einem Ohr zuhörten.

»Ich meine ... Waltraut. Wolltest du nicht Heinz erst noch ein schönes Willkommensgeschenk machen?«

Meine Worte verhallten im Nichts. Das Auto fuhr seiner Wege und nach einigen Augenblicken fragte ich mich, ob ich die Sätze überhaupt ausgesprochen oder sie nur probehalber im Kopf zurechtgelegt hatte, wie so oft, wenn ich vor brenzligen Entscheidungen jede Option durchkaute. Allerdings war ich mir ziemlich sicher, mein Mund habe sich bewegt und mir wurde bewusst, wie flüchtig das gesprochene Wort in vergänglichen Zeiten war. Ich legte meine Stirn gegen die kühle Scheibe und ließ den Verkehr an mir vorbeiziehen.

»Hier links«, hörte ich Waltrauts Anweisungen vom Beifahrersitz und horchte dem dumpfen Klacken der Blinkerleuchte, das augenblicklich einsetzte. Hatte nicht bereits ein Hinweisschild die Polizei in gerader Richtung vor uns angekündigt? Ich stutzte. Waltraut hämmerte nun fortan rechts und links Einweisung in Erwins Richtung, dem es gefiel, eine führende Hand an seiner Seite zu spüren. Mein Kopf war voll und gleichzeitig so abgegrast, dass ich bereit war, mich einfach fallen zu lassen. Und als wir nach einigen Minuten auf den Hof eines Antiquitätenhändlers einbogen, fiel ich dabei fast aus allen Wolken. Denn scheinbar hatten meine unbedarften Worte doch Früchte getragen.

Da Erwin nicht direkt vor dem Eingang parken durfte, stiegen »die jungen Leute« bereits aus. Wir sahen uns ein wenig im Hof um. Ohne jede Struktur standen etliche getöpferte Tongefäße und Schalen, Stäbe mit Glaskugeln und Metallbänke mit geschwungenen Ornamenten verteilt, so dass man kaum wusste, wie man den nächsten Schritt setzen sollte. Allerlei Kitsch und Tinnef türmte sich zu meiner Rechten und Linken auf, für den ich mich im Prinzip nicht die Bohne interessierte. Und so schaute ich lieber in den blauen Himmel, der von einem dichten Wolkenteppich verhangen war. Ein eiskalter Windhauch blies über meine Haut und mich fröstelte es. Ein Unwetter zog auf. Und mit einem letzten Atemzug der frischen Morgenluft drehte ich mich um und betrat das Antiquitätengeschäft, als hinter uns am Bordstein das Fahrzeug eines Fliesenlegers mit leise quietschenden Bremsen zum Stehen kam.

Kapitel 30

Als wir die schwere Glastür öffneten und von einem zarten Glockenspiel begleitet den Laden betraten, prasselten tausende Reize auf mich ein. Uns schlug eine warme Wolkenmischung aus Lavendelduft und Mottenkugeln entgegen, vermischt mit Staub und dem eigenwilligen Geruch vergangener Zeiten. Der teppichbedeckte Boden war übersät mit Krims und Krams, Figuren, Vasen und Sitzmobiliar aus unterschiedlichen Materialien, Stoffen und Farben, durchmischt mit Stehleuchten und Tischen unterschiedlicher Größe, auf denen sich Spitzendeckchen und goldgeränderte Service türmten. Dazwischen fanden sich Stehleuchten, ein ganzer Stapel sorgfältig aufeinandergelegter Brokatteppiche und goldene oder grüne Quasten an jeder Ecke. Die dunkelrot gestrichenen Wände waren tapeziert mit gediegenen Ölgemälden und Wandspiegeln mit Holzapplikationen. Schwere Eichenholzkommoden, Sekretäre und Standuhren waren gegenüber der Eingangstür nebeneinander aufgereiht und von der Decke baumelten diverse Lampen und Kronleuchter, die den Raum in ein schummriges Licht tauchten. Ich war der Letzte von uns dreien, der über die Türschwelle ging und dabei erneut das Glockenspiel erklingen ließ. Vorsichtig bewegten wir uns durch den Laden und jeder war so darauf bedacht, nichts umzuwerfen, dass wir jeden Blick für die Außenwelt verloren. Ich drückte mich an Tischen vorbei und betrachtete dabei Aschenbecher aus den Zwanzigerjahren und Silberbesteck, das von einer schwarzen Patina überzogen war. Kämpfte mich an wilden Ton-Stierskulpturen und Porzellanengeln vorbei. Strich vorsichtig über samtene Vorhänge und weiche Seidentücher mit bunten Mustern. Mein Blick schweifte über Kerzenhalter und Serviettenringe und ich entdeckte mit jedem Wimpernschlag neue Schätze. Ich steuerte auf eine Vitrine zu, in der mundgeblasener, silberfarbener Weihnachtsbaumschmuck auslag, wie ihn früher meine Oma immer aufgehangen hatte. Ich versank in Kindheitserinnerungen an Weihnachtslieder und Gedichte und schmeckte auf meiner Zunge wieder jeden einzelnen Bissen von Rehbraten mit Klößen, wie nur sie ihn zubereiten konnte. Mit offenem Mund fuhr ich mit der Hand an dem hauchdünnen Glas entlang, das die letzte Barriere zwischen mir und dem gesammelten Glück vergangener Zeiten bildete und verblieb dort einige Augenblicke, bis ich mich schließlich nach rechts wendete und in einer weiteren Vitrine schweren Goldschmuck erblickte, der mich an etwas ganz Entscheidendes erinnerte. Mit einem Mal räusperte sich jemand hinter mir. Erschrocken fuhr ich herum und stieß dabei fast eine Vase um, die gefährlich zu kippen drohte. Mit dem Geschick eines Frettchens hielt ich sie fest und berührte dabei mit dem anderen Arm eine Etagere, die gefährlich nah an die Tischkante rückte. »Jetzt bloß nicht mehr bewegen«, dachte ich bei mir und reckte vorsichtig das Kinn, während der Rest meines Körpers wie ein Eisblock in der Position verharrte. Auch Julie und Erwin blickten von ihren Eroberungen auf und ich sah, dass wir uns, ohne es zu merken, bereits durch den gesamten Raum verteilt hatten. Ich brauchte einige Zeit, bis mein Blick zu dem kleinen Tresen aus dunklem Holz mit geschnitzten Bildern gewandert war. Hinter einer grünlich leuchtenden Stehlampe sah ich einen dunklen Schatten in einem Türrahmen zu einem weiteren Raum lehnen. Ich versuchte gegen das Licht etwas zu erkennen und ging langsam auf den Menschen zu, der sich im Halbschatten verborgen hatte. Brillengläser schimmerten im Licht und eine rundliche Silhouette hob sich ab. Die Person kam mir entgegen und fragte mit einer dunklen, bassmundigen Stimme, ob sie uns vielleicht helfen könne. Ich quetschte mich zwischen einer uralten Schreibmaschine und einer Chaiselongue hindurch und konnte mit jedem Meter deutlicher die Gestalt vor mir erkennen. Der Lichtschein offenbarte eine halbrunde Glatze mit grauen Haaren, die zu einem Zopf gebunden waren. Ein Bartschatten malte harte Konturen um einen Mund, der keine Diskussion zuließ. Er trug einen fleckigen, ausgeblichenen Pullover mit dunklen Hosen und machte auf den ersten Blick nicht unbedingt einen vertrauenswürdigen Eindruck. Doch ich wollte mich nicht wieder unterbuttern lassen. Also straffte ich meine Schultern und räusperte mich nun meinerseits. Zunächst etwas verlegen, doch mit zunehmender Sicherheit.

»Wir wollten uns nur ein wenig umsehen und begleiten eine Dame, die jeden Moment hier sein sollte.«

Ich schaute auf die Stelle an meinem blanken Arm, an der normalerweise immer meine Armbanduhr saß und wunderte mich, wo Erwin und Waltraut abgeblieben waren. Mein ursprünglicher Plan war es zwar gewesen, Zeit zu schinden, doch in meinen Augen ließen sich die beiden gerade etwas zu viel Zeit.

»Nichts anfassen«, knurrte der Mann und ich nickte tonlos.

Beim Sprechen offenbarte er eine regelrechte Kraterlandschaft in seinem Mund. Mir war jede Freude am Stöbern vergangen und so beobachtete ich missgelaunt, wie sich Robin über Vasen und bunte Tücher hermachte. Julie streunte verloren durch den Raum und ich sah ihre Augen mehrmals unauffällig zur Tür huschen. Sie wirkte ebenso verwundert wie ich, wo unsere Turteltauben abgeblieben waren. Ich wurde ungeduldig und hatte das Gefühl, den heißen Atem eines Bären im Nacken zu haben. Also versuchte ich die Situation mit Smalltalk aufzulockern.

»Schön haben Sie's hier. Das sind wirklich außergewöhnliche Sachen«, sagte ich mit ausladender Geste, bei der ich beinahe einen Kerzenständer vom Tisch fegte.

»Nichts anfassen«, wiederholte er bedrohlich und ich steckte meine Hände in die Hosentaschen.

»Wo findet man denn so schöne Dinge? Bei Haushaltsauflösungen?«, plapperte ich weiter. »Vasen, Tücher, sogar Schmuck habe ich gesehen.« Plötzlich kam mir eine Idee.

»Sagen Sie mal, kaufen Sie hier eigentlich auch Sachen …?«

Der Satz verklang im Raum und der Blick des Mannes verfinsterte sich.

»Ich glaube nicht, dass du und deine kleinen Freunde hier richtig seid«, presste er zwischen seinen zusammengekniffenen Lippen hervor. Mit seinem Kopf deutete er in Richtung Tür.

»Nun, wir hätten da vielleicht etwas, das interessant für Sie wäre.« Ich winkte Julie mit der Hand zu mir, die sich nur zögerlich näherte. Ich nuschelte ihr entgegen, dass sie mir mal die Vase geben sollte und mir starrte ein entsetztes Augenpaar entgegen.

»Nu' mach schon«, raunte ich ihr zu, während der Mann uns feindselig fixierte.

Julie nahm die Vase heraus, in der nur noch die kopflosen Stiele der ehemals schön anmutenden Blumen steckten, und gab sie mir. Meine Hand glitt vorsichtig durch die schmale Öffnung.

Plötzlich ging alles ganz schnell. Der Mann hatte eine Knarre gezogen und zielte auf mich.

»Schön langsam rausnehmen«, flüsterte er bedrohlich.

Ich wurde hektisch:

»Nein, hören Sie, ich habe keine Waffe. Das war nur, weil …« Das Klicken der Waffe ließ mich verstummen. Ich bewegte meine Hand zurück, doch sie blieb stecken. »Nicht schon wieder«, nuschelte ich und ruppte mit dem Arm hektisch darin herum. Schweißperlen bildeten sich, gegen die sich mit einem Mal die runde Öffnung eines Pistolenlaufs drückte. Ich schrie hektisch auf. Die Kälte des Pistolenlaufes ergriff Besitz von einem Kopf, meinem Handeln, meinem Wesen.

»Ich glaube, wir gehen jetzt besser«, trällerte Julie und hakte sich bei mir unter. Er taxierte uns und beobachtete jede Bewegung.

Mit einem Mal erklang die Türglocke erneut und der Blick des Verkäufers schnellte herum. Ich spürte, wie der Druck des kalten Metalls nachließ. Ich stierte den Verkäufer an, der sich hinter dem Tresen wegduckte. Mit den Augen folgte ich seinem ausgestreckten Arm, an dessen Ende die Pistolenmündung zur Eingangstür gerichtet war. Ein kalter Luftzug wehte herein. Obwohl ich nichts sehen konnte, fühlte ich mich wie erstarrt – war kontrolllos in einer unkontrollierbaren Situation. Gefangen im eigenen Körper. Julies Druck auf meinen Arm vergrößerte sich, doch ich konnte mich nicht bewegen. Ein schriller Aufschrei gellte durch den Raum, gefolgt von einem hohlen Lachen, das die Erde beben ließ. Das Blut gefror in meinen Armen.

»So, so, wen haben wir denn da?«

Gespielte Überraschung. Ein osteuropäischer Akzent nahm den Raum ein. In mir regte sich etwas.

»Umdrehen!«, bellte die Stimme.

Zaghaft gehorchte Julie und drehte sich mit erhobenen Händen um, wobei der halbgeöffnete Rucksack dumpf zu Boden fiel. So sehr ich der Aufforderung nachkommen wollte, so wenig gehorchten mir meine Gliedmaßen. Ein böswilliges, leises Lachen drang zu mir durch. Meine Ohren waren offenbar der einzige Körperteil, der noch nicht den Dienst versagt hatte, doch das machte die Sache nicht besser. Ich nahm schlurfende Schritte auf Teppichboden wahr, die hohl in meinem Kopf verhallten. Hörte ein furchterregendes Knacken, woraufhin ein schmerzerfüllter Schrei erklang, männlicher Natur.

»Willst du nicht sehen, was wir mit deinen Freunden machen?«

Die letzten Worte spuckte er aus. Ich hörte ein Poltern, das Scheppern von Porzellan und Metall. Die Schritte näherten sich. In meinen Augenwinkeln sah ich wie Julie neben mir zitterte. Meine starke Julie. Ein Nervenbündel. Wut kochte in mir auf – die Wut darüber, schwach zu sein, den Feigling zu geben. Und die Menschen, die ich liebte, im Stich zu lassen. Mit aller Kraft konzentrierte ich mich darauf, den Kopf zu bewegen und meine Position ein bisschen zu verändern. Stück für Stück gelang es mir, mich umzudrehen, bis ich der Situation von Angesicht zu Angesicht ins Auge blickte.

Doch was ich sah, gefiel mir nicht.

In der Tür lehnte einer der Lederjackenträger. Welcher es war, konnte man unmöglich sagen, denn in meinen Augen waren sie kaum zu unterscheiden. Erwin stand merkwürdig verdreht vor ihm, sein Arm auf dem Rücken fixiert und mit einer Waffe an der Schläfe. Er krümmte sich vor Schmerzen und hatte das Gesicht zu einer peinvollen Fratze verzogen. Wenige Schritte weiter im Raum stand der andere Ganove, schob Waltraut vor sich her und presste ihr den Lauf einer Pistole unter das Kinn. Ihre Augen waren weit aufgerissen. Ich wollte wegschauen, doch ich kam nicht davon ab, sie anzustarren. Sie und die stumme Angst in ihrem Blick.

»So sieht man sich wieder, Vasenhengst«, sagte der im Raum stehende Ganove an mich gewandt und bleckte seine gelben Zähne. »Wo ist sie?« blaffte er mich an.

Meine Beine begannen zu schlottern und mein Kopf fühlte sich wie in Watte gehüllt an. Ich wusste nicht, wovon er sprach. Alles was ich je gewusst hatte, wurde nun durch gähnende Leere ersetzt.

»Los, sag schon!«, bellte er nun zusehends wütender und rammte Waltraut den Metallkolben gegen den Rachen. In ihrem Mundwinkel bildete sich eine Blutblase, die in einer feinen Spur das Kinn und schließlich ihren wulstigen Hals hinab rann. Julie fasste sich ein Herz und deutete zitternd mit dem Finger hinter ihn. Zu einem Tisch, auf dem sie die Urne kurz abgestellt hatte, als ich sie zu mir gerufen hatte. Er blickte sich um.

»Bring sie mir!«

Julie näherte sich Schritt für Schritt dem Mörderduo und ging langsam, als würde sie auf einem rutschigen Balken balancieren, an ihm vorbei. Alle Aufmerksamkeit lag auf ihr. Ich folgte jedem ihrer Schritte und sah plötzlich einen bunten Pullover hinter den Regalen entlang huschen.

»Robin«, nuschelte ich vor mich hin. Unseren bunten Vogel der Gruppe hatte ich komplett aus den Gedanken verloren. Sofort wendete sich der Mörder wieder mir zu.

»Was sagst du?«

Ich zuckte die Schultern und versuchte unsichtbar zu werden. Und so wendete sich der Bewaffnete von mir ab und Julie wieder zu, die mittlerweile an der Urne angekommen war. Sie zögerte.

»Öffnen und ausleeren!«, brüllte er sie an.

Julie hob die Urne hoch, öffnete den Deckel und hielt kurz inne. Nur eine Sekunde. Doch die reichte aus, damit die Situation eskalierte. Mit einem Mal schrie der andere Ganove heftig auf und sackte in sich zusammen. Dabei löste sich sein Griff um Erwins Hand, der ihm einen kräftigen Kinnhaken gab, dass man es knacken hörte. Der andere Lederjackenträger wirbelte mit Waltraut herum und Robin nutzte den Moment der Ablenkung und sprang hinter dem Regal hervor. Er zerdepperte einen großen, antiken Krug auf dem Sturkopf des Ganoven, der wie ein Kartenspiel in sich zusammensackte. Waltraut rettete sich mit wenigen Schritten und duckte sich hinter einem grünen, mit Samt bezogenen Sofa hinweg. Die Waffe schlitterte über den Boden und ich griff reflexartig danach. Der andere hatte sich wieder gesammelt und wollte erneut auf Erwin losgehen, als Julie nach einem Kissen griff und ihm damit eine überbriet, sodass die Federn durch den Raum stoben. Völlig in Rage ging der Verbrecher etwas kopflos auf Julie zu, die sich kurzerhand eine Vase griff und damit auf seinen Kopf einhämmerte, bis auch bei ihm die Lichter ausgingen. Eine gigantische Staubwolke tanzte durch den Raum und mitten aus dem Wirrwarr hüpfte ein kleiner Hase, dem das Wadenblut seines Opfers noch an den Nagetierzähnchen klebte. Der Staub verteilte sich im Raum und legte sich wie ein Schleier über die Situation. Die beiden Verbrecher lagen ausgebreitet auf dem Boden, Erwin hatte sich im wahrsten Sinne des Wortes im Chaos aus Tischen und Antiquitäten aus dem Staub gemacht, Robin stand planlos neben Julie und ich etwas unsicher mit der Waffe in der einen und der Vase um die andere Hand mittig im Raum. Als die Luft wieder rein war und ich endlich meine Stimme wiedergefunden hatte, bewegte sich plötzlich hinter dem Tresen eine weitere Person gefährlich auf uns zu.

»Das scheint ja ganz spannendes Zeug zu sein, das ihr dabeihabt. Kann ich mal sehen? Ihr müsst ja schließlich die ganzen kaputten Sachen noch bezahlen.«

Bedrohlich blitzende Augen im tristen Düster.

Mit erhobener Waffe ging er in Richtung Julie und ich hielt meine Waffe auf ihn gerichtet, ohne zu wissen, ob sie gesichert war und ob ich überhaupt in der Lage war, etwas zu treffen. Ich hatte mich damals in die Zivildienst-Zeit gerettet und lieber Bettbezüge getauscht als Munition zu wechseln. Meine Erfahrung mit Waffen jeglicher Art begrenzte sich auf Erbsenpistolen aus Jahrmarkt-Zeiten. Und natürlich Wasserpistolen, die man durch Pumpen nachfüllen konnte und die so abenteuerliche Farben und Formen hatten, dass man sie kaum als ernstzunehmende Alternative erwähnen konnte. Doch jetzt stand ich hier. Mit einer kalten Pistole in der Hand, deren Schaft sich so glatt in meine Handfläche einfügte und ich sie kaum wahrnahm. Meine Hand zitterte unter dem ungewohnten Gewicht der Waffe und ich bemühte mich, sie aufrecht zu halten. Verfolgte mit ihrem Lauf den Ladenbesitzer, der sich mit stetigen Schritten Julie näherte.

»Stopp!« schrie jemand in die Stille hinein und ich verstand zunächst nicht, dass ich es war, der gesprochen hatte. Der Ladenbesitzer verzog seine Mundwinkel zu einem boshaften Lächeln.

»Buhu, Angst um dein Mädchen?«

Er grinste und streckte seine Hand aus, um ihr über die Wange zu streicheln. Julie biss ihm in den Finger, dass er nur so aufschrie, woraufhin er ihr die Pistole an die Wange presste. »Was sagte der Typ eben? Aufmachen und auskippen. Los!«, flüsterte er ihr aus seinem fauligen Mund zu und Julie tat angewidert wie geheißen. Auf dem Boden bildete sich ein Ascheberg. Als der Ladenbesitzer ihn mit seinem groben Lederschuh durchwühlte, trat aus dem Nichts der Lederjackenträger, dem die Vase offenbar nicht ganz so ausgeknockt hatte, wie wir uns das gedacht hatten, mit erhobener Waffe hervor.

»Zurückgehen!«, brüllte er und für einen kurzen Moment sah man im fahlen Lichtschein Unsicherheit, vielleicht war es auch Schmerz, aufflackern. Sein Unterkiefer war gerötet und wirkte deformiert. Der Ladenbesitzer fuhr mit seiner Waffe herum, richtete sie auf den Ganoven und presste Julie als lebendes Schutzschild an sich. So standen wir da. Der Lederjackenträger zielte mit seiner Waffe auf den Ladenbesitzer, der Ladenbesitzer auf ihn und ich etwas hilflos dazwischen. Ich richtete meine Waffe schließlich auf den Lederjackenträger, da meine Sorge zu groß war, der Schuss würde Julie treffen. Schweigen. Wie in einem Westernduell taxierten wir einander. Plötzlich hörte man in dem Wust aus Tiegeln und Töpfen eine mechanische Stimme, die einem Anrufbeantworter ähnlich klang. Unsere Köpfe schnellten herum und ich verfluchte die drei innerlich, die in ihrem Versteck bestimmt etwas total Geniales aushecken, das ich schließlich ausbaden musste. Ironie lässt grüßen. Doch Julie nutzte die Chance und reagierte blitzschnell. Sie verpasste ihrem Peiniger einen herben Hieb in die Rippen, doch obwohl dieser kurz die Kontrolle verlor, bekam er sie nur umso fester zu packen und würgte sie mit seinem Arm, dass ihr die Luft wegblieb. Sie hustete und krächzte. Strampelte mit den Beinen, bis ihr die Kräfte langsam versagten. Endlich ließ er sie los und stieß sie von sich weg.

»So, Mädchen, dann zeig uns doch mal, was da Schönes drin versteckt ist«, Julie lag keuchend neben dem Ascheberg, der sich ohnehin schon über den halben Boden verteilt hatte.

Sie schluchzte. War unfähig sich zu bewegen. Er trat sie mit seinem Stiefel in den Bauch und sie krampfte sich zu einer kleinen Kugel zusammen. Ein weiterer Tritt in die Magengegend. Julie rollte über den Teppich und blieb bewegungslos unter dem Tisch liegen. Mein Herz zog sich zusammen. Ich wollte zu ihr stürmen. Mich über sie werfen. Doch ich kam nicht bis zu ihr. Wusste nicht, was ich tun sollte.

»Alles muss man hier selber machen«, lachte der Ladenbesitzer gespielt auf und begann mit seinem Schuh die Asche zu verteilen. Der Verbrecher betrachtete das Schauspiel schweigend. Im Gegensatz zum Ladenbesitzer wusste er zumindest, wonach er suchte und wenn sich seine Widersacher gegenseitig ausschalteten, war das vermutlich ganz in seinem Interesse. Wie wir im Nachhinein erfuhren, hatte er schon früh gelernt, alles Nebensächliche auszuschalten. Und dazu gehörten nicht immer nur Schmerzen. Sein Kinn trieb ihn sichtlich fast in den Wahnsinn, die Augenlider flatterten auf und ab. Doch seine Augen blitzten. Er zwang sich, bei Besinnung zu bleiben.

Und da er selber bei allen Aktionen das ausführende und weniger das denkende Organ war, musste er nun eben warten, bis es etwas auszuführen gab. Im besten Fall den eigenen Auftrag, die Urne mit dem Stick und Schmuck mitzunehmen. Doch die lag nun ziemlich schmucklos am Boden verstreut und so beobachtete er, wie sich das ganze Spiel entwickelte.

Der Ladenbesitzer tobte, als sich das tote Schwarz in jede Ritze seines lebendigen Organza-Teppichs legte, ohne dabei etwas zu offenbaren, das sein Sprungbrett in eine andere Welt gewesen wäre. Er wurde fuchsteufelswild und fuchtelte um sich, wie eine Tarantel, die nicht mehr alle ihre Gliedmaßen gleichzeitig kontrollieren konnte. Er gestikulierte mit Armen und Beinen und schoss die Urne durch den Raum. Sie landete klirrend irgendwo weiter hinten zwischen dem antiken Mobiliar. Plötzlich ertönte ein Schuss. Ich duckte mich panisch weg. Krabbelte hinter einen Sekretär, der definitiv zu schmal war, um einen Erwachsenenkörper gänzlich zu verdecken. Mit einem Mal war es dunkel geworden. In seiner plötzlichen Unruhe hatte sich ein Schuss aus dem Pistolenlauf des Ladenbesitzers gelöst und er hatte die Leuchtstoffröhre an der Decke getroffen, die die Hauptlichtquelle des Raumes war. Es gellte ein zweiter Schuss durch die Finsternis. Ich hörte es zwischen Töpfen und Vasen kurz aufheulen, ehe der Ladenbesitzer schmerzerfüllt zu wimmern begann.

Von dem ersten Schuss animiert nun endlich auch etwas tun zu können, hatte der ausführende Ganove dem hampelnden Ladenbesitzer kurzerhand ins Bein geschossen. Schließlich konnte sich so einen Tobsuchtsanfall keiner lange ansehen. Und da der Denkende momentan nicht denken konnte, dachte sich der andere vermutlich, dies sei durchaus eine durchdachte Idee.

Eine gespenstische Stille kehrte ein – ausgenommen dem beständigen Wimmern, das der Ladenbesitzer von sich gab, während er sich sein verletztes

Bein hielt. Eine rote Lache breitete sich um ihn herum aus und tränkte den Teppich, der schwarz glänzte. Im spärlichen Lichtschein war nur noch der Mordlustige als Schattengestalt vor der weiß leuchtenden Türe zu erkennen. Ein Licht, das so weit entfernt lag und wie ein letzter Hoffnungsschimmer in das Schwarz des Todes strahlte. Mit schweren Schritten ging der Ganove tiefer in den Raum hinein, befühlte seinerseits den ascheverkrusteten Teppich und erkannte offensichtlich: Der Schmuck war nicht da.

»Wo habt ihr das versteckt?«, sagte er mit deutlicher Stimme blind in den Raum hinein.

Mir fiel auf, ihn bislang noch nicht reden gehört zu haben und dass sein Deutsch deutlich schlechter war, als jenes von Ganove Nummer Eins, der selig schlummernd auf dem Boden verweilte. Die Frage blieb im Raum verhaften und wurde durch ein tiefes Schweigen beantwortet. Mit erhobener Waffe bewegte er sich suchend durch das Antiquitätengeschäft, bereit, im richtigen Moment abzudrücken. Das Klicken eines Pistolengehäuses war zu hören. Ich konnte seine Stiefel auf dem weichen Untergrund sehen, hörte Tonscherben unter seinen schweren Sohlen zerbersten. Eine gespenstische Ruhe legte sich über uns. Eine Ruhe vor dem Sturm, die uns wellenförmig mit dem Geruch von Tod und Schmerzen überflutete. In weiter Ferne hörte ich ein Martinshorn, doch war mir nicht sicher, ob mir meine Fantasie nicht nur einen Streich spielen wollte. Einen Hoffnungsschimmer senden wollte, damit ich nicht aufgab. Ich realisierte, dass niemand wusste, wo wir waren, außer die Personen, die ebenso hier hineingeschlittert waren wie ich. Oder vielmehr: Die ich mit hineingezogen hatte. Hineingezogen in eine Misere, die vielleicht tödlich endete. Keiner hatte sich etwas zuschulden kommen lassen, außer, hilfsbereit wie sie waren, ihre Chance auf die langersehnte Freiheit zu nutzen. Er wollte mich, wollte die Urne mit dem Hinweis, der über sein Leben entscheiden würde. Hätten Julie und ich die verdammte Urne nicht gefunden, säße ich vermutlich wieder friedlich an meinem Schreibtisch. In meinem wunderbar ruhigen Leben. Doch obwohl die Situation gerade nicht schwärzer hätte aussehen können, bereitete mir der Gedanke an meine alltägliche Routine keine Freude mehr. Ich hatte es endlich geschafft, Menschen zu finden – Freunde zu finden – und aus dem immerwährenden Hamsterrad auszubrechen. Hatte zwar noch nicht die Welt gesehen aber doch mehr erlebt als in all den leblosen Jahren zuvor. Vielleicht war die Urne doch nicht der Tod persönlich, sondern vielmehr der Schlüssel ins Leben gewesen. Ich hatte mein Glück gefunden, wenn auch nur für einige wenige Wochen. Ich hörte, wie sich die schweren Schritte wieder näherten, und brachte meine Gedanken zur Ruhe. Das war nicht der richtige Augenblick, über den Sinn des Lebens nachzudenken. Vielleicht war es ohnehin bald vorüber, dann wäre eh alles sinnlos gewesen. Vorsichtig beugte ich mich im schwachen Lichtstrahl vor, um den Ganoven zu sehen. Er kam vom Tresen zurück und stellte sich wieder mittig in den Raum, neben den Schlafenden und den Wimmernden, der mittlerweile auch ziemlich leblos wirkte. Er ging auf den Tisch zu und ich erschrak. Dort lag noch immer Julie, zusammengekauert und hilflos, während ich, unnütz wie ich war, unter dem Sekretär saß. Er beugte sich über sie und lachte auf wie ein Wahnsinniger.

»Verratet, wo ihr es versteckt habt oder Mädchen ist tot!«

Er brüllte die Worte durch den Raum und ich spürte, wie der Raum zum Leben erwachte. Ich musste stark sein. Um meine Freunde zu retten – Julie zu retten. Ich hörte mich selber wie in einer Blase mit überraschend fester Stimme sagen:

»Komm und hol es dir.«

Der Ganove wirbelte herum. Ehe er erkannte, wo die Stimme herkam, drückte ich auf den Auslöser. Ein Schuss löste sich. Im Hintergrund hörte ich Glas zerspringen und wusste im selben Moment, dass ich ihn verfehlt hatte. Er grunzte. »Du bist toter Mann!«

Langsam und in dem Wissen, nun nichts mehr befürchten zu müssen, ging er auf mein Versteck zu. Ich hatte immer gedacht, vor meinem Auge würde sich in den letzten Sekunden ein ganzer Kinofilm abspielen, mit all den Dingen, für die ich so hart gearbeitet hatte. Auf die ich stolz war. Doch stattdessen sah ich nur das Gesicht der lachenden Julie vor mir, den Wald und die lustigen Abende bei Erwin. Heiße Tränen rannen mir über die Wangen. Ich weinte um mich, um mein Leben, um die Menschen, die ich in Gefahr gebracht hatte. Hörte von ganz weit weg, wie die Schritte stoppten. Ich wusste, es würde jede Sekunde vorbei sein. Atmete noch ein letztes Mal die abgestandene Luft ein und schloss die Augen.

Ich nahm Sirenengeheul war. Fahrzeugbremsen. Türen, die zugeschlagen wurden. Hörte, wie der Ganove fluchte, doch er wollte zu Ende bringen, was er angefangen hatte. Und so richtete er nach kurzer Unsicherheit wieder fest entschlossen die Waffe auf mich. Tränenüberströmt klammerte ich mich am Tischbein fest, versuchte, mich so klein wie möglich zu machen. Sah, wie in einem Schleier, Tonkrüge auf mich hinabregnen und wie sie zerbrachen. Beobachtete matt, wie Porzellanfigürchen und Christbaumkugeln auf dem Teppich vor mir aufschlugen. Meine lieben, starken Freunde bewarfen den Ganoven. Wollten mich retten. Ohne zu wissen, was ich ausgefressen hatte. Und doch wusste ich, dass es sinnlos war. Mir strömten weiter Tränen über das Gesicht, doch diesmal vor Freude. Ein letzter Glücksmoment, bevor das Leben für immer zu Ende war. Holz zerbrach, eine Megafonansage drang zu mir durch, bis sich ein letzter Schuss löste.

Kapitel 31

Ich öffnete die Augen. Blinzelte in einen weißen, verschwommenen Lichtschein hinein, der mich einhüllte. Warm und friedlich. Ob so der Himmel aussah? Ich versuchte Konturen zu erkennen, im Nichts den Weg zu finden. Und hörte an meinem Ohr ein Piepsen. Ich versuchte mich aufzusetzen – mich zu orientieren. Aber spürte, dass mich etwas gefangen hielt. Panik breitete sich aus. Versuchte das zu fassen, was mich festhielt. Eine glockenklare Stimme näherte sich. Engelsgesang in meinen Ohren. Ein Tätscheln, eine Berührung. Langsam kehrten meine Sinne zurück. Meine Augen nahmen Konturen war. Ich sah gegen den harten Lichtschein, wie sich eine komplett in weiß gekleidete Frauengestalt über mich beugte. Scheinwerfer strahlten von der Decke herab. Ich war nicht im Himmel, sondern in einem Raum. Ich brauchte einen Moment, um mich zu orientieren. Diverse Schläuche hielten mich an mein Bett gefesselt, in einem Raum, der nur mir gehörte. Ein stechender Geruch kitzelte mich in der Nase. Die Frau überprüfte meine Funktionen und kontrollierte Monitore, von denen das beständige Piepsgeräusch ausging.

»Wie fühlen Sie sich? Können Sie meine Finger erkennen?«

Meine Zunge lag schwer wie ein aufgequollener Schwamm in meinem Mund. Ich versuchte etwas zu stammeln was ich selber nicht verstand und ließ mich schließlich wieder kraftlos in die Kissen sinken. Ich wurde über einen langen Krankenhausflur in ein Zimmer geschoben. Dämmerte weg und öffnete erst einige Stunden später wieder die Augen. Um das Bett hatten sich Robin, Erwin, Waltraut und sogar meine Eltern versammelt. Tränen schossen mir in die Augen, die ich noch nicht ganz öffnen konnten. Sie waren alle da. Bis auf eine. Ich wischte mir die Tränen weg, um besser sehen zu können und erkannte, dass mein Arm eingegipst und mein Körper mit Verbänden übersät war, aus denen dick die braune, stinkende Jodsalbe hervortrat. Robin merkte, dass ich mich aufrichten wollte und stellte die Rückenlehne auf. Kleine Nadelstiche prasselten über meine Haut, während das Zimmer langsam zu Kippen begann. Weißes Tageslicht blendete mich und ich kniff die Augen einige Male zusammen. Meine Eltern standen neben dem Bett, Erwin und Waltraut etwas im Hintergrund. Ein warmes Gefühl breitete sich in meinem Herzen aus, als ich sie dort alle stehen sah. Das Zimmer war schmucklos. Gelbliche Tapete, ein in die Jahre gekommener Fernseher an der Decke, gegen den wahrscheinlich jedes Smartphone im Größenwettbewerb gewinnen würde. Die Wand zierten bunte Blumenbilder und graue Einbau-Kleiderschränke, die mit roten Zahlen von eins bis drei beschriftet waren. Doch dafür hatte ich keinen Blick. Ich suchte jemanden – eine gewisse Dame, die in der Runde fehlte. Ich zählte erneut die Personen im Raum durch und ein dunkler Schatten breitete sich über mir aus. Julie fehlte. Ich schloss die Lider. Sah vor meinem inneren Auge entfernte Bilder aufkommen, die sich anfühlten, als würden sie im Jetzt geschehen.

Ich hörte einen Schuss, sah Schwärze in meinen Augen. Wie ein Echo hallte der Knall in meinem Kopf wider. Porzellanscherben flogen durch die Luft und umkreisten mich. Bohrten sich wie Messerschnitte in meine Haut. Schmerz – Dunkelheit hüllten mich ein. Ich lag auf dem Boden und spürte, wie sich mein Brustkorb hob und senkte. Fühlte mein Herz schlagen. Konnte mich nicht aufrichten aber wusste, dass ich lebte. Unter Glockengebimmel, das sich so fern, so falsch anhörte, wurde die Eingangstür aufgestoßen. Uniformierte stürmten den Raum aus allen Richtungen. Verhafteten den Mann, der sein Pulver verschossen hatte. Sie befreiten uns aus einem Meer aus Trümmern. Waffen wurden sichergestellt. Verletzte Menschen nach draußen getragen. Ich öffnete kurz die Augen und umschloss einen kleinen Ring, mit meiner blutenden Faust, ehe auch ich auf eine Trage gelegt wurde. Nur schemenhaft bekam ich das riesige Aufgebot an Rettungskräften und Einsatzwagen vor Ort mit. Dann spürte ich nur noch eine kleine Nadel in meinem Arm, die dafür sorgte, dass sich die Welt ganz leicht anfühlte und verschwamm.

Stimmenwirrwarr brachte mich ins Jetzt zurück. In die Wirklichkeit. Als würde ich sie zum ersten Mal sehen mustere ich die Menschen, die mich besorgt umringten. Sah in die liebevollen Augen meiner Eltern, sah Robin an, der so stark und mutig gewesen war und mir hinter seinen Brillengläsern entgegenlächelte. Ich nahm die Schiene um Erwins Arm wahr und erkannte ein zahnloses Lächeln in Waltrauts zugeschwollenen Gesicht. Ein dicker Kloß breitete sich in meinem Hals aus. Das war alles nur meine Schuld. Ich wollte etwas sagen, mich entschuldigen, doch Robin legte mir nur kopfschüttelnd die Hand auf den Arm. Jedes Wort wäre zu viel gesagt. Ich schaute aus dem Fenster, das neben meinem Bett war und sah weiche Wolken über den blauen Himmel ziehen. Der Sturm war vorüber.

Ich sog tief die Luft ein, die nach Desinfektionsmitteln und Chlor roch und fühlte mich so lebendig, wie nie in meinem Leben zuvor. Ich drehte meinen wummernden Kopf und erstarrte. Mein Bett stand auf der Fensterseite und der große Servierwagen hatte mir zunächst den Blick versperrt. Doch langsam wurde hinter ihm noch ein zweites Bett sichtbar, in dem dick eingewickelt ein kleiner Pagenkopf lag, der ruhig atmete. Julie. Mein Herz machte einen Hüpfer. Kraftlos deutete ich auf das Bett und Erwin lächelte milde.

»Sie schläft nur. Keine inneren Verletzungen. Sie wollte unbedingt auf dasselbe Zimmer wie du, obwohl das eigentlich sonst nicht üblich ist. Aber in Anbetracht der Umstände konnten wir das Personal überzeugen.«

Ich versuchte zu lächeln und eine erneute Schmerzwelle durchfuhr mich. Eine Schwester kam herein und scheuchte die anderen hinaus. Kontrollierte meine Werte, tauschte Beutel aus und schüttelte die Bettdecke auf. Durch das rege Treiben im Zimmer war Julie aufgewacht und lächelte mir mit kleinen Augen entgegen:

»Hey.«

»Hey«, presste ich über meine Lippen und zwang mich zu einem Lächeln, das sich falsch anfühlte, leer. Mein Kopf war wie in Watte gepackt und bei jedem Schließen der Augen sah ich das Bild einer Kugel auftauchen, die auf mich zu flog. Ich schüttelte mich und lehnte mich in der weichen Matratze zurück.

Der Tag war aufregend und die Menschen um mich herum gaben sich die Klinke in die Hand. Ein Arzt war bei mir und erklärte, einige Handknochen seien durch die Wucht des Aufpralles zertrümmert, die Operation jedoch gut verlaufen. Die Schnittwunden würden verheilen und es wäre nichts Lebensnotwendiges verletzt worden. Ich bräuchte etwas Ruhe und könnte vielleicht schon zum Wochenende entlassen werden. Doch es blieb mir keine Zeit, zur Ruhe zu kommen. Denn kurz darauf öffnete sich erneut die Tür und zwei Polizeibeamte betraten zu Vernehmungszwecken den Raum.

Sie stellten mir unzählige Fragen, die sich wie ein Rauschen anhörten. Unnötig und fern. Doch ich versuchte mit bleischwerer Zunge wahrheitsgemäß zu antworten und spürte, wie sich langsam ein schwerer Stein von mir löste. Denn ich konnte endlich meine Geschichte, meine Version zu Protokoll geben: Die Geschichte, wie ich ein Wohnmobil stahl und darin eine Urne fand.

Epilog

Hand in Hand schlenderten wir den sonnenbeschienen Pier entlang. Zur Feier des Tages trug Julie ein geblümtes Sommerkleid, das zusammen mit ihren dunklen, schulterlangen Haaren im Wind flatterte. Die Luft roch nach Salzwasser und der Himmel nach Freiheit. Ich wackelte mit meinen Zehen, die in Sandalen steckten, durch deren Öffnungen die Sonne warm auf meine Haut fiel. Viel zu lange hatten sie in muffigen Laufschuhen verbracht, die nun als Erinnerungsstücke an meiner Wand ausgedient hatten. Ich blickte aufs Meer hinaus, das verführerisch glitzerte und mich dazu einladen wollte, hineinzuspringen. Doch wir waren auf dem Weg zu einem Termin, einem ganz besonderen Tag.

Ich strahlte Julie an, über deren Gesicht sich ein zufriedenes Lächeln gelegt hatte. Die letzten Monate waren wie ein Film an mir vorbeigezogen und ich konnte noch immer nicht fassen, dass ich als strahlender Sieger daraus hervorgegangen war. Erst nach und nach hatten sich die vielen Lücken in meinem Kopf als Puzzleteile zu einem Bild zusammengefügt. Die beiden Ganoven, die eigentlich Igor und Olac hießen, waren zwar weder verwandt noch verschwägert, dafür aber umso verrufener in Verbrecherkreisen. Schon lange hatten sie ihr Unwesen getrieben und Anwesen gut betuchter Herrschaften ausgeräumt. Die Beute, meist teurer Schmuck und Uhren, verhökerten sie in Polen in gewissen kriminellen Kreisen, die zwar weniger kreisförmig, dafür aber umso krimineller waren. Die Gauner hatten schon öfter über längere oder kürzere Zeit eingesessen, aber waren für die Polizei nie richtig zu fassen gewesen. Bei einem ihrer letzten Überfälle war ihnen jedoch ein Missgeschick unterlaufen.

Eines ihrer potenziellen Raubopfer saß nämlich nicht in jenem Auto, das das Gebäude verließ und trat kurzerhand als ein unerbetener Überraschungsgast auf die Bühne. Und zu allem Überfluss hatte eine Überwachungskamera auch noch filmreife Aufnahmen gemacht, mit denen sie sicherlich nicht nur in Verbrecherkreisen zu Autogrammstunden samt Fingerabdrücken gebeten worden wären. Deshalb erschossen sie den Hausbewohner in einer Kurzschlusshandlung und brachten anschließend die Überwachungsbilder in ihren Besitz. Und da die beiden ohnehin nochmal von vorne anfangen wollten und eigentlich nur auf einen Absprung aus der Schmuckszene gewartet hatten, nahmen sie den Einbruch als Anlass, nun in neue Gefilde aufzubrechen. Sie traten in ihrem brandneuen Wohnmobilschiff, das sie kurz zuvor entwendet hatten und das eigentlich gar nicht so neu war, die Reise in die Freiheit an. Und fanden sehr zu ihrer Freude in ihrem neuen fahrbaren Untersatz auch gleich das perfekte Versteck, um all ihre früheren Schandtaten zu beerdigen. Doch wie das Leben so spielte, hatte ein kleiner Schluck Milchshake das Fass zum Überlaufen gebracht und das Schiff kenterte, noch ehe die Reise richtig begonnen hatte. Als sie eines Morgens in einer Zeitung dann ihre Urne erblickten und zudem noch auf der Titelseite sahen, dass irgendein Perversling sein Unwesen damit trieb, setzten sie sich in Bewegung und endeten auf einer verrückten Wohnmobilparty, auf der es zwar viel Bier gab, jedoch weniger Asche als ihnen lieb gewesen wäre. Und da sie offensichtlich nicht erwünscht waren und die nervtötenden Sirenen jeden Bass killten, mussten sie in der Nacht darauf nochmal bei den Bullen höchstpersönlich einsteigen, um zumindest die letzten Spuren zu verwischen. Nachdem sie endlich die verflixte Beifahrertür geknackt hatten, mussten sie sehr zu ihrem Schrecken feststellen, dass neben der fehlenden Asche auch die gefälschten Ausweise verschwunden waren. Doch glücklicherweise war das Einzige, was sie in ihrer blinden Flucht zu fassen bekamen, auch fast so viel Wert wie ein Lottoschein mit sechs Richtigen: Sie fanden ein Mäppchen mit einem Fahrzeugbrief von einer gewissen Waltraut Strohmann samt gültiger Adresse. Als die beiden fast schon blind vor Glück auf der Suche nach einem neuen Fahrzeug waren, stolperte ihnen der »Vasenhengst« zudem einfach vor die Füße. Zwar ohne Urne, aber wo er war, konnte diese schließlich nicht weit sein. Obwohl sie bisher als Hauptdarsteller einer Neu-Auflegung von Hans im Glück hätten mitspielen können, war ihnen nun das Glück nicht mehr hold. Denn scheinbar hatte dieser verdammte Vasentyp sogar ein Fluchtauto samt Fahrer aufgetrieben. Als einzige Spur verbleibend hefteten sie sich an Waltrauts Fersen, die sie zu netten Friseurinnen und zu kleinen Märkten führte. Als sie es nicht mehr länger aushielten und die Langeweile sie von innen auffraß, machten sie es sich zur Gewohnheit, jeden Tag bei ihr zu klingeln. Und bekamen sehr zu ihrer Freude nicht selten einige Kekse oder ein leckeres Stück Kuchen angeboten. Als sich nach Wochen endlich ein Leichenwagen näherte, war ihre Chance gekommen. Sie beobachteten, wie eine ganze Horde Verrückter dort heraussprang wie aus einem Clownsauto und erfreulicherweise war auch der Typ mit der Vase dabei. Und wo ein Leichenwagen war, war eine Leiche nicht weit. Zumindest keine Urne. Sie durchsuchten das Auto, doch fanden nichts weiter als einen blutrünstigen Hasen, den sie mit Tritten von sich halten mussten. Hätten sie gewusst, dass ihnen dieses Viech zum Verhängnis werden würde, hätten sie das Tier womöglich sofort abgeknallt, aber im Nachhinein ist man ja bekanntlich immer schlauer. Als die Sippschaft samt der Apfelkuchenfrau fliehen konnte, hefteten sich die beiden an ihre Fersen, diesmal jedoch schlau genug auf den richtigen Moment zu warten. Sie sahen das Auto auf dem Parkplatz eines Antiquitätenhändlers stehen, fackelten nicht lange, bekamen jedoch nur die Alten zu fassen, die von Tuten und Blasen keine Ahnung hatten. Das Spiel nahm seinen Lauf und endete mit einem sagenumwobenen Film, den man in einem geblümten Tuch in einem schmuddeligen Rucksack fand, nicht auf den Kinoleinwänden dieser Welt, sondern ohne über Los zu gehen hinter schwedischen Gardinen, die einen deutschen Namen trugen.

Ein kühler Wind war aufgezogen, doch ich genoss es viel zu sehr, mich hier ohne Last bewegen zu können, als dass ich mir einen Pullover überziehen wollte. Unter meinem T-Shirt blitzten die roséfarbenen Narben heraus, die wohl noch einige Zeit brauchten, bis sie weniger sichtbar wurden. Anfangs hatte ich Sorge gehabt, sie würden mich für immer entstellen, doch Julie hatte mir gezeigt, dass sie die Trophäe eines Helden waren, der sein Leben riskierte, um ihres zu retten. Meine Hand brauchte noch einige Wochen, bis sie wieder voll einsatzfähig war und so nutzte ich die Zeit der Krankschreibung, um mein Leben gesund zu schreiben.

Wir kamen in Strandnähe und winkten Waltraut und Erwin zu. Erwin grinste wie ein Lausbub unter seinem Strohhut hervor und Waltrauts Lächeln wirkte eine Spur zu weiß. Nachdem ihr alter Zahnersatz zerstört worden war, hatte sie sich einen neuen anschaffen müssen und so nutzte sie die Gelegenheit, endlich weiße Zähne wie Pamela Anderson zu haben. Und da die beiden ihren zweiten Frühling erlebten, gönnte ich ihr das weiße Blitzen von Herzen, das auf jedem der unzähligen Urlaubsfotos ihrer Reisen hervorstach wie ein Stern am Horizont.

Als die beiden Ganoven sie überfallen hatten, war es Waltraut gelungen, auf ihren Panikknopf zu drücken, den sie, seit der Soldat im Haus war, stetig um den

Hals trug. Man konnte schließlich nie wissen, welche Feinde er sich in der Ferne machen würde. Unnötigerweise meldete sich nach einiger Zeit eine Stimme, die sie fragte, ob sie wirklich in Panik sei. Zu ihrer allen Glück war ihr Dekolletee so ausladend, dass es ihr gelang, damit die Stimme im wahrsten Sinne des Wortes zu ersticken. Da die zentrale Schaltstelle jeden Hilferuf ernst nehmen musste, sandten sie einen Notrufwagen an die ihnen übermittelten GPS-Daten, die sie zu einem Antiquitätenhandel führte. Gefolgt von einem Streifenwagen aufgrund von Schussgeräuschen, die in diesem Bezirk gemeldet wurden.

Wartend standen wir im Kreis, bis ein großer, glänzender Leichenwagen heranrollte.

Ein Mann mit kurz geschorenen Haaren und einem gut sitzenden Anzug stieg aus. Er ging um das Auto herum und kam schließlich mit einer stattlichen Urne auf sie zu geschritten. Gefolgt von einem weißen Kaninchen, das ihm auf Schritt und Tritt folgte. Der Mann näherte sich und ich musste meine Augen von der Sonne abschirmen, um sicherzugehen, dass das Licht mir keinen Streich spielte. Vor uns stand Robin! Aber nicht der Robin, wie ich ihn kennengelernt hatte, sondern so, wie ihn das Leben gezeichnet hatte. Er hatte Erwins Bestattungsinstitut übernommen und mit der finanziellen Hilfe seines Vaters auf den neuesten Stand gebracht, der froh war, sein Geld endlich in etwas so Sinnvolles wie den Tod investieren zu können. Robin hatte schnell erkannt, dass Leichen zwar nicht mehr sprechen konnten, aber dennoch Gefühle hatten und sich deshalb überlegt, ihnen ein würdiges Ableben zu bereiten. Und dazu gehörte auch ein standesgemäßes Aussehen, das im Übrigen viel unkomplizierter war, als die lange Mähne ständig in Schuss zu halten. Und da der Held der Geschichte ein Zuhause brauchte und Robin dringend einen neuen Freund, hatte er seinen kleinen weißen Begleiter gerne bei sich aufgenommen und fühlte sich nun ein bisschen wie der Star eines James Bond Filmes.

Feierlich überreichte Robin die Urne an Waltraut, der die Tränen in den Augen glitzerten. Zwar war die Asche von dem Blut des Ladenbesitzers kaum mehr zu trennen gewesen, aber ein paar letzte Überreste waren auf das inständige Bitten Robins doch noch aus den Flusen zu befreien gewesen.

Das viele Blut des Ladenbesitzers hätte dabei nicht nur Heinz fast das Leben gekostet, sondern auch ihn selbst. Die Einsatzkräfte hätten kaum später eintreffen dürfen, ehe das letzte bisschen Leben aus ihm gewichen wäre. Nun erholte er sich ebenfalls wie Igor und Olac hinter den deutschen schwedischen Gardinen, da seine Dokumente leider auch nicht alle so rein-weiß gewesen waren, wie das Koks, das man im hinteren Ladenteil gefunden hatte.

So standen wir nun alle gemeinsam wieder am Strand, während sich die Sonne langsam in die Nacht verabschiedete. Ich ballte meine Faust um den kleinen Diamantring in meiner Hand, dem einzigen gestohlenen Stück aus der Urne, das die Polizei nicht hatte sicherstellen können. Das einzige Schmuckstück, das nicht mehr am Tatort auffindbar gewesen war. Mit dem Schuss hatten sich nicht nur diverse Kettchen und Ringe in alle Ritzen des Raumes verteilt, sondern auch meine Karriere als Vasentyp, die sich im Wind zerschossen hatte. Für die Hilfe beim Wiederauffinden der Schmuckstücke waren mir jedoch im Gegenzug einige Euro Finderlohn zugetrieben worden, die wir nun nutzen wollten, um uns ein neues Wohnmobil zu leisten, das diesmal jedoch ohne jedes Blumendekor auskam. Und so nahm ich Julies Hand und harrte der Dinge, die da kommen würden. Den Ring behielt ich jedoch als Andenken bei mir. Denn man konnte nie wissen, wann man etwas Ungeplantes planen musste …

Mit dem letzten Sonnenlicht öffnete Waltraut die Urne. Die Asche tanzte durch die Luft und wirbelte immer höher hinauf, bis sie sich in alle Himmelsrichtungen entfernte. Bis Heinz sich aufmachte, um neue Ufer zu entdecken. Mit der Gewissheit, dass auch ich mein Glück in dieser Urne gefunden hatte, nahm ich meine Freunde in die Arme und war mir sicher: Meine Geschichte hatte gerade erst begonnen.

Ebenfalls im Eifeler Literaturverlag erschienen

Günter Krieger

Als Christiano Ronaldo nach Merode kam

Die haarsträubend komische Story vom Superstar, der in der rheinischen Provinz strandete

134 Seiten, 15,00 EUR
ISBN: 978-3-96123-083-9

Den Papst konnte man verwechseln, okay, vielleicht auch Manuel Neuer, Olaf Scholz oder Helene Fischer – nicht aber CR7, einen der größten Fußballer ever. Aber: Was zur Hölle machte Cristiano Ronaldo mitten im Meroder Wald, noch dazu an diesem Tag und bei diesem Sauwetter?

Gerd Zucker staunt nicht schlecht, als er beim Joggen im Meroder Wald dem leibhaftigen Cristiano Ronaldo begegnet – und dem Superstar, der soeben seine Fußballerkarriere beendet hat, darüber hinaus auch noch das Leben rettet. Ronaldo ist so dankbar, dass er sich bereit erklärt, für den gerade erst gegründeten FC Merode in der Kreisliga C zu spielen – Die Landesliga ist das Ziel!

Zucker bringt Ronaldo und seinen Manager heimlich am Rande des Dorfes unter, nur wenige Eingeweihte wissen von der Anwesenheit des Weltstars. Doch bald verbreiten sich erste Gerüchte, Offizielle von Alemannia Aachen versuchen, den Ausnahmekicker abzuwerben und Gerd Zucker sieht sich vor große Herausforderungen gestellt.

EBENFALLS IM EIFELER LITERATURVERLAG ERSCHIENEN

Bruno Laberthier
Eifelfluten
Roman

394 Seiten, 15,00 EUR
ISBN: 978-3-96123-050-1

In der Nordeifel rund um den Rursee gehen im April 2014 seltsame Dinge vor sich. Neonazis aus aller Welt quartieren sich in Pensionen in und um Einruhr ein, Flugblätter mit kryptischen Anweisungen zur Evakuierung werden auf den umliegenden Campingplätzen verteilt und auf dem Rursee erscheinen mit Chemikalien auf die Wasseroberfläche geätzte Hakenkreuze. Tim Rhiel, Fremdenführer in der ehemaligen NS-Ordensburg Vogelsang, riecht Lunte: Was wollen Neonazis aus Belgien, Ungarn, Südafrika, Paraguay und den USA gerade in der Nordeifel? Und welche Rolle spielt dabei der ortsansässige Altnazi Bruno Hüppauf, der ein Manuskript hütet, das Tim schon länger interessiert, und das unter dem Stichwort »Operation Züchtigung« vom Plan einer Bombardierung der Rurtalsperre berichtet?

So erzählt es der nach den Ereignissen in Auftrag gegebene Doku-Thriller.

Ebenfalls im Eifeler Literaturverlag erschienen

Carsten Berg
Die Fälschung
Roman

234 Seiten, 15,00 EUR
ISBN: 978-3-96123-074-7

Das neue Jahrtausend scharrt mit den Hufen, nicht nur in Aachen, der westlichsten aller deutschen Großstädte. Matteo Hanenstein will auch einmal ein Held sein, etwas Großes vollbringen. Es muss nicht die Welt bewegen aber ihn. Stattdessen bewegt ihn eine Frau aus dem fernen Sankt Petersburg, und diese Liebe kostet ihn fast den Verstand …

Als er sich endlich bewegt, gelangt er von Amerika nach Russland in weniger als einer Zigarettenlänge. Von dort schreibt er einen langen Brief an seine Zarin. Endlich ist er sie los. Und am Ende steht ein Anfang. Hanenstein hat Zeit. Er trinkt Tee.